中坚代
ZHONG JIAN DAI

如归旅店

RU GUI LÜ DIAN

李 浩 ◎著

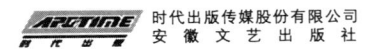

时代出版传媒股份有限公司
安徽文艺出版社

图书在版编目(CIP)数据

如归旅店/李浩著.—合肥:安徽文艺出版社,2017.4
(中坚代书系)
ISBN 978-7-5396-5968-8

Ⅰ.①如… Ⅱ.①李… Ⅲ.①长篇小说-中国-当代
Ⅳ.①I247.5

中国版本图书馆 CIP 数据核字(2016)第 318201 号

| 出 版 人:朱寒冬 | 丛书策划:朱寒冬 |
| 责任编辑:姜婧婧 | 装帧设计:张诚鑫　许含章 |

出版发行:时代出版传媒股份有限公司　www.press-mart.com
　　　　　安徽文艺出版社　www.awpub.com
地　　址:合肥市翡翠路 1118 号　邮政编码:230071
营 销 部:(0551)63533889
印　　制:安徽新华印刷股份有限公司　(0551)65859551

开本:880×1230　1/32　印张:7.75　字数:180 千字
版次:2017 年 4 月第 1 版　2017 年 4 月第 1 次印刷
定价:38.00 元(精装)

(如发现印装质量问题,影响阅读,请与出版社联系调换)
版权所有,侵权必究

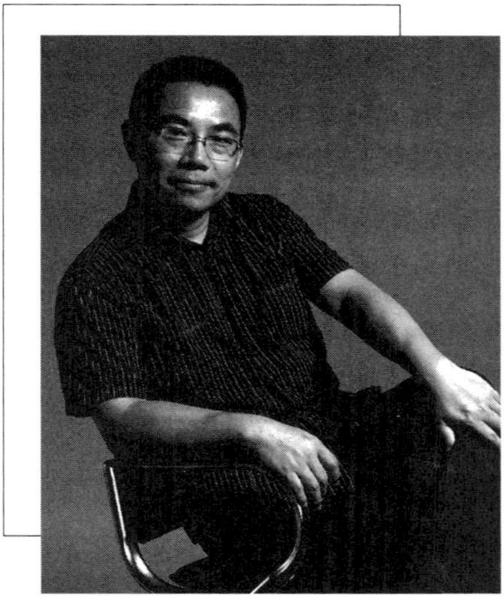

李浩，1971年生于河北，一级作家，现就职于河北师大文学院。主要作品有短篇小说集《将军的部队》《父亲，镜子和树》《变形魔术师》《侧面的镜子》《告密者札记》等，长篇小说《镜子里的父亲》《如归旅店》，诗集《果壳里的国王》，评论集《阅读颂，虚构颂》等。曾获鲁迅文学奖、庄重文文学奖、蒲松龄全国短篇小说奖、孙犁文学奖等。有作品入选各类选集50余种，或被译为英、法、德、日、意、韩文。

0

我有着自己的固执,一直这样。譬如有人问我你的家乡在哪里的时候,我时常会愣一下,想一下,然后说,在河北,交河镇。他们听我的口音不太像本地人。我自己感觉,我已经是本地人了,很是了,三十多年,我努力让自己变成本地人,也努力学习着本地的口音。在这个地方,我都快变成一棵树了,已经深深地扎下了根。是的,其实当他们问我家乡在哪里的时候我想到的是一棵高大苍老的槐树,我有着自己的固执,我把那棵槐树当成是自己的家乡。我的家乡是一棵树。我真是这样想的,虽然从来没好意思这么回答。别人问起,我先想到的就是那棵树,有半边已经死去,只剩下曲延的枯枝显现着它的苍老,而另外的半边则枝繁叶茂,有层出不穷的树叶和藏在其中的小鸟,像乌鸦。我已经有四十几年没有回去了,四十……四十五年了。我想我再也不回去了,现在我居住在南方,已经适应了它的全部,不只是桥和水,不只是连绵的雨和它的窄巷,不只是这些。我已经在这个被称为南方的地方扎下了根,有了自己的妻子和孩子(妻子去年因病离我而去,而两个孩子都已成家,大女儿的儿子也上了小学),何况,我老了,某种疲惫和病一起侵入了我的骨头,而骨头里还存有一块很小的弹片。四十多年,它也长成我的骨头了,和骨头一起支撑着我的衰老,它是……还是不提它了。

也许是老了的缘故,也许是房子里时常只剩下我一个人的缘故,这些日子,我时常会梦见那棵老槐树。真的,我有着自己的固执,我一想起家乡首先想到的就是那棵槐树,然后是我们家的老房子,如归旅店。不知道是什么原因,不知道是出于怎么样的固执,我想到的家乡只有那么小的一点儿,仿佛在我们家的房子之外,在这棵老槐树略远一些的地方便不再是家乡,我的大伯家不是,四叔家也不是,王家染房也不在我的"家乡"之内。真的,不知道是出于怎样的固执。也许,是我最近的梦里,出现的只是那棵老树,那几间破旧的房子而已。也许根本不是梦见,我只是想到了它,自从白内障慢慢笼罩我的双眼以来,我就分不清哪些是自己想到的,哪些是自己梦见的,分不清哪些是现在发生的,哪些是记忆中的。妻子死去之后,每天一觉醒来,我就和她说话,我能看到她坐在另一边,在忙手里的活儿,我说的三五句她能听到自己耳朵里的也许只有一句,半句。我知道她死了,消失了身体和温度,可我能看到她。我给她讲我的梦见,讲我的家、我的父亲和兄弟,在她活着的时候我们很少这样说话。我们很少说话。

在她死后,我和她有话说了。

我说我的家乡,说那棵老槐树,如归旅店,交河镇。说滹沱河里的水和鱼,说那里的人。我说我的梦见。

出现在我梦里的首先是那棵槐树,据说它是我爷爷的爷爷种下的,那时,他刚刚带领全家迁到交河。据说我爷爷的爷爷是个秀才,得了功名的他却没有得到家族的尊重,相反,他的哥哥嫂子还处处相逼,总想压在他的头上,而我的这位祖先也并没有好脾气。(四叔说这位名讳玉堂的老老爷爷还犯下了一个什么样的错,具体是什么错他并不清楚,这是听外姓的人讲的,反正他犯得很无赖很荒唐,于是遭到了家族的孤立和惩罚,在原来的村里住不下去了,所以才有后来的搬迁,但我父亲坚持没有这样的事儿。他只是脾气大了些,而已。)他迁离了原来的刘官屯,让自己和这棵槐树一起在交河镇埋下了根。我爷爷的爷爷,购买了宅子,在我的爷爷的时候将它改造成了大车店,到我父亲的时候,它有了那个并不十分恰当的名字,如归旅店。在我爷爷的爷爷种下的那棵槐树旁,他的儿子我的老爷爷也种过一棵槐树,但在我出生前,四叔和我父亲分家,那棵槐树被我四叔砍掉了,据说他和我父亲因此还生了不少的气。我爷爷也种过一棵槐树,一棵枣树,但都没有成活。到我记事的时候,我们家门前只有那一棵大槐树了,它足够苍老,有半边已经死去,剩下的半边却还郁郁葱葱,藏得下偶然落下的鸟和偶然来到的蛇。我记得有一次我从树下经过,一条绿色的小蛇不知出于怎样的原因突然落到了地上,比我大两岁的二哥吓得尖叫了一声,而我的大哥则飞快地扑上去,抓住蛇的头和尾,将它拉成了两断。大哥说,这样的蛇无毒,没什么可怕的,但不能让它数过你头上的头发来,否则你就完了,就遭到它的咒了,所以见到这样的蛇不能放过。他提着血淋淋的两段,故意地朝我们走来。

之后的许多年,我都不太敢走近那棵槐树,尽管它有巨大的阴凉可以躲避和减轻晒卷了树叶和肌肉的火热,尽管它还可以避雨,不让寒冷的、发黏的雨点落到身上。我总是感觉,说不准什么时候,一根树枝就会悄悄地变化,变成一条绿蛇甩到我的头上(这种落叶的乔木有暗灰色的干和绿色的枝）——这并不是个玩笑。当年，我的担心可没有一点儿玩笑的意思。

四十五年了，那棵树在我的梦里还是那个老样子，它没有特别的变化，当然，在梦里，如归旅店也还是老样子，也没有特别的变化。这不是真的，我离开的时候它就……我很希望它没有变化。我愿意把我的梦见和想见都依然看成是真的，是现在，虽然，我常常无法完成对自己的欺骗。到我这个年龄，真的假的，看见的或者是梦见的似乎都已不太重要，我也不想再去分辨它，不想再去区别。在这个被我的父母称为南方的地方，在这个一个人住的房间里，在昏暗和一些潮湿感，和自己微弱的视力和时而发作的病痛中间，我靠这些真的假的，想到的和梦见的生活，它们是我的水和盐、我的空气和呼吸。除了这些，我不知道还有什么可能去打发那些余下的，好的或并不怎么好的时间。

想起那棵老槐树，我就会想起一个遥远的黄昏。

那么，遥远。

一个秋天的黄昏。一想到那个黄昏，悲凉便从中弥漫了过来，很快地弥漫到我的全身。其实那个黄昏没有什么特别，我自己也说不清悲凉是如何发生的，可它就是发生了。我老了。喜欢回忆一些过去的事，我总是把任何在回忆中出现的东西都抹上一些悲凉。像对这棵树。像对，树后面的如归旅店。

从那个黄昏开始。对于记忆中的老槐树，记忆中的如归旅店来说，那个黄昏却是唯一的讲述途径。要想到达我记忆中的如归旅店，必须先到达那个黄昏。我父亲从里面走出来，他站在街上，黄昏给他的身子抹了一大片的灰。这样的灰同样抹在对面的墙壁上。树叶在风中缓缓下落，如果风大些，这飘落的树叶就会被卷起，从而使得黄昏和整个秋天都显得更凉。我父亲站在灰中,和那些经过的、同样被大片的灰笼罩的过路人点着头,此时,他的手上多了一把扫帚。这是我父亲每天要干的事。我父亲一直在忙碌,他要干的事很多。他扫走一些落叶,而更多的落叶在他扫过之后重新粘在他所扫过的那块地上,直到,冬天来了,所有的树叶全部落光。

那是一个普通得不能再普通的黄昏。没有故事的黄昏。在日本人来临之前,我们的每一天,每一年的秋天的黄昏都是这样度过,甚至,即使在日本人来了之后,我们仍然经历了无数这样的黄昏。可我总是记起它。除了那个黄昏,我率先想到的还有在我们如归旅店门外的两个生着厚厚的锈的铃铛,它们在风中沉闷地自己敲响。是的,我总是先想起那些无关紧要的事。据说,它们是我爷爷挂上去的,我父亲总说将它们拿下来擦擦上面的锈,他说过不止一遍。这本来是一件举手之劳的事,可是直到他死去,这项简单的工作也没有完成。铃铛就在那里锈着。在我父亲死后的第七天,其中的一只突然地掉了下来,摔在门口的青石板上。它碎了。碎了的铃铛已经不再是铃铛,它只是一堆青绿色的锈。我,我的母亲,我二哥,我们三个人都看到了那一堆锈,我们也看到了摇摇欲坠的另一只,但我们都没有理它。剩下的一只,可有可无地响着。

那个黄昏在我的记忆里有着很深的根,有着硕大的树冠,有着源源不断的落叶。那个黄昏也许就坐落在旅店门前的那棵槐树上,它是从其中生出的,其他的时间里它只是在睡眠,悄悄地把自己长大。悲和凉就从那些落叶中传达过来。包含着衰败。其实,如归旅店的衰败早于那个黄昏,只是,我父亲仔细地掩盖着它,可它,还是一点一点显露了出来。

衰败。这是父亲一生中多么惧怕的一个词啊。

我也染上了对它的惧怕,我也同样地怕了一生。可现在,它还是来了。当然这已经是后话。别提它了。

记得有一次,二哥在饭桌上提到了这个词,他也许无意,可是,这个词就像是针。父亲的脸色变了。他的手甚至也在抖着,这一点,所有的人都看到了,我父亲脸色的变化使饭桌周围的光都突然地暗了下来。父亲抓住了二哥。他的手扬了起来,然后落在了我二哥的身上。他打得气喘吁吁。我父亲打得,热泪盈眶。

他冲着我二哥低下的脖颈喊着:"叫叫叫你你乱说!叫叫叫你不不不会说人人人话!"

父亲一边打,一边苍老地哭着,他的苍老远远大于他的实际年龄。他哭得那样难看,仿佛是打在自己身上。他的力气正在丧失。

1

我的父亲说话有些结巴,当然这一情况并不算是很严重。父亲很要面子,这是我母亲说的,母亲说他死要面子活受罪,母亲说他……说这些的时候父亲的脸色变得铁青,布满了阴沉的乌云,可我母亲故意不去看他。如果我父亲不摔门而去,那迎接这个家庭的便是暴风,在那个时刻父亲的结巴比平时更重。

"你你你……你这这这个人……"父亲总是失败,大约是因为他口吃的缘故,大约也不只是这一个原因。我父亲很想在我们面前表现得英勇一些,无论是对我母亲,还是对我们家养的鸡,可他总是失败。大约是他在客人面前总得拿一副笑脸的缘故,大约是他想尽办法讨好住店的客人总希望和气生财的缘故,在我母亲和我们家里的鸡的面前,他因习惯成自然,表现不出自己的英勇。当然,面对我和我的二哥,他却有着特别的……我们必须早早地躲开他,特别是他和母亲吵过架之后。

这家旅店,是我爷爷建起来的。父亲谈到爷爷建店的时候颇有些神采,他的眼里便有了热热的光。父亲很愿意跟我们谈爷爷的故事,在饭桌旁,在一家人闲下来的晚上。父亲很愿意讲我爷爷的故事。母亲在一旁听着。她忙着手里的针线,缝缝补补,有意回避着听见父亲所说的。但她还是听得见的,不然,她不会时不时用鼻子哼上一声,这是一种表示,我认为。

他说,我爷爷刚出生的时候家道已经败落,家道败落的原因一是连年干旱,二是因为家里招来了一伙土匪。本来土匪并不是冲我们家去的,他们要抢的是财主赵万年,可是赵万年家的围墙又高又厚,而且有土枪,土匪们冲不进去,便顺便在离开交河之前洗劫了我们家,还伤了我的老爷爷。我们家没有任何的防备,所以土匪闯进来的时候一家人都在睡觉,似乎门都没闭。我爷爷出生的时候他父亲的身体已经不行了,土匪的洗劫,洗走了他的钱财、一些字画和楠木的笔筒,也洗走了他的精力,让他对什么事都再也提不起精神。在我爷爷六岁那年他父亲就去世了。爷爷上了两年私塾,先生对我爷爷的聪慧赞不绝口,他还写得一手好字儿,至少算是不差吧,然而家里太穷了,没办法继续上,他只好担起了养家的担子。我父亲说,爷爷种地是一把好手。他还卖过鱼,卖过盐,还和村里的人一起打过铁,这样说吧,爷爷的一生很不容易,吃过了许许多多的苦,当然这一切都是为了这个家。在父亲眼里,爷爷聪明、仁义、好学、懂事理,特别是在最后几年,决定卖掉一些土地,将自己的院子改造成大车店。父亲说,当时有很多人都想看我们家的笑话,他们总不希望别人好,总喜欢看别人事事不顺,落进坑里。但大车店还是建起来了,而且生意红火。父亲总是爱向我们渲染当年生意的红火,说是如何人来人往,跑船的、贩布的、过路的、当差的如何愿意在我们家店里住,如何称赞我爷爷的周到精明……说到那些的时候,父亲的脸上有着一层淡黄色的光,他的心里也许正被一股细细的火焰烧灼——他的情绪影响不到其他人。我的母亲、哥哥,都只是听着,面无表情,如同一段段放置在边上的木头。父亲当然看得见这些,可是,他也渐渐地容忍了,一味地说下去。

他说,如果不是我爷爷,我们家现在肯定很穷,说不定一家人都已经成为长工了。这些年地里的收成不好,而世道又不好,乱哄哄的,干别的有太多的风险。他说:"你你你们的爷爷有有有先见见之明明明。"

大哥推推面前的碗:"什么先见之明?这个破店,还不如没有呢,还不如种地呢。看人家,多买几亩地,日子过得也挺好。"

"你你你……"父亲面红耳赤,他抬起手,但手并没有真的落下来。那时我大哥的身躯已足够高大、粗壮。"净净胡胡胡说八道!没没这个个店,你们吃吃吃什么?吃吃吃屎屎也不不不热。"

大哥不再说话。他的脸被碗掩住了一半。过了一会儿,他再次推开面前的碗:"爹,我听四叔说,爷爷并不像你说的那样。"

"你你你别别听他瞎瞎瞎瞎说!"父亲有些愤愤,他也推开了面前的碗。

是的,我也听四叔说过我的爷爷,在他的叙述中,我有一个完全不一样的爷爷,他和我父亲时常谈起的不应是一个人,可是,他们就是一个人。许多时候,我母亲认同四叔的说法,她说,我父亲在瞎说,爷爷根本不是他所说的那个样子。可父亲,为什么要虚构?

在四叔讲来,我爷爷本也聪明,但好吃懒做,而且在上私塾的时候交了一个朋友,也是交河镇的,叫徐木传,后来这个徐木传活不见人死不见尸,他们家也没有去找,不了了之。两个人先是一起打鸟抓鱼,后来一起赌博,和一些不三不四的人胡混,还偷偷吸过鸦片,为此,我爷爷没少挨老奶奶的打,可是作用不大。后来爷爷成了家,那个奶奶是老奶奶用三斗玉米面换来的,老奶奶的意思是让他有一个家能收收心,好好过日子,可爷爷的赌瘾太大了。镇上人没有人把我爷爷当人,人家提起他来,说是"翰林家的败家子"——我的祖上没有人当过翰林,只出过秀才,可人家还是说翰林家的如何如何,不知道出于什么心思。后来有了我大伯。然而我爷爷的心性没改,依然和那个徐木传鬼混,家道当然更为败落,卖地根本不是出于想经营什么大车店,而是为了还他欠下的赌债。家不是家啊。那个奶奶总是和爷爷生气,还时常挨他的打。后来她终于受不住了,在一天早晨用一根绳子把自己吊在了房梁上。我爷爷一夜未回。当邻居把那个奶奶吊死的消息告诉他的时候,他依然在牌桌上,大约好不容易拿了一副大牌。他开始不信。后来倒是信了,但极力阻止别人离开牌桌:"打完这一把,无论如何打完这一把!"……四叔说这才是我的爷爷,他的父亲。他是卖过鱼,卖过盐,还和村里的人一起打过铁,也当过短工,那是没办法,他活不下去了,自然要找活路,他当时想的只是他自己。"那时你大伯跟在他屁股后面,总是说:'爹,俺饿。爹,俺饿。'你爷爷就说:'滚一边去!'——我是听你大伯自己说的。他恨死你爷爷了。你爷爷死的时候,要不是你爹和我跪着去求,你大伯根本不想给他守灵!"

对于我的爷爷,我并没有太多的印象。在我记事的时候他就躺在炕上,反复地,用含混的声音喊痛。我很少去他的屋子,我的哥哥们也是,那里是一个恐怖的所在,有着刺鼻的气味和低气压,如果不是父亲母亲多次催促,我们一步也不想靠近。父亲说,我们家生意的不佳就是从我爷爷病后开始的,之前可不是这个样子,他一病倒,家里便进了晦气,何况他在屋里的声音也阻挡了不少的人。也许是这样的。我记得在爷爷病重的那一年,尽管父亲端上了他最有灿烂感的笑脸,尽管父亲为那些进入我们家院子的客人忙前忙后,但真正住下来的人很少。他们有各种指责,有各种借口。爷爷的呻吟是他们指责的理由之一。我大哥说,来我家住店的那些人,只要他们一挨上床,就是你在他的耳朵边上吵架他也不会醒来,就是雷打在房顶上也不会醒来。但父亲不允许我大哥这样说,即使不当着客人的面儿。"不说说说说废话会会会憋死你你你?"

爷爷给我最深的印象是他的死亡。即使躲在众人的后面,我还是清晰地看到了他死前的样子,瘦得吓人,苍白得吓人,而且,鼻孔里面不时地涌出一股股黑红色的血,父亲用苞米的皮一遍遍地擦拭着却始终擦不干净。那时他已经不再喊痛,他早没了喊的力气。他甚至没有了喘息的力气,裸露的肚子在那里轻轻起伏,变得短小的阴茎一点点地渗出黄黄的尿液。我躲在众人的背后,他们说着一些旧事,说着如何料理爷爷的后事,请谁谁谁给谁谁谁办丧,要买什么东西,谁谁谁家的要在锅里烙两张多大的小饼……我觉得爷爷能听得见他们说话,可他们不管这些,而是一路说下去,他们早早地把我的爷爷当成了一个死人。后来有人突然说:"死了死了,老大、老二,你们上房上喊三声,饼烙好了没有?拿过来。"然后一阵忙乱。我大伯出去了,但他没有喊,而是推了我父亲一把,我父亲上去了。那夜外面黑得可怕,有着一种特别的黏稠,仿佛有一些更黑的影子在里面晃动……爷爷的死是我第一次接触到人的死亡。这些年,经历多了,生生死死也见得太多了,可是,我对他的死还是留有特别的印象。现在我也时常静下来想象自己的死亡,想象我死亡的方式,想想我这一生——我还得提到那个词,悲凉。它延续着,弥漫着,在我的房间里。

  死后的爷爷留给了我们那家旅店。当时,还不能叫旅店,其实后来也不能,但我父亲坚持叫它旅店,如归旅店。我父亲总说,我爷爷当年如何如何,当年这房子如何如何……说实话我无法想象出当年的如何如何,从我开始有了记忆之始,我们家的旅店就呈现着衰败。二哥也是这么说的。

  我们分得了这家旅店。四叔说我的父母用尽了阴谋,用尽了各种方法才得到了这家大车店,在他的嘴里,在我四婶婶的嘴里,我的父亲很有些不堪,他善于和自己的兄弟钩心斗角,善于见财起意,善于落井下石。当然我母亲对他们也没什么好话,可我父亲从来没说过什么,他不许我们提家里的这些事儿,一句也不许,不当着他的面也不许。他只是和自己的兄弟保持着一种有距离的疏远,见了面,也客客气气,像对待陌生的客人。

  我们分得了这家旅店,它在交河镇的东南,与大运河、滹沱河还有着相当的距离,和官道也有着相当的距离。民国建立了不久,还是新的、模糊的,我们不知道它能不能长久下去,住店的客人时常带来一些让人感觉混乱、不安的消息,它们塞进我们的耳朵,我父亲则让我们把这些都掏出去。那些混乱和不安也许或多或少地影响到他,但他不关心这些,不想关心这些,这些都过于遥远。他关心的,只是这家旅店。他想要的,只是,我们一家人怎样过上好日子。

如归旅店。它只是一家大车店,本质上如此,大车店本来是没有名字的,不应当有名字的,可我父亲坚持并要我们一起叫它,如归旅店。好像有了名字,它就有了档次,有了品位,有了高贵,有了和下等人的区别。为了这档次和品位,父亲可做了不少的事,用了不少的心思。他请西门里的薛大夫为我们的旅店写了店名,并定制了一块匾悬挂于我们家的门口。匾高近一尺,长三尺,选用的是一块很好很厚的松木,然后用大漆涂成棕黑色,而上面的字则用金粉勾边——它花掉了父亲很多钱,要知道,我父亲一向善于精打细算。匾上的字很粗很重,父亲说,那是颜体,然而薛大夫来给我大伯看病的时候纠正了我父亲的说法,他说自己写的是魏碑,加了一些王铎的笔意。(那天,薛大夫很有些兴致,他一边给大伯看病一边和父亲聊天,他和父亲谈起祀天的陈设,然后又谈及祀天的乐章,老先生在我们面前摇头晃脑:瞻仰苍穹兮维穆清,万物资始兮众冯生,一阳初复兮徵乾行,肇修元祀兮昭功成……父亲也跟着摇头晃脑,一副陶醉的样子。之后他们说到薛大夫的字,听了我父亲的夸赞,薛大夫点点头,笑眯眯地望着他,很是煞有介事:你知道楷书有几种字体?被问的父亲也很是煞有介事,略有些紧张,像一个回答老师问题的学生,眼睛盯着先生手里的戒尺:颜、柳、柳柳柳……欧、欧赵……薛大夫更瞪了瞪自己的眼,又追问了一句,它们具体有什么区别?父亲期期艾艾,再也回答不上来了。在薛大夫走后,我父亲坚持他是对的,那就是颜体,也许加了些其他,但主要还是颜体。他在请薛大夫写匾的时候就是这样要求的,颜体。是薛大夫搞错了。在许多事上,父亲有着同样的嘴硬。)那个名字和"巨大"的匾实在与我们的旅店太不相称,就像一个穷人非要穿一件丝质的长衫,用一块肉皮抹一抹出门前的嘴唇,它常常成为我们被人嘲笑的理由。我恨那块匾。我的哥哥们也是。我父亲还把店里的大炕毁了,代替大炕的是七张木板床,并且有了褥子和床单。父亲还曾用白灰将店里的墙壁全部粉刷过一次,它雪白得让人惊讶,可这惊讶只保存了一天。第二天它就开始面目全非。上面落满了臭虫和它们的血、鼻涕、黑色的脚印,有的地方还有尿渍。它们那么分明、肮脏。在背后,我父亲咬牙切齿地大骂那些住进店里的人,可在他们面前,父亲还得端出一副难看的笑脸。他对那些人说别这样别那样,最好别别别这样,最好别别别别那样,可却没有任何的作用,他的话根本进不去客人的耳朵。除了这些,我父亲还做了许多的事,许多事都是无用的,或者从头就是错的。

但他是一个自以为是的人。他不允许我们质疑。

2

交河,原是滹沱河与高河的交汇处,它的确曾有过车水马龙、商贾云集的繁华,但那是祖上的事了。而宣统三年,津浦铁路过泊头镇,建立了一个泊头火车站,交河更是每况愈下,它的风光被泊头夺了过去。繁华,烟云一去的繁华,它还存在于老人们口口相传的记忆里,成为一份难以考证的传说。交河镇成了被"官人抛下的弃妇"——这是我四叔的词儿,他的肚子里,有许多这样的词儿。萧条有时就像是某种沉渣的泛起,就像一株到达秋天的树落掉了所有的叶子。就像我们家门前的那棵老槐树,在秋天的黄昏里。繁和华,就是附着于树上的叶子,一场秋风就足以将它们撕落,然后它们落入尘土,无影无踪。老人们讲起那些旧日,口里都会有一条悬起的河,那么滔滔,那么不绝,那么神采飞扬。我们的祖上是见过世面的人。我们的祖上,也曾经阔过。我们的祖上,曾和京城的四阿哥斗过宝,赛过蛐蛐,曾叫不下一百个戏子唱大戏,唱了九天九夜,还曾设下流水的席……老人们喜欢坐在我家槐树的底下讲这些有边际或无边际的旧事,在他们的话语里,我们交河当年远比"清明上河"更为繁华,那繁华都已接近于奢侈。而他们的祖上一个个都风流倜傥,极为精明,每时每刻都在与人斗智斗勇,而且从无败绩。那些老人,他们或躲在阴凉下,或将半个身子放在阳光下晾晒,摇动着蒲扇,在讲到兴起的时候他们也会喊我的父亲,让他也参与进来,而我父亲往往是冲他们笑笑,搭上一两句不咸不淡的话,然后继续忙自己手里的事。他总是有干不完的活儿。

私下里,父亲对那些老人的话表示过多次的不屑。"他他他们净净净胡吹。"我父亲说,交河确实有过相当的繁华,但那时,真正富有的是我们的祖上和一户刘姓的地主,人家出过三个官儿,后来全家都搬入了京城。父亲也愿意回顾当年的繁华,但他的回顾都是私下里进行的,只限于我们全家,他从来都不和那些在我们家槐树下晒太阳的老人多说什么,而是保持着一种客气而谦和的笑容。他故意那样,这点儿,我和哥哥们都看得出来。

他说,我们家需要中兴,需要光宗耀祖,他如此苦心地经营这家旅店,其实想要的就是这一点,而这个责任马上就会落到我们的头上。可我们总是不能理解他的用心之苦。人活着,就要想办法出人头地,父亲说。说这句话时的父亲斩钉截铁,几乎没有结巴,他只是在"出人头地"上多用了些力气,出出出人头地。

想起来,都是四十多年前的事了。四十多年,时间那么一晃一晃地就溜过去了,我经历了家和国的衰败,战争,逃亡,参军,被捕,退伍,然后是定居,成了一名工人,娶妻生子,受伤,批斗,劳改,对历史的交代,平反……这些不能算不丰富,不能说不风起云涌,然而我却没有出人头地。没有。不可能了,我已经这么老了,有时回想自己这一生真感觉没做成过什么事儿。如果再有一生我也不知道我能做什么,做成什么,大概还是这个样子,或者好些,或者更加不好。我也曾希望自己的孩子们能出人头地,但现在看起来……还是说发生在我记忆里的那些旧事吧。

在我出生的时候,交河镇上的繁华早已不复存在,它的萧条和衰败其实也早于我的父亲。那时,很少有人到交河来,这里已经没有多少生意可做,不时发生的天灾和匪祸,加上太平军和捻军在这里的战争,使得交河镇变成了另一个样子。尽管在家里,当着父亲的面,我们不敢再提"衰败"这个词,这类的词,可它却时时处处地存在着。和这个交河有着某种的相称。有时我偷偷地想,这家属于我父亲和我们一家人的旅店,它本身就建在了衰败的背上,对衰败的抗争眼看就要耗尽我父亲的一生了,它会接着来耗掉我们。

许多时候,我在偷偷地痛恨这家年年失修的旅店,痛恨住进旅店里的人,甚至,有时我对在木质门框上探出头来的虫子、倒在木板床上的水和漏出棉花来的被子都装作视而不见。我发现我的两个哥哥和我一样,他们无论忙碌还是闲暇,也在努力地视而不见。我们进进出出,心照不宣。

如果不是亲眼所见,也许你根本无法想象它的破旧。它原本就是旧房子,是一个破败的大户人家的。大车店是在我爷爷的时候建成的,可在我爷爷之前,这几间房子就存在着,是我爷爷的爷爷买下来的。如果不是在我老爷爷活着的时候有过一次大的翻修,我想它早应当倒塌了,父亲年年春天的修补不会在本质上解决它的问题。春天和泥修房真是一件累人的事儿,当时我还算是个孩子,他也不会让我干太多的活儿,可那种劳累我还是能感受到的。七间房的泥,五间正房和两间偏房。我们拉来土(土是我父亲亲自选的。他只会让我大哥负责推车,而选土挖土从不让别人插手。我们谁都无法得到信任,但对此谁也没有怨言,因为我们都想在他不盯着的时候对他小有糊弄),抱来麦秸,理好,用铡刀将它们断成大致相等的小段儿,然后挑水和泥。父亲始终狠狠地盯着,他赤着脚,踩在泥水里,将大些的土块踩碎,或将一些异样的东西挑出来,丢出很远……我们的几张铁锹反反复复,如果我父亲不说"行行行了",我们就得一直继续下去。邻居们从我们家门前走过,都会对我们和出的泥进行夸耀,父亲会在别人的夸耀中直一下身子,露一点儿掩饰中的得意——我们就更苦了。得到夸耀的父亲会多多少少有些变本加厉,他用他结巴的口气指挥着我们:"快快快点,继继继继续……"

但这些努力真的不能在本质上改变它的破旧。一年的雨水仍然会冲掉不少的泥土,地下渗出的碱儿会让下边的墙皮变得斑驳、粉化,何况总有一些住店的人会在角落里撒尿。有时白天也会如此,他们急急找到一个角落,掏出自己的东西,根本不顾周围有没有人,是男是女。而那些旧门窗更容易显出破旧来,它们的里面生出了蛀虫,爬进了白蚁,因风吹和日晒而脱掉了油漆,走了形,关不上或至少是关不紧。父亲拿出斧子、凿子和刨子,对门窗进行修补,那时候我们并没有多余的钱。因为这家旅店,我父亲无师自通当起了木匠,当然他还无师自通地当起了砖瓦匠、油漆匠和厨师——不过他肯定不是一个好木匠,他有让人难以恭维的笨拙,那些门窗在他的修补下往往是更加丑陋、扭曲。母亲说,他就像那个笑话里讲到的笨裁缝,一丈的布做大褂做着做着就改成了短衫,短衫做着做着还得改兜兜,最后只能做成孩子的尿布。父亲当然听不得这样的话。他会用力地摔一下手里的工具（其实也不是真摔，他才舍不得把工具摔坏呢，用力只是一个外在的样子）："胡胡胡说八八道！"

大哥有时会冲着我的母亲和我们抱怨，说如果我们经营的是一家染房，是铁匠铺，卖油卖米，可能都比建什么旅店要好些。没有多少人住店，而住店的都是些什么人啊。在王家染房，他们的生活明显比我们家强多了。这也是我和二哥的心里话，当然我们还没有大哥那么多的羽毛，还不曾生出他那么多的胆量。尽管不是冲着我们的父亲，当着母亲的面我们也不敢如此。

我母亲的话是："看着谁家好就到谁家过去！"

那时大哥对王家染房的女儿有些好感，他总是爱到王家染房去。他说去看人家染布，看如何把一些白布染成了红黄蓝绿的颜色，他说这是一件多么奇妙的事啊，几分钟的时间，一匹布就改变了，就有了色彩。而之前它们都是一样的棉布本来的颜色。"你可以根据自己的喜好而让它成为什么颜色。"他说。我也到王家染房去看过染布。他们的院子里有几口巨大的水缸，里面盛满了带有颜色的水，添加了一定比例的碱和矾。侧偏房还有两口大锅。水缸里要染的是青和蓝色的布，而黑布则要放入加热的大锅中染。院子里高高低低的绳上挂满了刚刚染成的布。他们把布拧成粗绳，然后把长长的粗绳放在绳上晾起，展开，然后用石碾和人把展开的布拉平……可我一直没有看出什么奇妙来，一切都是顺理成章的，我相信，多数人的看法和我一样。而且我受不得染缸里那股特别的气味。有一段时间，我哥哥在去王家染房之前总是要先洗一个澡，如果是夏天他会到河里去洗，一边低着头闻着自己的胳膊一边朝王家染房走去。他还用过一种肥皂。显然那是别人用过的，只剩下一小块,不知为何丢下了,或者说是他从什么地方捡了起来,丢了它的人便再没有找到。我大哥小心并且精心地用着。也不知他是从什么地方得到的,住在我们家的客人没有谁会用什么肥皂。我大哥在一年之后去王家染房的次数少了。可他的怨言却有增无减。有时他抱怨那些客人的到来:"你看来我们这里住的都是什么人,你看他们把我们家弄成了什么样子,你看,你看,他们把我们家搞成了什么味,洗都洗不去!"

我父亲最听不得这样的话。他会顺手拿起一件什么物件,把我大哥赶跑。他追不上我大哥。我父亲明显地衰老着可我大哥却越来越强壮。我母亲说,我父亲是累的。操持这样一家,操持这样的一家旅店,真不容易。

真的不容易。我父亲每天都要在凌晨四点多钟就起来清扫一下院子,擦擦窗子和门上的尘土,或者给客人的马、牛喂一喂草。他说我们如归旅店,必须要给客人一种回到家里的感觉,那样才能留下客人。他们在给我们付钱的时候也就不会斤斤计较。其实我父亲那么早就起来还有一个隐藏的原因。那就是,怕客人偷走我们旅店的东西。这样的事时有发生。那些急着赶路因而早起的客人,时常趁别人都睡着的时候,偷偷地抱走一床棉被,拿走一个茶壶,或者是其他大大小小的物件。我们既收不到他住店的费用,还有不小的损失,这样的事时常会引发我父亲的牙痛。于是我父亲坚持四点钟起床。即使如此,东西还是丢。我父亲还试过把一些小的物件和家具和床拴在一起,不过作用不是很大。就像无法阻止如归旅店的衰败一样,我们也无法阻止那些客人偷偷地拿走些什么,有些事,就是这样不可避免。这让我父亲时常怀念他小的时候,他说如归旅店当时非常兴隆,人来人往,车水马龙。那时的客人和现在的客人也不一样,那时旅店也是崭新的,所有的物件都带着一种淡淡的光。这是据说,是据我父亲说的,我们在那里一遍遍地听着。我们听的时候都藏起自己的耳朵。我无法想象我们这家只有五间正房的大车店会车水马龙,肯定,我父亲对自己的记忆进行了修改。甚至,这是他的梦想,他还梦想把我们的如归旅店建成栗镇上最大的店铺,他和我们都能在过年过节的时候穿上丝质的衣服和来往的人打招呼,受人尊敬。我的父亲,可是一个有梦想的人啊。他的梦想让人讨厌,让我们近乎绝望。

3

每半年,我的四婶都要来我们家住几天。这并不表明她和我的父母有多么亲近的关系,恰恰相反,她是来要钱的。她说她来要他们应得的那部分,而这是在分家的时候早就定好了的。她的到来会引发父亲持续的牙痛,我母亲只得和她争执,说分家的时候已经说清楚了,已经分清楚了,这几间大车店归我们所有,而条件是我大伯、父亲在另外的地方给四叔四婶盖了三间房子,买了地,还加上一些钱。这些都是有证人的,有文书的。"你们好好地看看文书!"四婶叉起她的腰,"让大伙说说,你们给我盖的是什么房子?那是人待的地方么?赵云岭家的狗窝都比我们家的房子强!看你们用的檩条!比筷子都细,里面还全是虫子!我们也是咱爹生的,都是一样的儿子,凭什么你们得大车店而我们只能住狗窝?我们要不换换!这些年你们得了那么多的便宜心里就没有一点愧?……要是他大伯住这里,他大伯承受这房子,我们屁也不放,乖乖回狗窝里住去!再说那二亩荒地(我的父母每次都纠正,是三亩良田,每年每亩要征米二升八合,要是次些的地,每年征米一升九合三勺,差很多呢),能长粮食么?长的都是狗尿苔、热草,种下半升麦子,收的时候还不到半斗,你们就这样骗我……"争执从来不会有什么结果,他们有各自充分的理由,这些理由如同向不同方向驶出的船,而大声的争执会加快船行的速度,加重周围的风浪和雾,使它们再也不会回到同一轨道上。有时大哥会插一两句话,冲着四婶显示一下小公鸡的凶悍,我的四婶婶马上便哭起来:"爹啊,你死得早啊,你也看看我们受的苦啊,都是你身上掉下来的骨肉,有人吃肉有人只能喝风啊……"

母亲会指桑骂槐,对大哥进行训斥,把大哥和我们支走。我们也乐得如此。等我们再回来,四婶婶已经在我们家住下来了,她占了一间客房。好在,我们的旅店并没有太多的客人,总是有客房空着。

四婶住下来,全然不顾我父母的脸色。她会按时出现在我们家的饭桌旁,对着仅有的饭菜挑三拣四。现在想想也不能全怪四婶挑剔,我母亲做饭的确欠些手艺,何况有四婶在,她也不愿意把饭做好。那样四婶会吃得更多,我母亲应当是这样想的。她也不让四婶去做,四婶在使用材料上肯定没有她那样精打细算,四婶会用出很多的油。我母亲把自己做的饭菜不可口的原因归结在油上,她觉得,如果能让她可着劲地放油,菜没有不好吃的。也不是没有道理。在饭桌上,除了对饭菜有所指责,四婶说得最多的是四叔有一次救了我父亲的命。她没有提要我父亲报答和感激,但话里话外,我的父亲已经忘恩负义。他可以不顾兄弟之情,但连救命之恩也不知报答,就有些过分了,就太过分了。我不知道听四婶把这个故事讲了多少遍。

那是二月二,龙抬头的日子。父亲领着四叔在街上玩,捡没有响的鞭炮。那时他们都还小,我父亲八岁,四叔五岁。他们玩着玩着来到了高河边上,那时天还挺冷,人们都穿着厚厚的棉袄棉裤,而河上还有一层薄薄的冰。两个人在河边玩,四叔一个什么心爱的玩具不知为何滚到了河里,在一层薄冰的上面停了下来(因为事隔多年,父亲和四叔都想不起滚到冰上去的玩具是一件什么东西,而当时,两个人都觉得它很重要)。他们无论如何努力,也够不到它,焦急的四叔哭了起来。这时父亲想了个办法,他让四叔一只手拉着他,另一只手抓住岸边干枯的芦苇和荆条,而他则侧倾着身子,去够那个落在冰面上的玩具。(讲到这里,母亲总要强调,玩具是四叔的,如果不是他哭得厉害,我父亲根本不可能去够它,言下之意是事情完全由四叔引起,责任在他,他对我父亲的"拯救"只能算功过相抵;而四婶的重点在,主意是我父亲出的,他的点子多,是他的这个主意害了自己,四叔没有任何责任。)四叔的力气不够。而我父亲的手指还差一点儿,他有了更多的前倾,用了更多的力气,于是四叔的手松开了(在这里,母亲和四婶就责任问题还有各自的强调,她们在各自的角度上避重就轻)。父亲掉进了水里。那层薄冰早已支撑不住他的身体,但对他爬上岸却构成了阻挡——呛了几口水的父亲很快放弃了挣扎,他的头还浮在水面上,但看上去已经完全是一具尸体。(母亲说,也就是我父亲命大。他掉进河里,还穿着那么厚的棉袄棉裤,吸进了很多的水,竟然还在河面上漂着,不得不说这是个奇迹。听我奶奶说,他在落入水中的那一刻看到了一条白龙,从他的眼前一晃,用自己的身体托起了我父亲。四婶常常用鼻孔里发出的哼来表达她对这一说法的不信任,她追问我的父亲,你真的看到了白龙?它和画上的是不是一个样子?你怎么没拿个龙鳞回家?)四叔跑回了家。那时,老爷爷和爷爷奶奶都在炕上坐着,大概还生了一个火盆,奶奶体弱总是感觉寒冷,就是在夏天她也害怕门外的凉风。四叔哭着跑进来,大人们问他发生了什么事,他也不说,只是哭,而这哭反而让大人们放了心。他们以为,肯定是四叔和我父亲发生了争执,大三岁的父亲没有让他,受了气的四叔有满肚子委屈却说不出个所以然来。(四婶的眼瞄向我父亲的脸:"你父亲一直欺侮我们,当大哥的,从来都不知道让着弟弟,你们想不到你四叔受过你父亲多少气。"父亲沉着脸。他说这不是真的,但他从来不愿意和四婶争辩。有再多的理,和这样的人也讲不清楚。)为了止住四叔的哭,他们给他自家做的油条,可能还有糖。吃完了油条和糖,玩够了的四叔忽然想起了我父亲(这是我母亲的说法),他和我爷爷说,哥哥掉河里了。他和我奶奶说,哥哥掉水里了。爷爷一下子从炕上蹿下来,他顾不上穿上放在炕下的鞋,只穿着一双棉袜子便匆匆忙忙地跑了出去。等他赶到河边的时候,父亲还在水上悬浮着,一动不动。请来了医生,拍出了呛到肺里的水并喝过了生姜红糖水的父亲很快便有了好转,而被冷水和焦急激到的爷爷则病倒了,后来便一直咳,身体再也没有缓过来,送死的病的病根也是那时种下的(这是四婶的说法)。

为了回应,母亲也见缝插针,细数我四叔的不堪。如何好吃懒做。连守家都做不了,分给他的三亩地现在还剩六分。如何爱赌、爱财,占了我们家多少便宜,我们只是不跟他计较,计较也没有办法,他有着太厚的脸皮,再刻薄的话也伤他不到。听镇上的人说,现在已没有谁愿意跟他在一起玩牌,他太赖了,欠了钱也不认账,为此还挨过几次打……(父亲出来制止,够了!说这两个字的时候他从不结巴。)母亲说,在奶奶去世的时候,四叔刚成家,还是孩子,不懂事,也就罢了,可在爷爷死的时候,你们的表现就太过分了,镇上的人都指指点点,说……(父亲又出来制止,他说,够了!)停上一会儿,我母亲会找个合适的机会凑近四婶,显得很家常,她说的是住在村西的一个寡妇(镇上的人说,四叔和她有一腿,说得有鼻子有眼,大约四婶也听到过这种说法):"你看人家的腿儿,你看人家的眼儿……"在一阵赞叹后母亲又提到四叔,"他四叔最近顾家么?也不是我说,老四家,你家男人不怎么,你可得看紧点。他可是一只爱吃腥的猫……"这时,父亲再次出来制止:"够了!怎么都都都都堵不住住你的嘴嘴嘴!快快快快干干活去……"

住下来,四婶开始显示她的热心,她对我父亲的安排进行着指点,对旅店的布局说三道四,她有充分的理由站在旅客们一边,为他们着想,虽然她对那些住店的人也没有好感。四婶有意当着那些住店人的面说,她或挑起一个话头儿,或者附和他们的话题,这让我的父亲很没面子。"你你要不不不是女的……"我父亲没有往下说,可四婶却不干了。"我不是女的你又怎么样?吃了我还是杀了我?哥,我可是为你好,为了这个家好,伺候不好客人,店还怎么开下去?你可别狗咬吕洞宾啊。"父亲恨得牙痛,气得牙痛,他拿我的四婶完全没有办法。四婶来住的时候父亲让我母亲去找四叔,让他管管自己的女人,是我和母亲去的,他不在家。傍晚时分再去他倒是在了,屋里黑洞洞的,他就躲在黑暗里,在炕上躺着,伸着他细长的腿。母亲喊他他也不动,仿佛耳朵还在墙外面的石榴树上挂着,那棵低矮的石榴树只长了一些稀疏的叶子,从来没有长过石榴。母亲找他理论,他也不急,就那两句话:"我可管不了这女人。你们想办法把她弄回来吧,一家子,这样闹,多丢人啊。反复几次,我母亲也有些急了:"老四,你还知道丢人?你的脸皮比城墙还厚,别以为我不知道,她去闹都是你的主意!年年闹,你当我们家有摇钱树啊!"四叔依然不急:"嫂子,我可出不出这样的主意来。她回来了看我怎么收拾她。不过,你们也别太、太抠门了,拿几个钱打发她一下就是了,反正爹把摇钱树给你们了,你们就当打发要饭的吧,我们也确实揭不开锅了。别为此伤了和气,你说是不?"

……

四婶在我们家住下来,她显示了自己无所不在的热心。她有时在房子里惊乍,其实只是一只青灰色的臭虫,或者是一只没有尾巴的壁虎正在努力逃窜。"打死它,别拿这些东西来吓唬我!"二哥悄悄撇一下嘴,在她家,臭虫和壁虎比我们家多得多,也没见她怕过。一次她做饭,一只个头很大的壁虎从房顶上掉进了锅里,四婶拿着勺一边从锅里往外捞一边咒骂壁虎真是瞎了眼睛,偏偏这个时候掉,闹不好坏了一锅汤。大哥也显现了一下自己的小恶毒,他在饭桌上把这个故事讲给四婶,然后装模作样:"婶,那锅汤你喝了没有?"

"小兔崽子,没大没小,"我看见四婶的脸上泛起一层红晕,"汤不是你哥俩喝了么?你不还夸,你四婶做的汤真好,有肉味儿呢!"母亲和大哥那么低低地笑了,他们笑得很有些异样。

四婶的热心还不只这些,这些都还是开始,她要招呼那些刚刚进店来的客人,说一些不着边际的话,让那些原本想住下来的客人最终打消了念头,朝另外的方向走去。我的四婶追出门去:"你回来!挨刀的,我说什么了你就走?"她那么无辜。

晚上,她会用力敲住店人的房门,把里面的人吵醒,面对我父亲的质问她当然振振有词:"你听他们的鼾声多响!吵得人睡不着觉!我倒没什么,还有其他客人呢,可不能吵了人家!让人家睡不好,下次还会来?哥,不是弟妹说你,你的经营真是不行。这样怎么能红火呢?"……尽管父亲很生气,但也不能多说什么,里面的鼾声是响,特别是一个卖布头的,他的鼾声就是蹲在我们家槐树的下面也能清楚听见,二哥说他是雷公转世。晚上,四婶有时会把窗子打开,她的理由是,放放屋里的怪味儿。她说的也还是实话,大车店里不可能有什么好味儿,所以她的做法会得到大哥暗暗的认同,但后果是,如果在夏天,屋里便会放进无数的苍蝇蚊子,这自然让客人们很不高兴;如果在冬天,北风呼啸,它们那么畅通地穿进屋里钻进被子里骨头里,客人们更不高兴。客人们的不高兴是会让我父亲付出代价的。所以四婶每年的住下都很让父亲头痛。好在,四婶也很有自己的规矩,一年里只来两次,一次在麦收前,一次在春节前,多数的时候她不会来,她来了也没有什么可怕。平时的四婶还是挺和气的,低眉顺眼,待我们兄弟也很亲。可来"催债"的时候她是另一个人,那时候我想不通为什么是这样。现在有些明白了。

用不了几天,我的父母就会想办法拿出些钱,把四婶打发走。至于要拿多少钱,则需要她和我母亲细细地商量,经历一番唇枪舌剑,讨价还价,各自陈述自己的难处。拿了钱,四婶会恢复到她平时的样子,有选择地数落一下我四叔的种种劣迹和自己日子的艰难,说着说着她的眼泪就流下来了,她的伤痛就露出来了,这时我母亲也拿出嫂子的姿态来,说谁家都有一本难念的经,过日子啊,就是熬,没把日子熬完就得继续下去。临走,四婶会拉着我母亲的手:"嫂子,你也有你的不是,你认不?要是你早点儿拿出钱来,我们,我们不就……"

要是早拿出钱来让她回去,多好,干什么非让她住下来闹?这是我大哥的想法,也是我和二哥的想法,在回答我们的时候母亲有她的得意:"要不让她住下来,要不让她闹一闹,直接拿钱,她肯定会认为我们欠她的,肯定以为我们挣了很多的钱,这样就打发她,她会不甘心的,她还是要闹的,这个闹根本不能避免。"

四婶来住的那几天,我母亲就配合着她,合力演出了一出戏。这出戏不能说不精彩。

4

外面又下起了雨,我不清楚它是在什么时候开始的,也难以猜测它什么时候结束。在被称为家乡的那个地方,雨水很少,特别是在春季和秋季。细细的雨点打在屋檐上,打在树叶和草叶上,打在水缸里的水上,打在……这雨有它的凉意,像雾一样弥散,它也使我的孤单更加孤单。孩子们不会来了,今天,其实我早就知道他们不会来了。说实话我和孩子们的关系并不太好,他们对我,有种有距离的亲近,来看我,陪我说话有种尽责任的意思。我记得当年我和哥哥们是如何看待自己父亲的,我记得父亲是如何对待我们的,包括他的自以为是和专制,可在不自觉中,我还是继承了它。我想以后我一定不要做父亲那样的人,一定不要,打死也不要,然而慢慢地,当我成了父亲,却发现自己已经是了。我发现自己成了原本不喜欢的人,而长大着的孩子们,也渐渐是了。他们也继承了我的怯懦、自以为是、坏脾气、懒惰和专制。这个发现比我知道自己无法出人头地、光宗耀祖更让人悲凉。

雨下着,它把我和这座房子与外面隔开了,也许是白内障的缘故,它阻挡了我对外面更清晰地看见,所以我感觉自己的这间房子就像一条行驶于大海中的船,前面是水和黑暗,后面是水和黑暗,左边右边都是同样的水和黑暗。还有乌云和雨,它们摧打着这条船,使它发生着颠簸,使它不知自己会驶向何处、可供它停靠的岸还有多远。人最终停靠的是一个什么地方?我会停在哪里?……不止一次,我突然就有了这样的空无。日本人进入交河的那年,父亲和大哥被抓走为日本人修炮楼的那年,也曾有过一场连绵的雨,我记得的场景是:屋里四处摆放的盆盆罐罐发出的声响,以及冒雨站在屋顶上二哥的身影。当我离开交河一个人一路向西南走去的时候,也曾遭遇过连绵的雨。我觉得自己就是一条孤单的船,在夜里,没有一处灯盏。那年我十二岁。十二岁的脚趾一路把我带到了这里,它变得苍老、疲惫、倦怠,有了许多的裂纹和死皮,在这个称为异乡的地方扎下了根。我想到过自己的死亡,它也许就像一棵树的死,它的根也会在死亡中一起死去,即使没有连根拔起。根的拔起有时是别人看不到的。

人老了,总爱发些没用的感慨,打住吧。

不止一次,我大哥说我们这家所谓的旅店在根本上是家渣子店,他就是这样说的,渣子店,他把"渣子"咬得很重。他认为,凡是住进我们店里的人都是最次的次品,是一些渣子。他的话也许是王家染房的女儿说的,我大哥总是喜欢向我们表述她的那些意见,只是他会把它变成自己的想说。

"看看来我们家住的都是些什么样的人!你闻闻他们带进我们店里的气味。一出门,人家就知道你是渣子店的,因为你的身上沾上了他们的味。洗都洗不去。"我大哥说得虽有些夸张,但基本上是实情,我们如归旅店内的气味是不好闻。挑担人脚上散发的恶臭,卖鱼的人和他的鱼所带有的腐坏着的腥气,有的客人临走前还会在一个角落里撒一泡尿。种种难闻的气味混合着在旅店里盘旋,这很让我父亲头痛。他叫我们每日晚上给客人端去热热的洗脚水,采一些有很重的香气的花放在各个屋子里,即使在冬天也有意开一下窗子,如此等等,可是无济于事。那些客人,还是把各种各样的怪味带进来,然后让它们附在我们的身上。它们来了就很难散去。

那些住店的人,真的让人喜欢不起来。但在父亲面前,我们还得收起自己的不喜欢,甚至厌恶,努力地端出一副惨淡的笑脸。在这点上父亲的确比我们做得更好,他甚至能掩饰起自己的内心,即使是委屈,即使是当面的咒骂,即使是在他对面冲着墙角小便。

父亲说,我们要关心的是谁能成为我们的客人。客人的需要。我们得对得起"如归旅店"这个名字。我们得想办法挣钱,我们得想办法过上好日子。没有什么事会比这事更重要。

可是,客人尽管少得可怜,但他们的需要却太多了。他们抱怨屋子太潮需要多加几床褥子,抱怨洗脚水太热、太凉。母亲说这都是我父亲把他们惯的,一般的大车店只有土炕只有稻草他们也不抱怨。喝醉了的那个人要一杯水,水拿来了,他却吐在了床上、被子上,现在,他更需要一块毛巾。卖虾酱的那个人鞋跑破了,他需要针和线,和一块黑色的布,不过对我们来说,需要有一个不透气的鼻子,这样,我们就能忍受从他的鞋子里散出的恶臭。需要剪刀、钉子。把窗户关上。给牛喂草。洋火和卷烟。绳子。把苍蝇赶走。把臭虫扫走。早上叫他赶路。来一碗菜汤。把我的鞋子放在外面晾一晾。把我的褂子给我收进来。

然后,他们对不点油灯不满意,对满屋子的气味不满意,对掉下的墙皮不满意,对撒尿要到厕所不满意。对蚊子太多不满意,对爬进屋里的壁虎不满意。对除了我父亲之外别人都不太热情不满意。对隔壁或身侧的鼾声太响不满意。对汤里菜叶太多不满意。对馒头的太小不满意。对热饭的火候不满意。对我们家的狗进进出出不满意。如此等等。

再然后,他们会跑到我父亲种的菜园里去拉屎,把屎拉在菜叶上,或者把菜地踩得一片狼藉。如果是西红柿和黄瓜熟的时候,他们就偷偷摘一两个吃,而如果是葱,则连偷偷也不用。"赶车的进店,赛过知县;粗声大嗓,满院乱颤;掌柜的迎接,不敢怠慢;吃饱喝足,饭钱少算"——他们把这些话顺口念给我们听,还质问我们,能这么接待知县么,饭钱少算了么? ……他们会把痰吐在墙上、被上,会把那种劣质卷烟的烟灰洒在床上。我说过,他们有的人还会在房间里的一个角落里撒尿,偷偷地拿走或毁坏点什么东西,赶在我父亲发现之前逃之夭夭。有时,他们还会因为点什么鸡毛蒜皮的事打架,那时被毁坏的东西更多了,而这样的情况一出现,我们却很少能获得应当的补偿。他们都不是有钱人。

我记得最清楚的是两个车把式的打。他们一先一后住进店里,在进店来的时候已经满身是泥、是土,脸上也有不少的划痕和瘀血。父亲问他们怎么了,当时路上很不太平,总有些土匪出没,他们的回答也完全一致,在车上睡着了,掉沟里了。对这种奇怪,平日细心的父亲竟然也没有特别在意,不过,他还是把这两个满身泥土的人分在了两间屋里。然而到了半夜,我们听到一阵乒乒乓乓的打斗声,有人前来送信,不好了,有人打起来了。父亲和大哥二哥跑过去,好不容易才把他们拉开:原来,这两个车把式并不认识,他们在路经富庄驿的时候遇在一起。一个车把式的车在前,另一个在后,在后的那个车把式觉得自己的马更健壮,于是就想开车(方言,超车的意思)——前面的那个正是年轻气盛的年龄,哪肯让他超过落在后面。于是等他驾辕的头马和自己的头马并齐的时候,人家立刻狠狠地给头马一鞭子。挨打的马受惊,跑向了一侧,前面的马车自然还在前面。后面的车把式哪肯吃这个,他又追上来,在准备再次超过的时候头马又挨了一鞭——这个车把式一边大骂一边跳下了车,飞快地追上前面的马车,把甩鞭子的车把式拽了下来。

两个人便滚在一起。这两个气盛的人,有着大火气的人,一路追赶一路扭打,一直打了五十多里打到我们交河镇。天也黑了,人也打不动了,于是两个人一前一后住进了我们如归旅店。他们吃了晚饭,在两间屋里却没有睡觉,而是养精、蓄锐,把打光了的力气再慢慢积攒起来。两个人都觉得自己身上都有了力气的时候,便你一言,我一言,把尖硬的、带有屎尿气味的话向对方丢去,然后就是……我们那次损失巨大,父亲自然不能放他们走,这两个血气方刚的小伙子拿出了他们所带的钱,把车上带的、喂牲口的木槽和两件破棉袄都压给了店里,父亲依然不饶。这两个打了一路架的年轻人相互使了个眼色,一个说,要再不行,他们就给我父亲一匹马,但等他们把钱送回来的时候还要把马还给他。父亲在谈过饲养马匹的草料钱后,勉强答应了。就在我父亲按规矩准备给他写一纸条的时候,两个人一起跑了出去赶走了马车——父亲在后面追赶,那个答应给父亲马的年轻人把手伸进由毛巾缝成的布袋里,翻检一下,从里面翻出一个象棋子:"给你马!"两个人笑着,绝尘而去,那一刻,他们因开车而生的仇恨已经烟消云散。

大哥说他烦透了。他甚至期待如归旅店会突然倒塌,或者被一场大火烧毁。有一个客人住进来,他的心上就被堵住了一块,如果有两人,他的心就会有两个地方被堵住了。

当然,这话是我父亲不在场的时候说的。

母亲也不爱听这样的话,虽然她对那些住店的人也有太多的不满。她甩给我大哥一种阴沉的脸色:"没有了这家旅店,你们喝西北风去!吃屎去! 一点也不理解大人的苦心,我们苦巴苦结的,还不都是为了你们好,你看你父亲,他什么时候想到过自己! 上辈子做了什么孽,生了你们这些人事不懂的王八羔子!"

记得有一次,大哥买玉米面回来,看到一个住店的客人蹲在我家院子里,看我大哥的眼神有些鬼祟。我大哥走过去,问他干什么,他的回答是没干什么,没干什么,然后抬头指着飞过的乌鸦,那是什么鸟啊?他的表现自然加重了大哥的怀疑。大哥放下背上的口袋,和他说着话,保持着习惯的笑意,突然发现前几天父亲种下的几棵枣树苗已经被拔起了,但并没有完全地拔起来,如果不细心去看还真发现不了。大哥问他为什么这样做。那个人喃喃地涨红了脸,也没有找出什么理由,最后他说,我、我给你再种上还不行么,保证它们没事,死不了。我没有伤到它们的根。

记得有一次,一个人喝醉了,住进了店里,他纠缠着我的母亲说些很不着边际的话,还总想动手动脚。可以想见我和大哥的气愤,按照我们的意思,把他打出去就算了,就是给我们十万贯我们也不能看着他这样对我们的母亲。可我父亲不许。他要我们好好地照顾他,让我们给他沏茶、倒水,帮他铺好被子。我和大哥怀揣着满是怒气的肺给那个在鼻孔下长着一个痦子的男人沏茶,大哥冲我使了个眼色,我心领神会,两个人到了外面。我褪下裤子,冲着茶壶撒进了一小点儿尿,然后由哥哥倒入了开水,放进了花茶。这样做完,我们的肺才略略地好受了些,才不至于被鼓胀起来的怒气撑破。我们端到了那个人的面前。给他倒上。

那个酒醉的人竟然一口就尝出了其中的异味。我们以为自己做得很好了,只往里面撒了一小点儿,而且有茶叶的遮盖,而且那个人又喝醉了——可他竟然一口就尝了出来。他当然不依不饶。我们躲在外面,看他冲我父亲发火,冲我母亲发火,在他们面前摔掉了水壶,就在我父亲弯下身去捡拾那些瓷器碎片的时候,那个得寸进尺的酒鬼竟然抬起了腿,在我父亲的腰上来了狠狠的一脚。大哥冲了进去,我也随在后面冲了进去,本来我们的愤怒已使那个醉鬼有了怯懦,可我的父母去用力地拉住了我们,我的父亲甚至当着醉鬼的面,狠狠给了大哥一记响亮的耳光。"都都都都都是你你你……"大哥冲着我父亲硬硬地笑了,他把一口浓痰吐在了父亲和那个醉鬼的脚下,然后扬长而去。那一夜大哥没有回家。我不知道他睡在了哪里,但我能猜到他的心情,能猜到他肺里鼓鼓的气。秋天的夜晚,草叶上、残壁上包括空气里都沾着小小的露水,它们已经很凉,有着潮气和淡淡的霉味儿。母亲叫二哥去找一下我的大哥,他有着十二分的不愿意,有着十二分的懈怠,但看着父亲的脸色,还是去了。不过,他很快就转了回来:"找不到。不知道他到哪里去了。我又不能这时候敲王家染房的门。他死不了。"父亲脱下他的鞋,朝着二哥的后背扔去:"一天天阴阴阴阳怪气,我我我怎么有有有你你这样的儿儿子!"二哥缩起他的身子,从背影上看像一条怪怪的小兽。躺在炕上,他用只有我能听见的声音自说自话:"要不是你那么丢人、窝囊,能把大哥气走么?!装什么装。"

那一夜,我也在床上翻来覆去,想了很多的事儿。那一夜,窗外蟋蟀的叫声和猫头鹰的叫声、狗的叫声此起彼伏,连起黏黏的一片,它们或远或近,被蒙在一层薄薄的黑布里。那一夜,我的枕头里生出了石头、刺猬的刺,生出了荆条的根和不断爬动的虫子,无论我向左、向右、向上,还是将枕头暂时地丢开,都无济于事,我无法很快地进入到睡眠中去。睡在我身侧的母亲也是这样。而父亲的位置一直空着,我偶尔能听见他的咳,他应当是在那棵槐树的下面,不知道在等待什么。后来我的眼皮越来越重,有一层棉花压住了我,随后我的脑袋里也塞进了棉花。我做了一个梦,梦见我和大哥,用一把水壶杀死了一个人,从我的角度看上去应当是那个客人的模样。大哥一下一下,水壶把那个人的头都砸裂了,他才直起身子,长出了口气。"好了。"他说。然后,他让开了一个位置,我看了看那个人的脸,就在我低下头去的时候那个人的脸变了,躺在地上的竟然是我的父亲。

这个梦还很漫长,有着相当的繁杂和混乱,等我醒来的时候已经是第二天上午,炕上只有我一个人了。一切都像往常一样,大哥也在,他们忙碌着,而那个客人已经不在了。一切都像往常一样,像什么也没有发生,醉酒的客人,水壶里的尿和茶,父亲的耳光……真的,一切都一如既往,只是,我再也没有找到原来的那个壶盖上有了一道裂纹的水壶。而我父亲的腰也痛了许多天。没有人告诉我大哥是怎么回来的,他一晚上都在哪里,而那个客人是什么时候走的,我们客店要了他多少钱。没有人告诉我。我只好把它闷在心里。有许多年,我都想找他们问一问,可始终没有找谁问过,可能他们都早已忘了。我不能忘,我忘不了它。在我们家,这样那样的事发生得太多了,但它们都是很平常的日常,没有传奇。至少,在日本人来之前几乎完全如此。

还记得有一次,我们家住进了一个磨刀的人,有些矮小的他却很爽快,没在住店的费用上和我父亲讨价还价,而且主动把我们家的菜刀、剪刀和镰刀都磨了一遍,没要一分钱,所以父亲的笑脸有了比以前更多的真诚,他指派着大哥二哥为这个客人做这做那,殷勤得有些过分。在这个好的开始之后出现了转折,第二天凌晨,我们一家人被一阵尖叫和吵闹惊醒,那个客人的床竟然被压塌了。他和他的梦都重重地摔在了地上,没有任何的防备。父亲赶过去时他正脸色阴沉地磨着一把已经雪亮的刀。后来,我和大哥、二哥以及我母亲都赶了过去。那时已经有三个住店的人站在门口,他们叽叽喳喳,伸着幸灾乐祸的脸向里面张望。我们一起看着那个磨刀人。他用刀的寒光指着我父亲的脖子,而另一只手,则指着头上蜿蜒的血迹,一言不发。煤油灯的光在他们中间一闪一闪,他们俩的脸亮一下接着就会暗一下。父亲说了不少的好话,接下来该我母亲说了。

阳光出来之后,那个磨刀的人一边骂着一边捂着自己的头离开了如归旅店,从槐树的下面消失。他没有付给我们店钱。相反,在他离去时他的怀里还揣着我父亲给他的六角纸币和三角铜币。(为此他们可争吵了很久。当时已是民国。新生的民国,而东北听说让日本人占了,他们随时都可能进攻中原。我们不知道接下来会发生什么,会有怎样的变幻,所以更愿意使用半元的银币、袁大头和面额一角二角的铜币。纸币能不用就不用,能不收就不收——父亲怕它会突然地变成废纸,当然别人也怕。)上午,我母亲择好了菜,冲净了小米里的土和杂质,在找菜刀的时候突然发现家里的菜刀丢失了,她寻遍了所有角落。这时父亲才开始恍然,磨刀人手里的刀原来是我们家的,是如归旅店的。在一个晚上如归旅店损失了一张床、六角纸币、三角铜币和一把菜刀。我的父亲,挣钱不易而不得不爱财如命的父亲,他的牙痛又犯了。我们看着他在门口处缓缓地蹲了下去,一脸拉长的疼痛,伸出的右手用力捂住自己的腮。

那张床的垮塌其实是早晚的事儿,我觉得我知道它为什么垮塌,可我不敢和父亲他们说清楚。半个月前,我忘了自己是去找什么东西,在门口,我看到我的二哥依在床边上,正用手偷偷地拔起木板床上一根已经松动的钉子,将它丢在另一个墙角。我把这些看在了眼里。是的,我和大哥偷偷地痛恨着这家年年失修的旅店,痛恨住进店里的人,甚至,有时对在木质门框上探出头来的虫子、倒在木板床上的水和露出棉花来的被子都装作视而不见——而我的二哥远比我们更加恶劣。

那根钉子没了。我没有想过要找到它,而我父亲又找不到它。

当然,床的倒塌和钉子的缺少也许关系不大,反正在钉子丢掉之前那张床已显示出一些破败的迹象,人一上去它就开始吱吱呀呀地歌唱,如果在上面翻一个身,你的感觉会像在海上行船,况且,许多的白蚁、蛀虫在床腿和床板上早已进行着吃喝拉撒,并生儿育女。我的二哥,只是把它的垮塌给提前了,仅此而已。

5

父亲说如果有一些尊贵的客人常来我们旅店里住住,我们的生意就会好起来。至于他所期待的尊贵的客人为何不来我们如归旅店住,是因为我们太小了,太旧了,太脏了。我父亲说这些必须改变,必须。

我不知道他能改变什么,他还能改变什么。从能够记事的那年起,我就记得了如归旅店的破败不堪。瓦坏了,屋顶在经历暴雨之后往往会渗出一些潮湿的痕迹,如果雨下得时间略长,它就开始滴滴答答,大珠小珠地从上面落下。从屋顶上漏下的雨水是混浊的,如果落在床单上、被子上或客人的衣服上就会留下重重的痕迹。而雨停了,屋漏并不会马上停止,它总是要延续很长的一段时间,这段时间在父亲那里肯定比在我们的感觉上更为漫长。父亲很怕雨季,很怕乌云密布的日子,他的心焦能够一直焦到自己的脸上,额头以下的所有部分。窗棂断了,它轻轻地响了一下就断了,在断开的地方可以看到许多的粉末儿,有时还可看到爬动的虫子或白蚁。床好好的就塌了。源源不断的臭虫。这种也叫床虱或壁虱的、体扁而宽的红褐色小虫,携带着通到体外的臭腺和吸血的阴谋,昼伏夜出,把自己褐色的粪便涂在墙壁、被褥或床角上,把卵产在墙壁或床板的缝隙里。父亲和我们用白灰和泥涂抹,用开水和烟熏,用药渣和香……我们使用了所有能想到的办法,但收效甚微。还有虱子、跳蚤、潮虫。它们和臭虫一样源源不断,在一个时间里,它们减少了,不见了,可很快又会卷土重来。它们几乎是草叶上生的,露水里生的,空气里生的,气味里生的,几乎是在脚印里生的,几乎是在人的皮肤里和汗腺里生的……

即使堵住了屋顶的渗漏,可墙上水和泥流下的痕迹却无法尽快地抹去,臭虫和潮虫会把它当成自己的乐园。墙皮掉了那么一大片,在灯光下,月光下,不断蠕动的动物们密密麻麻,它们的肚子里或许有红色的血。南边的偏房在雨中倒了,先是屋顶从脊檩的两边塌下来,然后有一面墙倒了下去。出水口堵了,厕所太满了,蛆虫爬进了院子……我父亲马不停蹄地修补着,可问题还是不断出现,越积越多。这家如归旅店实在是太老了,太旧了,就像一个苍老的老人,它随时都准备——一些小小的修补是没有太大作用的,可要想修缮一新,我们家已拿不出那么多的钱。小修小补已经把我们的收入耗尽了。父亲母亲一直善于精打细算,那些小修小补的活都落在了父亲的肩上。可我父亲天生笨拙,有些时候,是他在加重这种衰败,椅子、床、茶几,经过了他的修补之后往往会面目全非。至少是可憎。他使许多的物品和原来的东西摆在一起,变得极不协调。回忆到我的父亲,我的眼前出现的常常是那样的一个景象,一只蚂蚁,想要支起一棵已经倒下来的树。我父亲就如同那只蚂蚁。

衰败,在我父亲生前,他是多么惧怕这个词啊。

在磨刀匠走后的那个上午,我父亲到镇上买来了钉子,买来了油漆,然后找出了锯和木板。整个过程,他都叫我大哥在后面跟着,让他也做点什么。当然大哥有一百二十个不情愿,他本能地显示了怠慢和消极,并把噘起的嘴给父亲看——父亲有他的办法。他会让自己视而不见,并把更多的、可有可无的活加到你的头上——我们哥仨都讨厌被我父亲呼来唤去,在他的眼里,总是有干不完的活。我们被叫去修理下水道,掏厕所里肮脏的粪便,打那些没完没了的臭虫、苍蝇,给客人们打洗脚用的水,等等等等。父亲呼唤我们就像呼唤一只猫或一只狗。在他的眼里,我们是属于他的,是属于如归旅店的。他把自己的梦想加到了我们的头上,也不管我们是不是喜欢。他从来都不问我们。

因此他一呼唤我们,我们就消失了。如同那些浮在水面上呼吸的鱼,受到某种惊扰便飞快地沉入水底一样。父亲总是抱怨,没想到要我们干什么活的时候我们就在他的眼皮底下粘着,就像是臭虫和潮虫,可一有了活,我们就突然地飞走了,简直比苍蝇还快。

用了三天的时间。我们家的三天要比一般人家的三天长出很多来,父亲一直见不得我们无所事事,见不得我们有一时的懒惰,他争分夺秒,并希望我们也与他一样。用了三天的时间,家里的七张床才一一修好。尽管我父亲用了十二分的细心,那七张床也显得坚固了,却比以前显得更为丑陋。它们有了伸出的胳膊和腿,有了长出的牙,有了拱起的腰:我说过我父亲绝不是一个好木匠,绝不是。他在许多的事上都显得笨拙,不过没办法,我们不能请木匠来修。我们没有很多的钱,事实上,我们很穷。父亲一直掩饰这个穷,一直想避开这个穷,可穷在我们的身体里是有根须的。无论在家里还是走到外面,我们都无法维护好自己的某些虚荣,在镇上,他们都是熟得不能再熟的熟人,他们甚至比你更清楚你们家有几把柴火、几块木头。母亲抱怨,大车店就是大车店,我们为什么非要用木板床呢,你看谁家大车店用的是床。有炕就可以了,有些稻草就可以了。我们可以少收一点儿钱,也能减少不少抱怨,他们有些人好像是冲着我们旅店的条件来的,其实还是心痛多花出的一两个铜板。

这时我的父亲吼叫了起来,他的全身都在用力:"不不不不说话行行……不行?谁谁谁会把,把你当当当哑巴?又不不不不用你你干!"尽管平日母亲并不畏惧父亲的发火,但那次,她还是及时地封住了自己的嘴,咽回了更多的话和自己的舌头,拿着针线簸箩,走到一个角落里去。

尽管嘴硬,从不承认,但可以说,我父亲,他在许多的事上都是错的。

6

在这一段,我要说我大哥的恋爱,这可是他从不承认的一个词,虽然他掩盖不了自己的行为。不知道他现在的情况怎么样了,如果他还活着……四十多年里,我四处打探我大哥和二哥的消息,撒出了一张张密密的网,可没有任何有用的消息。离开了交河,离开了如归旅店,他们像两滴水珠汇入了大海,完全没有了原来的形态,这比去捞一根针更为艰难。我对他们说,我大哥叫李恒福,二哥叫李恒贵,他们是河北交河人。我们家门前有一棵高大的、死了半边的老槐树,春天的时候树上开满了槐花半个东城都闻得见香——那是我爷爷的爷爷种下的。我们家经营着一家大车店,是我爷爷改的,它是祖产,而有梦想的父亲却偏偏叫它什么"如归旅店"。是的,如归旅店。在交河镇,上些年纪的人不会不知道它。在我离开的那天它就不复存在了。我对他们说,我大哥当年是如何走的,他大约去了什么方向,而我二哥又是怎么走的,他又去了什么方向……我也对他们描述了我大哥和二哥当年的样子,我说得极为简单。在这点上,我的笨拙也更清楚地显了出来,闭上眼睛我能清楚地想起他们的神态和表情,但无论怎么努力也无法用语言把我想起的表达清楚。当然这点也不重要了。谁知道经历了三四十年,他们都有怎样的变化?在那个兵荒马乱的年月,他们能不能活下来都是一个未知数。我撒开一层层一遍遍的网,四处伸出可能的触角,却从来没有抱太大的希望。如果他们活着,大约也会撒出同样的网,努力想捕捉到有关我的消息,他们也未必能捕捉得到。在那样的年月。

大哥在他十六岁的时候爱上了王家染房的女儿,王银花,他把心放在她的身上,眼神放在她的身上,魂和魄都放在了她的身上,而留在如归旅店的只剩下一个躯壳,一块木头——在我少年的眼里,那个王银花略有些矮短,长了一副小眼睛,而她还总愿意眯起眼睛来从缝隙里看人,一副很高傲的样子,说话的声音有些尖、有些假……在我少年的眼里,王银花没有一丝可爱之处,可哥哥却那么死心塌地地爱着。我觉得,如果让我选择,那个低眉顺眼的翠月姐更可爱些,比王银花好一千倍,她坐在你身侧的时候还有一股淡淡的、无法用苍白语言描述的香……可我不是大哥,不是那个脸上生出了痘痘,开始了苍声,有着一副宽肩膀和长腿,七个不服的大哥,我不能代他进行选择。

大哥在十六岁时的爱恋是母亲无意促成的。母亲织布。她和我没疯掉的大娘、四婶曾共用一架织布机,后来经历丧子之痛的大娘突然地疯掉了,她在大伯的看管下竟然跑得不知去向,没有了身影,仅剩下一些真真假假的消息——那架放在大伯家的织布机一下子空了下来,母亲和四婶织布便再没用它。母亲织布,她的活做得不错,她比我父亲的手巧多了,连一向嘴硬的父亲也这样承认。她织好布,一部分家用,一部分放在布行或集市上去卖,而染了颜色的布容易卖个好些的价钱——抱着布去王家染房的活儿就落在了大哥的身上。开始的时候,大哥有八十多个不情愿,需要用些威逼利诱,挂在脸上的这些不情愿根本不用细数。他像个木木的随从,跟在母亲的身后,让白褐色的棉布挡下一小半脸,可见的大半张脸缺少表情。没有几次,大哥的态度忽然有了一个让人猝不及防的大转变,他主动承揽起了抱布染布的活儿,他有了多生出的力气和活力,有了多生出的快乐。这些,在之前的生活里,在如归旅店,它们都是干瘪的种子,没有水分,也不曾得到发芽,再谈不上什么繁茂和茁壮了。

大哥的恋爱是我二哥先察觉到的。二哥对某些事一直有灵敏的嗅觉和听觉,母亲说他根本不像是我父亲的儿子,我父亲的耳朵就没有生好,他听不见窗外的事。二哥对我母亲说,大哥喜欢上了王家的女儿,那个王银花,他保证自己的发现不会有错误。当时,大哥的喜欢还没有后来的强烈,还没有露出半寸的端倪。也就是才露尖尖角的小荷。

大哥开始生出伸向王家染房的触角,它牵动着大哥的两条长腿。他总能找到借口,无论这借口多么牵强,支撑不起他的逃走,后来大哥也懒得再给什么理由了,他用自己的办法堵住自己的耳朵,把父亲的斥责和对活的分配堵在外面,变成一缕烟,一道灰尘,从全家人的眼皮下面迅速溜走……嘴硬还是有的,大哥坚决否认他喜欢上了王家女儿,他也参与我二哥与我对王银花的冷嘲,有时甚至比我们表现得还激烈——他说他去王家染房是因为他喜欢上了染布。他决定去学染布,将来,他想开个染房,把我们的旅店改造一下也是不错的选择。想想看,那样我们可以有很多的布,想穿什么样的衣服就穿什么样的衣服,想要什么颜色就有什么颜色;再说,染布远比开破旅店挣钱,他悄悄地看到了,计算过了。人可以不出门,不住店,但总不能不穿衣服吧,只要穿衣服就得……大哥还想继续陈述他的理由但被父亲硬硬地止住了:"我我们只只只只开旅旅店。我们家不不开染房,给给给十十十万八千块也也也不开。你你你你还是把把心心心思往正正正地方用用吧。房上有有有几块破破破瓦,你给给给我换换下来。"

大哥只好去屋顶上换瓦。他有意用磨磨蹭蹭来表达他的不满,但这不起作用,我的父亲对此能够视而不见。对付我们的消极,父亲可以用到的策略可多了。

二哥根本不看好我大哥的爱情,他说大哥根本上是剃头挑子一头热,人家王银花根本不可能看得上他,其貌不扬的王银花和她父亲一样,眼睛生在了额头上,能被他们看到的只能是富人、士绅,或者大大小小的官,家境不如他们的人是得不到正眼的,得不到好脸色的。瞎说,大哥用冷笑对他,随后他举出自己的例子,他说这家人根本不像我二哥所说的那样,他没有受到过特别的冷遇,反而享受着亲切和热情。大哥说,老二眼里的所有人都是小人,都有一副蝇营狗苟的小心肠,他应当去检查一下自己的眼睛,检查一下自己的心。"你说我长了一颗小人的心是不是?"二哥并不恼火,他笑嘻嘻地,心平气和:"他们是对你好。当然要对你好了,白用的长工,给人家干活又卖力,给你几个笑脸你就飘到天上去了,其实人家从来没把你放眼里。"二哥指了指大哥衣服上的污渍,那是一些纷乱的颜色,尽管大哥在染坊干活时用出了十二分的小心,尽管多数时候他要光着膀子干,但各种颜色还是粘上了一些,怎么洗也洗不干净。大哥的脸翻过来了,这一直是大哥努力掩饰的,这等于是打了他的脸,撕了他的脸。他站起来,把自己那张脸凑近了二哥的脸,那种冰冷的笑容有了更低的温度,完全是一副剑拔弩张的架势。他恶恶地盯着二哥的脸,仿佛我的二哥是一条隐藏的毒蛇,大哥看出了他滴着黄绿色液汁的毒牙——二哥很快退却下来,他不是大哥的对手,他的体内该生胆量的地方长出的却是懦弱。他躲开大哥的眼和脸,把自己扮演成一条灰溜溜的虫子,歪歪斜斜,逃之夭夭。

我知道,母亲用同样的话,不同的表情和态度对大哥进行过劝告,大哥低着头,也不反驳,但随后依旧我行我素,父亲说:"他他他的耳朵只是摆设,没什么用用用处。"后来我有了自己的恋爱,几年后有了这个婚姻。那时,我根本无法猜测在我大哥那里的波涛汹涌,他有种魂不守舍的平静。

夜里,大哥在床上翻滚,呼吸粗重,有时还喘出低低的,经过压抑和控制的叹息。白天,只要他能找到机会便会让自己的腿拉着自己走向王家染坊,他在逃走之前总露一些鬼祟的马脚,我想我的父亲也能看得出来。如果来得及,父亲就按住他,找一些活儿让他去干,而那个脸上生出了痘痘,开始了苍声,有着一副宽肩膀和长腿和七个不服的大哥,则与我的父亲斗智斗勇,阳奉阴违……

我说过,有一段时间,我哥哥在去王家染坊之前总是要先洗一个澡,如果是夏天他会到河里去洗。我也去河里洗澡,这是母亲默许的,虽然她不曾明说,但我领会她希望我能够对大哥的行为有所监视。大哥在河里,赤条条的,像一条青色的鱼。他有着很好的水性。但他并不总是嬉水,他有更重要的事。站在水里,他用力地搓着自己的身体,从脸到脖子,到胸口,到屁股,到腿……他的裆部生出了郁郁的黑毛,而黑毛丛中的那个物体则坚硬地挺着,有些发红。我的目光躲避着他的那个部位,它让我羞涩,而哥哥对此毫不顾及。他一遍遍闻着自己的腋窝,希望能够完全洗净从如归旅店里带出的气息。我的哥哥真的是用心良苦。

他还用过一种肥皂。我不知道他是从哪里得来的,不知道是不是出自于王家染坊。在我们家住店的人没有谁会用到肥皂,我们家也没有。大哥的提议从来没有作用,当家的是我们的父亲。为了能添置肥皂,略显粗糙的大哥用了他能想到的策略,顺着父亲的心理,非常推心置腹的样子:"如果有一些尊贵的客人常来我们旅店里住住,我们的生意就会好起来。我们的档次也就显出来了。他们为何不来?我们太小了,太旧了,太脏了。这些必须改变,必须。"见父亲没有反感的表示,大哥开始滔滔不绝:我们的小一时无法改变,这要以后想办法;至于旧,我们也得一步步来,而脏却是可以马上改变的。他先说我们应当如何除虫,如何监督客人不随地大小便,不把肮脏的痰吐到墙上地上,不把鼻涕抹在床角的隐蔽处和被子上……他说得没有新意,我们一直都是这么做的,我父亲为此绞过太多的脑汁。可我父亲却给了大哥鼓励:"你你,说说说下去。"父亲的葫芦里肯定有要卖的药,连我都想到了,可大哥对此却毫无察觉。他说,只用水让客人泡脚是不行的,那么厚的臭味根本不可能只让水就给泡没了,一离开水,那股臭还会自己回来,自己升起。怎么办?必须要买肥皂。大哥滔滔历数用肥皂的好处,而父亲的脸已经拉了下来。"我知知知道你要拉拉拉拉什么屎屎。甭甭想。"

大哥一下子变得僵硬,特别是脸上的肌肉,特别是他装出的推心置腹。筷子用力地摔在桌子上,一根筷子蹦了起来,跳到了地上——我的心跟着提了起来,不知道接下来会发生什么,以父亲的脾气,对我们的脾气——可那天,父亲表情平静。他的筷子用正常的速度伸向碗里的一条咸白菜,把它夹进自己的嘴里,嚼着。嚼着。

他心里装着王银花,一叶障目,在疑虑和自欺欺人之间痛苦徘徊,在同样的时刻,另一个怀春的女孩也想着他。是的,是那个翠月,我们邻居的女儿,她和我的大哥青了梅,竹过马,然而随着岁月,那个温暖起来的春天我大哥忽然间就把心抽走,交给了另一个人,这让她……

翠月时常来我们家。她也有种种的借口,譬如找我母亲学习织布、绣花、纳鞋底。一来我们家,她的眼光就会飞快地扫过我们的脸,在我们的神情里捕捉我大哥的动向。这个翠月姐有着那种闺秀的害羞,她从来不问,从来都用那些借口来掩盖,当然我的母亲也和她一直心照不宣。私下里,我的父母也觉得她是我大哥最合适的人选,可一向专制的父亲在这件事上却无能为力,他收不回我哥哥的心,而且他也羞于对我大哥把话挑明。学习织布、绣花、纳鞋底,统统都是她的借口,我们都看得出来,在那个年纪,她的这些活都做得比我母亲不差。在饭桌上,我母亲反复夸耀邻居的女儿,说她有一双灵巧的手,有望夫相,脾气也好,谁娶了她就是祖上的福。平时吃饭父亲很少对别人的话有所参与,他保持着刻板的严肃,时时准备让别人闭闭闭嘴,但在我母亲夸耀翠月的时候,他一反常态地参与了进来,对她的话表示认同。就连平时总爱丢几句松话、讽刺一下别人的二哥也敲起边鼓,我这个刻薄的二哥很少说别人的好——而大哥,低着头,用他少有的专心对付着碗里的粥,他把上面的一层已经凝结的皮拢在一起,细细地嚼着。几次之后,大哥附和了母亲的说法,他说既然翠月这么好,老二这一个毒人都觉得好,那就把她说给老二得了,也治治老二的毒牙。"你放放放放什么什么屁!"不知父亲怎么来了那么大那么急的火气,他把碗里的粥扣在了大哥的胸口上。

饭桌上的不欢而散没有影响母亲的坚持,她悄悄地找过大哥,苦口婆心。可大哥的心太小、太偏,他装下了王银花之后就再也装不下他人,不只是翠月。他甚至把全家的劝说和分析看成是对自己的考验,这是路上必经的沟与坎,他坚持着自己的勇往直前。

翠月还是常来。她也有自己的坚持,她的心脏里有一束幻想的、还没有展开的花儿。有时她会和大哥遇见,两个人十分陌生地打过招呼,侧着身,然后走开。她知道大哥是去哪儿,她知道大哥心里的人,她知道一切,比我们知道得还多。但她一直不说,不问,只是用借口到我家里来,想办法和我大哥相遇,然后匆匆地、陌生地分开。多数时候没有那个擦肩而过的机会,我大哥能躲就躲,一向揣着七个不服、勇猛的大哥竟对翠月有种惧怕,这种惧怕看上去比我和二哥对父亲的惧怕尤甚。当时我还小,不知道的不了解的实在太多。近两年的时间,翠月姐隔三岔五来我们家,如果是一块石头也会被她焐热了,然而我的大哥不是石头,他不具备那种石头的属性。我母亲也有些怕了,她觉得无论自己如何对翠月好也弥补不了心里的愧疚,有几次她都想说孩子你不用来了,有几次她都想在翠月的面前哭出声来,狠狠地骂我大哥几句给自己和翠月出出气——终于有一天,翠月真的不再到我们家来了。她和我母亲说,父母给她定了亲。也不算太远,南王庄,有二十几里的路程。她说她以后可能不能常过来了,显得,不好。说着翠月姐突然地哭出了声来,这些年,我们还从来没有见她哭过。母亲搂着她,一起哭。晚上的时候,我看见,父亲的眼睛也红红的,他在看我大哥的时候有种特别的寒冷,厌恶。她们一起哭了很久,最后翠月姐拿出几双鞋给我母亲,我们家所有的人都有,母亲的,父亲的,大哥的,二哥和我的,一人一双。她没量过我们的脚,但她却完全知道,她做得都非常合脚。她说,她一直把我们当成是自己的家人,要走了,留个念想。她和我母亲一直在屋里坐到天黑,我猜测她是想等我大哥回来,专门和他道个别。母亲悄悄叫我二哥去王家染坊,但那奸猾的二哥一走便不知去向,他根本没去王家。大哥回来的时候天已有些黑了,他先擦了把脸,在进屋的时候看到了在昏暗中坐着的翠月和母亲。他愣了一下,冲着翠月尴尬地一笑,来了,然后随手拿了一件什么东西便走向了偏房,走进了更深的昏暗——这时翠月站起来,婶,我走了。她看了一眼我们家的偏房,我走了。母亲冲着偏房大喊叫出了我大哥,她声音的异样我们都能听得出来:"你没看到翠月来么?你送送她。"翠月姐拉了拉我母亲的衣袖:"不用了,不用了,也不黑。"大哥从偏房里走出来,他大概也察觉出了气氛的异样,有些手足无措地站在了门口,翠月姐擦着他的身子侧身走了出去。"别送了,这么近。"

那个晚上,一家人都用了所能用出的冷来对待我的大哥,包括我。他陷入了一个巨大的冰窟,我想那个秋天他提前感受了冬天的风与寒。母亲把翠月做给他的鞋丢给他,还没有说话眼圈就先红了,她张了张口,张了张口,突然举起自己的拳头,朝哥哥的背上一下下地砸去……那个晚上。

第二天大哥起来得很晚。他洗过脸,便把母亲拉到一边,走到另外的房间里去。"看什么看!"父亲敲敲手里的锯,他的脸比昨天更长,"干干干干活!"过了很久,母亲急急地冲着我父亲走过来:"他爹,他爹,咱儿子,他的心回来了。"她对着我父亲的眼,"他让我们找个媒人去说说,你看,你看……"父亲沉思了一下,"就就就是怕怕怕怕……晚了。"他突然转向我,"看看看什么看,干干你的活活活!"

真的是晚了。媒人说她去了,和翠月的父母说了,刚有些活动,可翠月却坚持不再更改,她说,既然答应了人家,都定下来了,再悔不让人家敲我们的脊梁骨? 我们不是大户,但做人的道理懂,基本的仁义礼信还是有的。"我自己找她去。"大哥收起支着的耳朵,丢下正和我父母说话的媒人,朝外面走去……然而,真的是晚了。我大哥也拿出了他的韧性,接连几日去邻居家里,可他垂头丧气的样子就能看得出结果。他对我说,现在他才想到翠月的好。他不能原谅自己。可他,没有机会了。说着,他竟低低地哭了起来。

大哥对王银花的爱也同时无疾而终,至少在我们看来是这样的,当然情况也许并非如此,具体的真实只有哥哥一个人掌握,而他守口如瓶。他不让我们再谈过去的事,他不想再想起,不想再听。他安心地待在家里,和父亲一起料理旅店里的事儿,甚至有了更多的热心,这让我的父亲终于松了口气。他知道我们都对这家如归旅店并不上心,但它最终还得留给我们。我们,至少是其中的某一个,要将它一直经营下去,把生意能够越做越大。他对我们说,无论干什么事,不用心是不行的,不努力是不行的,不坚持是不行的。他对我们说,他用了这么多的苦心,其实是为了我们。为了我们的将来,为了我们的儿孙。而我们到他这个年纪,肯定也和他一样。收回心的大哥,让父亲的话多了起来。

只有母亲,她有她的忧心。她有时自语,觉得大哥变了个人。这样下去说不定会有什么事发生。她把自己的担心也笼罩在我的心上。有时我悄悄地盯着哥哥的脸,他没有少掉什么。他还是一副旧样子。除了胡须长得比之前更厚。他去洗澡的时候我还跟着他,他想教我游泳可我总学不会,我的脚只要一离开水里的地面就会呛水,让我陷入虫茧一样的恐惧里去,所以他在背后推我的时候我就大声呼喊,这样自然就呛入了更多的水,呛入的水甚至会把我的声音也一起呛掉——我大哥不是一个好老师,一直不是。他就自己去游。有时会潜在水中很久,水面上抹掉了他的全部痕迹,我盯着他入水的地方而他却从一个远处冒出头来,有时手里还抓着不断挣扎的鱼。他在水里擦洗身体,尽管不再去王家染坊,但那种一丝不苟的擦洗还是让他保留了下来,在这样的时候我会偷偷瞄一眼他的下体,那个从黑色毛头里探出的东西依然是直直的,坚挺的,有些发红。我很想问他和那个王银花之间究竟发生了什么,翠月姐又为什么没有被他追回,可我一张口,一提起这个话题,大哥就生出很不恰当的愤怒。"小孩子知道什么。滚一边去!"我离开交河镇的时候,翠月早已嫁到南王庄去了,据说还生了一个女孩儿。同样是据说,据说她的婆婆是个很厉害的人,待她一点儿都不好,经常打骂,还没有出月子就把她赶到了地里去干活儿,要知道那可是一个寒冷的冬天。她送我大哥的鞋他一次也没穿过,那真的是一种纪念,大哥把它放在一个很个人的地方,有时悄悄拿出来,看一看。站在门外,他也听到了有关翠月婆婆的据说,我们听见他用凶恶的声音骂了一句,而等我们向外看时,他已经走远了。都是命啊,母亲感叹。她的泪水流得不知不觉。

母亲的忧心没有变成现实,我大哥并没有制造什么事儿,他只是先后拒绝了几个媒人的提亲,每拒绝一次,母亲就会多叹几口气,都是命啊。她的说法经过几次反复之后引起了父亲的反感:"他要要要不不是折腾,会会会会是这这这样?该,该该该该。"许多日子,大哥都像父亲的一个多出的影子,跟在他身后,按我父亲的吩咐做这做那儿,这是他和以前不一样的地方。以前我们都有层出的借口,都要想方设法逃离父亲的注意。现在,大哥固定在父亲的视线里了。这让我和二哥多少松了点气。

高贵的客人终于来了,至少我父亲是这样认为的(其实我们全家人也都这么认为)。可能是在一个秋天吧,也可能是接近夏至时的春天,具体的时间我记不清了。我老了,脑子时常会有某种浑浊,何况我对时令一向感觉模糊。我们的如归旅店里,住进了三名从济南来的大学生。他们和我大哥的年龄相仿,也许会大他一两岁,两个男的,其中一个略胖,生着一脸的痘痘,还有一个女的。他们说是要去北边,至于去北边做什么我们并不清楚,我们清楚的是,他们在我们的店里住了下来,并且还住了一段不少的时间。他们说要在这里进行考察。要找一些人。

我父亲把他们看成是高贵的客人,他说,这些人如果放在大清,就是秀才,举人,翰林,是要当大官的。父亲说,当年,我们如归旅店也曾接待过贵人,是一个县令和他的夫人,包下了一间房。他们待人和善,说什么话都是极其温雅客气的,一点儿也没有架子,可是不怒自威。我们镇上许多人都在门外悄悄看过他们,他们看到镇上的人探头探脑也不恼,反而冲着那些眼神点点头,然后继续做自己的事儿。他们拉着几个大箱子,里面除了丝质的衣服和被子之外就是书,我父亲见到了。"你看看人家的做做做派,你你你看人人家的站站站站,坐,你看人人人家的……"父亲抬着头,眼睛盯着一块还算平整的墙皮,发出悠长的感慨。他的眼睛睁着,看见的却是旧日,是早已过去的时光。(四叔也曾提到过,我们的大车店住过一个什么县长,他和我父亲的印象反差巨大。他说那个人整天阴沉着脸,四叔给他送洗脚水他头也不抬,在四叔准备告退的时候突然说话了,但眼睛还盯在自己手里的书上:你闻闻这屋里是什么味儿。那个夫人倒是好些,人也漂亮,就是总是咳,可能得了什么病吧。他们住了两天就走了。后来传来消息,大清亡了,已经是民国了,这个县长官当不成了,只好带着夫人回老家。之所以住进我们的大车店,是因为慌不择路,是因为他们在逃亡。)

那三个学生的到来让我们兴奋,特别是我的大哥,贮藏在他身体里、被失恋的冷水浇灭的小火苗又开始有了想要燃烧的迹象。也许是因为年龄的缘故,也许是因为大哥所显示的殷勤的缘故,那三个学生很快地就接纳了他,他成了他们中的一员——我大哥甚至不自觉地和我二哥与我拉开了距离,和学生们的亲近使他也沾染上了高贵,仿佛我们俩才是"他们",和他不是一种人。为此他没有少受二哥的冷嘲热讽,可这次,大哥不恼。他笑笑,拍拍二哥的头或肩膀:"别嫉妒啊,谁让你不济呢? 我们家的大才子。"——这让习惯于阴阳怪气(这是父亲给二哥下的定语)、少有火气的二哥倒发起了火。

白天,大哥充当合格的向导,按他们的要求在镇上走走,或者到略远的地方去,至于都去了些什么地方大哥对此守口如瓶,尽管他知道我的父亲母亲也想打探。他拿出一副很神秘的样子,要在平时,这肯定会遭到父亲的严厉斥责,然而在这件事上父亲却有了少有的纵容。其实白天不在店里干活也是父亲默许的,二哥拉着我冲我母亲表示了不满,母亲说,你大哥陪客人也是正当的事儿,让他长长见识也好,这个家以后还靠他领着呢。何况,这几个人是住店的,我们得招待好他们,这样我们的旅店才能赚到钱。二哥认定母亲的说法是一种强词夺理,但又有什么办法? 我们只能怀揣愤愤和不满,去井边挑水,把洗好的床单晾在绳上,在墙角和褥子底下寻找臭虫、虱子和潮虫,打扫房间和院落,劈柴,检查修补那些木板床、旧桌椅,把茶壶茶杯洗净。二哥把他的不满悄悄发泄在学生们睡的床上,他或者用锤子混乱地敲几下床,或者用脚踢,或者把痰吐到褥子边上然后擦去,但小留一点痕迹……我也学过他的样子,在他没看到的时候。

傍晚,或者吃过晚饭后,我大哥也会去他们那里坐坐,说说话,如果我大哥不过去,那个满脸痘痘的男生还会探出头来叫,这让我大哥的脸上有了更多的光,他很享受。除了不说他们具体都去了一些什么地方,大哥尽一切可能的机会抓住我们和我们讲那三个学生。二哥说,如果不让他显摆一下他真的会被憋死。每当大哥讲那三个学生,二哥就会故意地敲敲打打,岔开话题,表示自己对此没有兴趣,但,他装得不像。

大哥说他们叫他"劳苦兄弟",是的,他们没有把他当成是外人,他们说,所有的劳苦大众都是一家。大哥说现在是国家危亡的紧要关头了,东北都让日本人占领了,外面发生了很多的大事,而我们在镇上就像井里的青蛙。大哥把他所听到的、记下的一股脑地倒给我们,他所说的,是那些在大槐树底下纳凉的老人们,那些住店的拉车的、卖鱼的所没有说过的。大哥说天下早就不太平了,洋人用他们的枪炮一次次打开我们的国门,强迫我们和他们通商,烧杀抢掠,明明是到我们的土地上来抢劫却又要我们割地赔款,现在,日本占了东北不说,还在打上海,打天津。德国人盯着我们,英国人盯着我们,法国人盯着我们,他们根本上是一群虎狼。而腐败的大清政府,民国政府(父亲摔了一下筷子,什么话,还反反反反了你了)……现在那些大军阀只为自己的地盘打打杀杀,根本不顾老百姓的死活,不顾我们这个国家的危亡。大哥说,前几年,学生们在北平闹事你们都听说过吧,具体是怎么回事你们不知道吧?他们说,是为了"二十一条",日本人那时想要吞掉青岛!他们烧了一个大官的房子,那个大官吓破了胆,换了一身仆人的衣服,从后门的狗洞里逃走了(瞎说,二哥盯着屋顶,大官家的院子能出狗洞?出了狗洞也不让人修一修?)……他们说,劳苦大众应团结一心,把这个国家从列强的手里解救出来,自己做主,建立一个新世界。国家兴亡,匹夫有责(大哥一字一顿,我猜测,他记住这个词可用了不少心思)。我大哥说……父亲终于站出来制止他了:"国国国家那那么大大大,当当官的都都管不不好你你你操操什么心?他他他们干的事你你你你有有什么责责责?"父亲说,人家学生们将来是要当官的,是要当翰林当总督当总长当省长的,闹一闹也许有好处,你和人家不一样,你得脚踏实地。就是给你个县长当你也不会不是?我们老百姓要的,就是过好日子,就是平平安安,你把心思用在我们这个家上就行了,用在自己的父母兄弟身上就行了。有些话,听听就是了,可不能当真。要在前几年,议论这些事是要杀头的,你要记得大伯家华哥哥的教训。他给家带来了什么?是灾祸,弄得你大伯抬不起头来,弄得你大娘得了失心病疯掉了,现在也不知道跑到哪里去了。家破人亡啊。"你你你你别别别不知道自自自吃吃几碗碗碗干干饭。"

大哥停止了自己的话,但他的脖子还是硬着,这些日子,他的七个不服都长得更大了。母亲插嘴,是啊,你华哥哥整天舞枪弄棒,爱打抱不平,到天津去贩布头本来好好的,可正赶上有人在街头鼓动,年轻气盛的他一时冲动,糊里糊涂就加入了进去,结果还不是被杀了头,你知道这事对你大伯打击多大,对你大娘打击多大!当父母的,不求……"别说了,我知道。"大哥继续硬了硬他的脖子,脱下自己的鞋,在床边上用力地敲了敲。这时,二哥伸伸懒腰,把鼻子里的气挤出了一些,我知道,他要开口了,他一定想到了什么能击中我大哥要害的词。

那三个学生还在我们店里住着,他们依然是尊贵的,我的大哥也一如既往,把自己的身子扎到他们那里去。后来,那三个学生不知是谁突发奇想,准备排一出什么戏,这种戏不需要唱腔,我大哥也受邀加入了进去……我大哥分到的角色是,一个小店员。但店主不是我的父亲,在那出戏里,店主很坏,他由那个瘦些的男生扮演,我和母亲有次看见他悄悄地用我们家灶底的灰抹在自己的嘴角,充当胡子——这一悄悄行动被我们看在眼里,他也看到了我们的注意。那个学生,冲我们摆摆手,露出他口里的牙齿,然后回到他们的屋里。母亲说这叫什么戏啊,这哪里是戏啊,戏哪能这么演啊,哪能这么扮啊。我的母亲是个戏迷,喜欢京戏、梆子,《捉放曹》《法门寺》《四郎探母》《打金枝》《铡美案》,她觉得自己在戏剧上有充分的发言权。这叫什么戏啊,你看人家京剧里,人家的髯口是怎么戴的,是老生是花脸还是丑儿,是包公是曹操,胡子戴起来都是有区别的,人家多么讲究……我母亲的说法遭到了二哥的嘲笑,他说娘哪你不懂就别说话,人家这叫文明戏,是从西洋传来的,在城里时兴着呢。说这话时二哥也加入了三个学生的队伍中,他们在修改过的戏中又加了一个角色,找不到人,只好让他去凑个人数。新加入的二哥显得比我大哥更卖力气。现在,轮到我用鼻孔的气表示自己的轻蔑了,在三个人中间,我被完全地孤立了出来,这一孤立让我心生怨愤,满腹的委屈。

　　加入排戏队伍的二哥回来说,大哥又爱上了,肯定错不了,你看他的眼神。"谁?"母亲一时没回过神来,"还能有谁?"二哥笑眯眯地说。母亲想了想:"不会吧?"

　　尽管大哥矢口否认,他说那个脸上长有痘痘的男生在追这个女生,她大概对他也多少有点儿意思,自己这样的身份,怎么会……但我们细想一下,又觉得他说的不是实话。"傻孩子,这能有什么结果啊?"

　　再看我大哥,他看那个女生的眼神便有了特别、异样。他的行为动作,也有了特别和异样,虽然他以为自己掩饰得很好。我有意无意地在他们面前露一下头,然后消失,他们猜不到我要观察什么,他们把我都当成是一个懵懂的孩子,但我觉得自己已经大了,足够大了。我猜测,大哥,此时的大哥再接近这几个学生已和原来的目的不尽相同,他一看到那个短头发的、有一张圆脸的女生时,便会感觉到自己的血液在异样流动,在不去王家染房之后,他已经很久没有这样的体验了。血流得那么快,冲击着理智,让他胆战心惊。我的猜测应当是靠谱的,因为有几次,我发现大哥的脸会莫名地变红。

他又把一片树叶放进了自己的眼里。

我发现,他又有了偷偷的辗转,在夜深人静的时候,在满天星斗的时候,在月色如水的时候。有时他还偷偷走下床去,蹑手蹑脚,一个人待在外面,不知道都干了些什么,如果翻身醒来的二哥问他,他就简短地回答,撒尿。这不是真的,我知道,一泡尿绝对用不了这么长的时间,绝对。有天夜里,我正在做一个什么样的梦,好像是被一群长着绿眼睛的狗在穷追不舍,在整个黑白的梦中只有它们的眼睛带有色彩,这更让我感到恐怖。这里二哥推醒了我,他小声说,你看他干什么去了,别让他发现。

我看到了我大哥。那夜月光很好,大片大片,相互挤压,粘连,擦拭,我第一次觉得我们的旅店并不像我平时看到的那么衰败,那么斑驳。大哥在月光中缓缓走着,在学生们睡下的窗外徘徊,每当路过窗口的时候他都装作无意地停一下,朝那扇窗子的里面望一望。他没发现我的存在,可他,在这个自以为没有人的时刻还是做着若无其事的样子。我想,那时,他真希望自己有一条长长的脖子,或者是一阵风,一只蚊子,直接地飞进里面去。三个学生住在一间房子里,另外的房子还得留给别的住店的客人。我父亲说,他们三个住在一起好有个照应。我们家也曾住过一些女人,她们或是去远方投亲,或是因为这事那事而背井离乡,如果客房紧张的时候父亲就安排她们和男人们住在一起,之间放一个象征性的隔开的物品就是了。虽然住我们旅店的那些贩夫走卒多多少少都有些卑劣,一有女性住进来(不管她是四十五十还是只有七八岁)便能勾起他们的兴奋,往往一晚上都大呼小叫,滔滔不绝地讲一些裤带以下的笑话和故事,有人也借出门进门的时候对女人们动手动脚,好在父亲盯得严没发生过什么大事(父亲说,我们是好人家,得立得住,得对得起我们的招牌。要是出了事,我们的牌子就砸了,会让别人瞧不起的。不出事还有人说三道四呢)。那间屋里有四张床,本来是各自放的,但在这些学生入住之前,我父亲和我二哥将它们钉在了一起。一张床已经塌过两次了,我父亲已经没有能力把它修得像一张新床,没办法保证吱吱扭扭、摇摇晃晃的它不会再倒塌一次,而几张床钉在一起就强多了。是大车店的时候每间房子里都只有一排大炕,把四张床钉好,二哥私下里说父亲跑了一圈儿还是回到了大车站的老路上,只是大床替代了大炕。家雀就是家雀它怎么打扮也成不了老鹰。大哥朝里面张望,虽然有月光可借,但里面还是黑洞洞一片,他又不好意思凑近窗口去看。他在月光的地面上来回走动,心事重重。

我知道大哥的心里有一只怎么样的小兽,抓得他的心肺鲜血淋漓。那几张床是钉在一起的,父亲也没有在其中放什么象征性的隔开物,当然这并不是父亲的疏忽所致。他被无法表白的爱、自卑、妒忌与猜疑烧灼着,空有一身力气——多年之后,我在工厂里做工,听一个什么什么代表在台上发言,他举了一个《红楼梦》里的例子,说林妹妹肯定不爱焦大,焦大也不会爱上林妹妹,因为他们属于不同的阶级……他说得不对。林妹妹不爱焦大也许会是事实,而焦大会不会爱上林妹妹就难说了。我觉得我有焦大爱上林妹妹的例子,而且不止一个。在我当兵的时候,连里一个班长,作战相当勇猛,不识字,但爱吹笛子,就为了一个大家的小姐开了小差,据说还对人家进行了强奸。两天后他被抓了回来,我们看着他从队伍的前面押走,他竟然笑着和我们,特别是他班里的人打招呼,说自己值了,下辈子还要和我们做兄弟……要知道,他已经知道自己要被处决——

当然经历了那么多的世事,风风雨雨的,我知道自己什么话该说,在什么时候自己必须闭上臭嘴。

是的,我大哥空有一身的力气。

我偷眼观瞧,那个女学生对大哥的心思毫无察觉,她醉心于排练,醉心于向我大哥二哥讲演,倒是脸上长满痘痘的男生看出了,他对我大哥的举动报以冷笑,却并不点破。一叶障目的大哥偷偷进行着练习,分配给他的角色并没有几句台词,还不如最后给我二哥的多,但他那么刻苦、仔细、兢兢业业。可他空有一身的力气,他的动作、表情总有些笨拙、僵硬、带着木质的气息——这大概也是他有力气的结果,太重视的结果。

他们的戏最终演了两场,一场是在泊头大集上,另一场则在我们旅店里。在泊头大集上的戏我没有去看,旅店里有那么多的活儿,哥哥们走后,它们都落在了我的头上。旅店里的戏我倒是看了,那天邻居们、住店的都聚在一起,槐树下黑压压一片。没什么意思。这不只是我一个人的意见,老人们、四婶婶和二姑夫也这么说,他们说看不懂,看不出好来。远不如看梆子过瘾。四婶说,我大哥上场的时候她差点笑岔了气,怎么那么笨啊,要不是早知道,她肯定会认为我大哥是个瘸子。有必要说一下我的二哥,轮到他上场的时候他怯场了,脸涨得通红,说什么都上不去,最后还是我大哥黑着脸把他拉上了台……稳下来,二哥的表演要远比我大哥强得多,大哥自己也这么承认。平日的那种松松垮垮的劲儿也不见了,虽然还能见到一些怯懦。母亲进进出出,忙里忙外,她没有专心看戏,她说你父亲能让你们演戏,而且是在旅店里,真是太阳从西边出了,真是给足了那几个学生面子,他其实是向镇上的人显摆,旅店里住进了高贵的客人,他和旅店的身价似乎也高了起来。

在学生们走后,离开了交河,再无消息,大哥的表演还遭受着我们的嘲笑。嘲笑他最厉害的是我的四婶,我母亲说自己没好好地看,像一群斗鸡似的。我大哥一上场,一亮相,她就起了一身的鸡皮疙瘩。不进进出出怎么能行?她实在是看不下去。

在戏演过不久,学生们就走了,好像是有什么特别的事儿,而他们在交河的活也基本完成。有次我母亲说漏了嘴,学生们是被我父亲劝走的,好像有什么人找上了门了,向我父亲打听这些人的情况,一向谨小慎微的父亲心里生起了蓬乱的草,何况,有我大伯家华哥哥的例子。母亲说,这事不能告诉我大哥,千万。那个活祖宗,他要知道了还不恨你父亲一辈子。

他们走的时候大哥显得很平静,学着他们的样子,一一握手,有分寸地说再见,再见。他的眼神从那个女生的脸上扫过,并没有太多的停留。他帮那几个人提包,送到槐树下,然后那几个人说不用了不用了,你回吧。我大哥就冲他们挥挥手,我们是,兄弟。大哥说这句话的时候中间顿了顿,我猜测,原来他大概想在兄弟前面加一个什么样的定语。

他们走后,大哥依然平静,他没用父亲吩咐便拿起扫帚,扫起了院子。可扫了一半儿人就没了,直到傍晚才重新回到家里。他说他有些累,吃饭不用等他,竟一个人朝里屋走去。"回回回来!"父亲的话也没能叫住他。

第二天，父亲把我们叫到一起，很郑重地对我们说，该把心拢一拢了，收回来了，得认清自己是家雀。知道我们叫什么吗？叫草民。知道为什么叫草民吗？别总想那些乱七八糟的，国家的事有国家来管，别瞎掺和，明朝亡了还有大清，大清亡了还有民国，什么人当官我们都一样，我们都得做生意，钱都得这样一点一点地挣。挣不到钱，吃不上饭，说什么都没用。父亲说，官府的人（大哥说，现在叫警察）来过了，那几个学生不地道，大概还想谋反，要不是他狠狠地破费了一下，也许大哥二哥都要被抓走了。"别别别别什么事事事都不不干，净净给我惹惹惹事。我是怕怕怕你们陷陷陷进去。"

父亲还谈起我们的祖上，他们都是些规矩人，遵从先人的礼法，仁义礼智信，从来不做伤天害理的事儿。人不能做坏事儿，更不能做大逆不道的事儿，不光给自己的今生今世惹祸，到了阴间也没有好下场。父亲说我们家族的人，在外人面前都能直得起腰来，都能让人家论得住，可惜，出了你华哥哥这样一个杀材，丢尽了脸面，不光弄得自己家破人亡，害得整个李家都跟着矮了半头。要不是民国了，说不定我们也要遭到牵连，这样的人招人恨。

父亲说，从明天开始，谁也不许再提那三个学生，再也不要提国家、洋人、民族危亡那样的屁话，它们不能当饭吃。你们要想我们的旅店。要想，自己做的对不对得起自己的家，能不能在别人面前不矮人家一截儿。

结结巴巴的父亲说到很晚。我早就困了，坐在那里摇摇晃晃，脑袋里边已是一片浑浊，后面的话都只是飘过，没有进入到我的耳朵。二哥也哈欠连连。这样的话，父亲已说得够多了。他和大哥的耳朵都已反反复复磨出了足够的茧子。

7

尊贵的客人来住过了,可我们的生意并没有起色,依然是一副旧样子。包括稀疏的客人,包括旅店的落寞。我大哥很是魂不守舍了一阵儿,茶饭不思了一阵儿,但慢慢地,他也恢复到旧样子里去,不好也不坏。

也不知他从谁的手上借来了本书。在灯下看,在槐树的阴凉里看。那是一本很旧的书,线装,印在薄薄的宣纸上。

>关关雎鸠,在河之洲。窈窕淑女,君子好逑。
>参差荇菜,左右流之。窈窕淑女,寤寐求之。
>求之不得,寤寐思服。优哉游哉,辗转反侧……

>南有乔木,不可休思。汉有游女,不可求思。
>汉之广矣,不可泳思。江之永矣,不可方思。
>翘翘错薪,言刈其楚。之子于归,言秣其马。
>汉之广矣,不可泳思。江之永矣,不可方思。
>翘翘错薪,言刈其蒌。之子于归,言秣其驹。
>汉之广矣,不可泳思。江之永矣,不可方思……

要知道,我大哥并不认识很多的字。我想,他不会懂得里面的意思。我想,他只是找本书来读,无论是本什么样的书,他想在书里找到些什么。事实上,他和这样的书有些格格不入,书中的文字于他简直是种嚼蜡。

尊贵的客人来住过了,可我们的生意并没有起色,依然是一副旧样子。那问题出在哪儿呢?

我们的旅店在交河镇的东边,距离东城门很近。那时,交河镇上还有很厚的城墙,少年的时候我常和二哥到城墙下面挖土鳖子。那是一种扁平的黑棕色小虫,头很小,胸前有三对足,背部边缘有淡黄色斑块。它可以入药,能破瘀血,续筋骨,我们将它卖到药店,能换一些二分一分的铜币,归入到自己的私房钱里。

交河镇的城墙比我们的旅店苍老多了,但也坚固多了,站在城墙的下面,你会依稀寻到一些旧日里"我们也曾阔过"的痕迹。我们也曾阔过,这让几乎天天到老槐树下面讲古的老人们瞧不起泊头,瞧不起河间。他们算什么,出过太傅算什么,出过娘娘算什么,当年,我们比他……在没事的时候,我愿意凑到他们面前去,听他们讲那些过去的传奇。只是他们身上都有股重重的霉味儿,和那些住店人的气味很不一样,但同样能堵住人的鼻孔,让人不敢痛快呼吸。

不知什么时候,东城门的门楼上,周围的槐树、柳树和松树上落了不少的乌鸦,它们在那里建巢、繁殖,时不时,乌鸦的叫声会非常清晰地传入我们的耳朵。它们有时也飞到我们门前的大槐树上来,树冠的下面落下了不少的鸟屎。它们的叫声简直是一剂很苦的中药。父亲时常抱怨,他说他年轻时,东城门上根本就没有乌鸦,那时,如归旅店的生意多好啊,过年的时候,他甚至可以分到一些碎银子,或者是银圆,自己去买些一直想要的东西。我父亲把如归旅店的衰败归结到一点,那就是乌鸦所带来的不祥,是的,是乌鸦!它是一种不祥的鸟,我们的祖上也这样认为。现在,它粘上我们了,它们盯上了如归旅店。

父亲当然不能坐视不理。

和乌鸦们旷日持久的战争也就开始了。

他驱赶落到我们家槐树上的乌鸦。他的眼里可容不得沙子。只要乌鸦一落下来，在树叶中还没来得及将自己藏起，我父亲已经赶到了，他用土块、石子向上面投掷。他用一根竹竿，在上面绑了一条红色的布条来驱赶乌鸦，这根竹竿后来被他带到了东城门的门楼上。父亲带着竹竿爬上城墙驱赶乌鸦很快成了交河镇的一景，每次我父亲带着竹竿走向城墙方向的时候会遭到一些人的围观，妇女们叫上自己的男人和孩子，叫上邻居，在我父亲的后面指指点点。四婶说，别人拿我父亲当成是一个有病的疯子，是杂技团里的小丑，我父亲的举动充实了那些人的饭后茶余。四婶对我父亲说，哥哥，你和老四真像，你们真像亲兄弟。父亲马上变了脸色，他向四婶的方向伸伸手，但很快便缩了回来："什什么话！"父亲是个要面子的人，可他不能不对付那些乌鸦。一个算命的瞎子也说过，如果我们要想发达，要想过上好日子，就必须要赶走乌鸦。

他不能把这根竹竿交到我们任何人的手上，发火也不行，使用拳头也不行。母亲也出来为我们说话，她说他爹，你也得为孩子们想想，他们三个都还没有成家，要整天扛根竹竿赶乌鸦，谁还敢给咱的孩子提亲？是不是这个理？

"都都都都是废废物！"父亲的火只好继续积在自己的肺里。

竹竿不好举了，而且也实在起不到太多的作用，乌鸦们飞走了还会飞回来，慢慢它们也没有了惧怕，和我父亲玩起了心跳的游戏。父亲上去，它们就飞得略远些，依旧忙自己的，只要保持警惕就是了。父亲挥动竹竿，它们再飞，而一等他的竹竿落下，乌鸦们也跟着落了下来，在竹竿够不到的地方。城墙边的树也太高了，这根竹竿够不到任何一个乌巢,即使把它们捅下来,乌鸦也会在距离不远的地方重新搭起,它们有意看父亲的笑话。

父亲喂了猫,养了狗,还不止一只。之前父亲不喜欢养猫,养狗,他的理论是它们吃得太多,而且还到处拉屎,但这次不同。这些猫和狗有它们的用处——它们长到一定的时间,一定的个头,父亲便把它们装进一个自制的箱子里,放到东城门的门楼上。他想用猫、狗,把那些乌鸦和它们的雏鸟咬死,至少是吓跑,免除后患——不过,那些黑压压的乌鸦们倒没表现出什么恐惧来,望着父亲带去的大箱子,惨惨地叫着,甚至朝刚露出头来的猫和狗张望。被放到城墙上的猫和狗却不行了。它们早早表现出恐惧来,在箱子里撕咬,这恐惧大概是父亲带它们登上城墙的时候就已埋下了,恐惧已经漫过了它们的头顶,不要说它们要面对的是乌鸦,就是带肉的骨头和鱼也会把它们吓跑——所以,无论放在城墙上的是猫,是狗,不出三分钟,它们肯定会尖叫着,竖着全身的毛冲下城门楼,以比我父亲快几倍的速度回到家里,或者不知去向。败下来的、回到家里的猫与狗落到父亲手里绝没有什么好下场。我们家的槐树下埋了好几具猫和狗的尸体,父亲杀死它们,还会把它们的骨头也咬牙切齿地敲碎,这样也不足以泄掉父亲的怨气。只有一只黄色的狗没有被父亲杀死,它逃下来,在父亲的脚下趴着,换出一副可怜巴巴的眼神和表情,任父亲怎么踢它都不再起来——父亲终于有些心软了,其实本质上,他也不是什么恶人。它被留了下来。这是条母狗。

春天是那样的季节,草开始发芽,虫开始复活,大雁北飞,燕子回家,猫和狗开始发情,夜晚的时候时常要听一晚上它们异样的叫声,而我的大哥,也在春天的夜晚反复叹气,心事重重。我说了,那只被父亲留下来的狗是条母狗。我家院子里的狗一下子多了起来,不时,我们会被几只狗的撕咬吵醒,让人心烦意乱。大哥的感觉比我们更甚,他的心烦意乱里滋生出了约有六钱的恶毒。他要下手了。

是一个傍晚,父亲正好不在。大哥领着我们家的黄狗出去,回来的时候它的后面多了一只带有黑色斑点的白狗。它很粗大,面相凶恶,但一进我们家院子,它就变得温顺无边。它在我们家黄狗的屁股后面来回嗅着。大哥上去拍拍它的头,他的六钱恶毒已显现出来。

母亲没能阻止住大哥,或者她根本没有想过要阻止,一天到晚的狗叫让她也烦透了。她那么眼睁睁地看着大哥拿起了蓄谋已久的木棍,眼睁睁地看着他用出全身的力气,眼睁睁看着那只带有黑色斑点的白狗从黄狗的一侧倒下去。它的头上涌出了血,嘴角涌出了血,两股鲜血在地上缓缓爬行,交汇在一起。她眼睁睁地看着,那只狗的两条后腿在不自觉地抽动,后来就不动了。母亲骂了大哥两句,因为距离较远我也没听到她骂的是什么,只看见她指挥着我大哥把那只白狗拖到南偏房的屋檐下。

她烧水去了。

随后,她又走了出来,带着一种严肃的表情,把一把刀子递到我大哥的手上。

第二天早上,我们家的饭桌上就出现了大盆的肉。冒着雾一般诱人的香气。母亲没有解释肉是从哪里来的,我们已经很久没有吃过肉了。我们谁都不说话,只是大口大口地吃着肉,那天,我们家的空气有和往日不一样的充沛。对此事一无所知的二哥竟然没有问肉是怎么来的,同样对此事一无所知的父亲也没有问。南偏房的屋檐下,渗到地里的血并没有被我母亲和大哥擦净,还有细小的痕迹在。

那只黄狗,蜷在一个远远的角落里,无精打采。大哥给它端去了几块骨头,它只是闻了闻,就把头偏向了一边。

夏天将要结束的时候父亲还扎了一个丑陋的稻草人。他用了心思,细心地选来了稻草和绳子。在扎稻草人的时候,父亲嘴里含着绳子的头儿,可他还是轻轻唱了起来:"我在城楼上观山景,忽听得城外乱纷纷……"唱这几句戏词的时候父亲没有结巴,虽然并不成调。

可他要承受的依然是失望。几天后,稻草人成了乌鸦们的另一个栖息地,而且,它身上的稻草对正准备建巢孵蛋的乌鸦非常有用,乌鸦们一边在上面憩息一边用嘴叼走稻草。几天后稻草人更加丑陋了,它越来越瘦,丧失了人形。在风中,它那么孤单无助,让人怜悯。父亲拔下稻草人,顺手把它丢到了城外,经心选来的木棍、绳子和稻草都不再让他心疼。这个一向精打细算的人。

后来,父亲从赵永禄家的药店里买来了毒药。在买药的时候父亲专门向人家解释,这些药是用来毒老鼠的,是用来毒黄鼠狼的,是用来毒臭虫和虱子的。不解释还好,父亲的解释反而增加了伙计的疑心,下午的时候赵永禄便追到我们旅店里。我父亲还是那些话,这些药是用来毒老鼠的,是用来毒黄鼠狼的,是用来毒臭虫和虱子的。最后是我母亲给他解了围,她对赵永禄说,你还不知道你叔那个脾气,掉下个树叶也怕砸破自己的头,给他十个胆子他也不敢往客人的碗里放,我们不是黑店,谋财害命的事绝做不出来。他其实是想除掉东城门楼上的那些乌鸦,他嫌它们晦气,可让他承认是想去药乌鸦他也不好意思,是不是?赵永禄前仰后合地笑起来,叔啊,你和那些乌鸦是干上了,上辈子有仇吧?哈,要是不管用你就再去找我,我还有更烈的毒药!

可以说,一向善良、规矩、怯懦的父亲,在把几片肉浸泡在毒药中的时候是有毒的。他哼着曲子,是另一支,不是"我在城楼上观山景"——然而那支曲子由他来哼同样不成调。把肉用筷子从药水里捞上来,父亲拍拍他的手,然后退上一步,直一直身子。他像注视一件艺术品一样,盯着那几片带着血丝的肉,被毒药浸泡过的肉。尽管光线昏暗,我还是清晰地看到,父亲微微地笑了,他笑了。他的笑里有少有的灿烂。在我们的日常,父亲是很少有笑容的。然而毒药,拌在肉里的毒药却办到了。

第二天,父亲从东城城门的门楼上下来,在他手上,提着三只已经僵直的乌鸦。它们黑色的羽毛被风吹起,在父亲的手中摇晃,有很大的幅度。死去的乌鸦不会理解我父亲的得意扬扬,对他的得意显然并不配合。我父亲也并不需要乌鸦们的配合,它们死了,显示了他的胜利被他提在了手上,就足够了。

就足够了。

那种惨惨的、让人发冷的叫声终于有了停歇,门楼上的乌鸦一起消失了,它们不知去向。这也许是个好兆头,它意味着,我们的如归旅店可能迎来了转机,我们马上要有好日子过了,我们,我们的如归旅店即将成为交河镇上最大的店铺,我们一家人可以吃上肉和饺子,想吃多少就吃多少,能在过年过节的时候穿上丝质的衣服。我们会受人尊敬。可是,我们没等来什么好消息,反而得到的消息是,大伯病了,并且病得很重。父亲和母亲有过几次很秘密的商量,过后,已经不能行动、不会说话的大伯被接进了我们家,接到了如归旅店里。旅店仍然没有好转起来的迹象,父亲说,快快快快了,快快快了,快快了。

他似乎胸有成竹。

没有了乌鸦的叫声,真的是静寂了很多,甚至让我们感到,无所事事。父亲在院子里和院子的外面拔草,它们长得真快,而且坚韧。拔一会儿草,我父亲就抬头看两眼东城门的门楼那里。那里有白色的云朵挂在上面。我父亲的表情就好像是,他有所期待。他对乌鸦的叫声有所期待。

他的这个表情,和上次战胜母亲喂养的小鸡之后有些不同。那是去年的事了,发生在和乌鸦的战争之前,发生在,济南府的学生们到来之前。为了补贴家用,母亲在卖小鸡的人手里买到了几只小鸡,它们毛茸茸的,胆怯地挤在一起,藏起可怜的眼睛。那个卖小鸡的人住在我们店里,母亲和他讨价还价,使用着好话歹话,终于半买半赖,把小鸡买了下来。感觉很不划算的小贩临走从菜地里拔了几根大葱,我母亲呼喊着追了出来,但她也没有真的想把葱要回来,只是做做样子罢了。小鸡在长大。开始的时候父亲并没有表现太多对它们的反感,即使有小鸡跳到锅台上,跳到菜地里。一个挑剔的客人(可是哪个客人不挑剔呢)一脚踩在了鸡屎上,这使他的旧鞋变得更脏。他跳了起来。父亲用了不少的好话也起不到作用,他威胁要砸碎我们的狗店,他威胁……大哥在这个时候出现,他冲到那个人的面前:"有种,你砸我们店里的一根草!"哥哥的话似乎激怒了那个人,他顺手拿起一根木棒,但一时没能找到要砸的草——可是,大哥的拳头却在他拿起木棒的那刻挥了出去。他的脸上马上溅出了血,而我大哥的第二拳又挥了过去。

父亲恨上了那些小鸡。只要一让他看到,那些小鸡就遭殃了,他一定要追到自己完全看不到它们的存在为止,一只笨些的小鸡把命丧在我父亲的脚下,父亲踩扁了它的头和眼珠。母亲喂养的小鸡在父亲的追赶中成长,它们学会了和父亲打交道的方法,就是站在一个安全的距离,似乎并不警觉,但父亲的脚步一冲起来它们就安然地飞走,落在父亲踢不到抓不到的高处或远处。那些小鸡是母亲当母鸡买的,她和那个卖小鸡的有过仔细地挑选,然而等它们长大了,却多数都是公鸡——母亲不承认受骗,她坚持,这是父亲追赶的结果。她坚持,父亲的追赶把母鸡赶成了公鸡,它们只能这样。如果我父亲继续去追,剩下的那两只母鸡也会变成公鸡,不信你们看。这些鸡虽然相对瘦小,却更善于奔跑和短距离飞翔,而且特别喜欢战斗,邻居家的鸡无论是公鸡母鸡都经常被它们啄得遍体鳞伤,我母亲不知为此向人家赔过多少次笑脸。再大一些,公鸡们显示了更多的凶悍,父亲的优势越来越不明显了。父亲做样子去追赶的时候它们也不跑,而是竖起羽毛,进入战备;而一旦父亲的攻击是真的,它们飞起来朝父亲的脸上啄去,在他尚未反应过来之前已经脱身,飞上了偏房的房顶。四婶看过我父亲和公鸡们的战斗,这成了她的一个话柄,要知道,我父亲是个要面子的人。从那之后,我们家再没养过鸡,提到鸡也不行。父亲说养鸡是那些笨农妇们干的活儿。我们家是做生意的,和她们不一样,不能一样。人往高处走,只有水才流向低处。

似乎可以告一段落了。可是。

某个早晨,我们又听到了乌鸦的叫声。时近时远,相互呼应。

8

大伯病的消息是打铁的祥晖叔送来的,他的语气里带有讨伐。"他不是你的亲哥哥么?你们不是一个娘的,可终归是一个爹的吧?你们兄弟就不过去看一看?他要是死了,臭在屋里谁的脸上好看?你们,不是天天满口仁义道德么?"在讨伐的祥晖叔面前,父亲的手是多余的,腿是多余的,脚是多余的,就像一只被逼到墙角无路可逃的老鼠,他显得低矮、干萎。祥晖叔气鼓鼓地走了,在他走后,母亲冲着那个腰拱得像张弓的背影:"自己的屁股还没擦干净倒教训起人来了,哼,什么东西!谁不知道你啊,你是怎么对待自己母亲的?"她的脸转向我们,把委屈和气愤抹得更厚:"他们不给他娘饭吃,把老人放在一个冷屋里,一冬天也不生个火盆儿,缸里的水全是冰,老人天天只好砸冰去舀水喝。窝头硬得,都能砸碎石头,老人哪嚼得动啊!他娘临死的那年我去过他们家,你们猜都猜不到,想都想不出来!他和他老婆把老人绑在炕边上,让老人半蹲着,说老人糊涂了,不知脏净,自己拉了屎撒了尿就在炕上自己玩,甩得到处都是……就那个架势,多受罪啊!老太太被绑着的地方都掉皮了,往外流血和脓。哼,现在,倒有脸来说我们了,你大伯,我们是不管么?我们管得还少么?……"父亲这时站出来,把她下面的话截住了:"胡胡胡胡说什什么!别别别……别传传人家的事事事!先先先先问问自自自己。我我们去去去看大大大哥。"

大伯的确病得很重。等我们赶过去时,他已经不能说话,半张着嘴,有一小截舌头露在外面,左边的脸明显有点倾斜——当我把薛大夫喊来的时候四叔四婶也赶来了,四婶没有进屋,而是在外屋和到来的邻居们说着话,我想他们肯定也领受了祥晖叔的讨伐。父亲和大哥把大伯抬到炕边上,他们抬出了一股浓厚的臭味儿,那股臭味弥散得很快,站在外屋的四婶她们皱着眉,一起走了出去——大伯屁股的下面是潮湿的,他拉在了自己的裤子里,恐怕还不止一次。

薛大夫用手遮住自己的鼻孔,对我父亲说,大伯可能是中风,真阳衰损,阴盛格阳,是阳气聚集它处而不能归元的结果。"那那那那……怎怎么办?"父亲拉拉他的衣袖,"能、能不能治治治治好?"大夫皱着很深的眉:"吃几服药,扎一扎汗针试试。你们能不能先给他洗一洗,换条裤子再说。"

我们把大伯接到了家里,接到了如归旅店。在准备抬我大伯的时候,母亲忽然叫住我四叔四婶,"我把咱哥接到那边去住,你们有什么意见么?"她的声音明显高了几度,和四婶站在一起的那些邻居们也听得清清楚楚。没意见,他们能有什么意见?四婶矮着,用一种乞求的眼神看着我母亲的下半张脸:"你、你又不是不知道我们的家境。你们老四……我们自己都顾不了自己,要不,也用不着去你那里胡、胡……我们听嫂子的。"四叔俯下身子,把大伯的一只胳膊扛到自己的肩上,"都别说了,一家人,说这些干吗,快走吧。"

父亲给大伯擦洗,用不凉不热的温水。父亲把他一条没有穿过几次的裤子套在了大伯的身上。父亲给他剪了头发,当时,大伯的头发就是一蓬枯萎着的乱草,里面生满了虱子和它们密密麻麻的卵。做好了饭,父亲会自己端到大伯的那屋,一口一口地给他喂下,中风后的大伯不懂得要自己咀嚼。我的任务是,天天去请薛大夫,本来薛大夫说不用天天去请,他会来的,他认得去我们家的路,可父亲一定要坚持。他说,你去请的时候一定要真诚,要伶俐些,看薛大夫有什么东西要拿,要帮他提着。薛大夫给我大伯开出了药方,他向我们解释,治疗中风,首先是先扶真元,同时还得兼顾病邪的部位。大伯人太老了,早就像一个四处漏风、摇摇欲坠的旧房子,而且这病是积累下来的,治起来就困难些,得配合一下针灸,他不能保证一定会把我大伯的病治好。他摇着头,试试吧。怕不行了。你们先把后事给他准备下,别到时候手忙脚乱。

在大伯身上,父亲用出了他少有的耐心、细心、精心,我觉得他不是这样的人,不应当是这样的人,可在那个时候,是。他给大伯擦洗,把大伯的旧气味擦得一干二净。每日里,他在大槐树的底下放一把椅子,然后让我大哥和二哥将大伯抬出来,小心轻放——以我大伯那时的瘦弱,他们一个人的力气足够,我想我的力气也足够,可父亲一定要他们两个人。父亲站在大伯的后面,一边给大伯按摩,一边和围聚在槐树下面讲古的老人们说说笑笑,从背影上看,他也老了,有了花白的发和微微的弯曲。我父亲给大伯煎药,把药渣倒在屋檐的外面,耐心地喂我大伯用白通和猪的胆汁熬成的汤……他的举动自然赢得了夸赞,看上去,父亲对别人的称赞很受用。当然,他还要谦虚一下,说自己做得很不够,这些年大伯心里一定很苦,可他只知道送点吃的送点衣物却很少陪大伯坐坐,说说话,旅店里忙很能占人都是借口,想起来心里很不是滋味。现在做的,只是对过去的一点儿补偿。当然,他也不会把全部的夸赞揽在个人的怀里,四叔过来的时候父亲会递给他药碗,递给他梳子,然后把那些老人和邻居称赞他的话也拿出一些,用在四叔的身上。一向嘲笑称赞、不把"高帽"放在眼里的四叔看上去也很受用。

"看着吧,咱父亲的葫芦里肯定有要卖的药。"二哥私下对我说。他是在我们挖土鳖的时候对我说的,当时,我想向他要我应得的钱,买一个我想了很久的玩具。我不明白二哥的意思,他打断了我对私房钱的追问:"不信你瞧。肯定。你还小,咱爹是什么人我比你清楚。人啊,无利不起早啊。"

直到大伯死去,父亲的葫芦里也没倒出什么药,甚至他都没拿出葫芦来。大伯快不行的时候我被父亲打发去叫薛大夫,等薛大夫收起鼾声,问清是谁,点灯,穿衣,把我让进屋里,然后叮叮当当把他想到的药和器具放进药箱,擦一把脸,关好门上路,我大伯已经死亡,这个一直沉默的、不幸的人被阎王派出的小鬼套上锁链,把很轻的魂给抓走了。走在路上,我们听见狗叫得厉害,一只不知名的鸟从草丛里窜起,跌跌撞撞地飞走了，它的出现还吓了薛大夫一跳。走在路上，一股阴阴的风吹进了我的脖领，让我打了个寒战。当我们走到大槐树下的时候薛大夫停了下来，他说看来我不用去了。他指了指我们家亮起的灯火，打开的门，和进进出出的邻居。我说去吧去吧，你不去，我和我父亲没法交代。薛大夫犹豫了一下，跟在我的身后走了进去。是的，大夫的确不用来了，大伯成了一具尸体，被放在卸下的一扇门板上，脸上盖着两张蜡黄的纸。他的手在那里，腿在那里，身体在那里，但他，已经不在那里。他的眼睛在那里，但已经不再睁开；他的鼻子也还在那里，但已经不再呼吸。父亲在一旁指挥着拿这拿那，给哪些亲戚报丧，向谁谁谁家借椅子桌子碗筷……他的眼圈是红的，刚刚哭过的样子。我也看到了我的四叔，他和我父亲拉开了一些距离，沉着脸，有些冷。

灵棚搭起来了。父亲出钱给大伯买了棺材，这是一笔不小的费用，在拿钱的时候可以看出父亲的掂量。四叔在一旁蹲着，眼睛盯着别处，而四婶则参与到婶婶嫂子们的忙碌中去——办事的人却不依不饶，他走到四叔面前："老四，这事儿得你哥俩办，你不能光看着吧？多多少少，你也得有个表示，这话还用我说么？"四叔变了脸色，而我父亲在停顿了一下之后给了他台阶，说我们哥俩商量好了，这事儿我办，老四有心无力，一时拿不出，等他有了就看着给我点儿。四叔用力地点着头，是，是，我们商量好了。你们、你们什么事都和我哥哥商量就行了。

话虽这么说，可在给我大伯灵前的净布上写字的时候他们还是有了分歧，父亲的意思是，大伯家的华哥哥死得早，而且死得也不那么，那么光彩，要在老时候是不进祖坟的，不能再提的，以他的名义写净布总感觉脸上无光，不如以我大哥的名义发送，算是过继给他，他坟前也有了守祖的人。再有一个妥协的办法，就是以我父亲和四叔的名义，可总感觉不如以我大哥的名义更恰当些。四叔想都没想,怎么都行,又当不了吃当不了穿,可四婶提出了异议:"大哥,我们还是写大伯家孩子的名字吧,毕竟人家是亲生的。咱大哥在地下,肯定也愿意是自己的儿子守着,不管他好也罢歹也罢,毕竟是自己的骨肉。你说是不是这个理?"母亲也加入了进来,他们四个人争执了一会儿,父亲说算了算了,大哥的丧事要紧,就按他四婶的说法吧。不过,当时他让人给亲戚们写发丧的帖子的时候,没想周到,就把我大哥的名字写在了下面。"哥哥,你多精明啊,你怎么会有想不周到的时候?"四婶婶用出了夸张的表情,她有意给灵棚里的婶婶大娘们看,"嫂子们,你们经历的事儿多,你们说我说得在不在理?"

爆发是在商量如何给我大伯打幡兜罐的时候。这是我们当地的风俗,打幡的兜罐的都是死者至亲的孝子,除了标明亲近和血缘,还或明或暗地标明了继承权。父亲的意思是,大伯家里已经没人了,丧还得要出,而且兄弟们一定给他出得漂漂亮亮。四叔现在还没有孩子,所以他决定,我大哥打幡,二哥兜罐。父亲想得大约过于简单了,他觉得这个决定不会有人异议,所以他只是向灵棚内的李氏族人通报一下,宣布完了就准备和帮助料理丧事的人去说——就在他走出灵棚的时候,四婶从另一侧跳出来:"哥,你等一下,咱得把这事说清楚。"

棺材的另一侧,四叔伸了伸脖子,他要喝住我的婶婶:"让咱哥哥办去吧,你一个女人,瞎掺和什么!"

"不,不行,这事不行!丑话得说到前头,要不,让人卖了还给人数钱呢。"

"老四家,你这话啥意思?当着大家的面,你把话说清楚。"母亲也站了起来,她不能不说话,不能只充当省油的灯。

"我当然要说清楚,不然,妯娌们往后怎么看我?我可不是那种胡搅蛮缠的人,我可不能让人给看扁了。"

哼,父亲指着抬起身子的大哥:"你你你给我坐坐坐下。"

"哥,你让你家的老大老二打幡兜罐,那他大伯家的房子咱咋办?他的那些东西咱咋办?他们给大伯发送,是不是大伯的东西都归你家了?"

父亲的脸青了一下,红了一下:"没没没没这个个意意意思……和和和和它它没没没关系……"

"哥,你也知道我和老四过得不如你,他大伯的那些东西在你眼睛算不得什么,可对我们不一样,大不一样。我知道你是仁义人、厚道人,那你当着咱李家老老少少的面,说,老大老二给他大伯打幡兜罐,而大伯的东西你们一分也不要,就可怜老四家了,送他们了,那我绝不挡这事儿!我要再挡就不是人!"

……母亲悄悄瞄了一眼父亲,她尖起嗓子:"哎呀,我说他婶子啊,你的脸皮可真比交河的城墙还厚啊,真比皇城的城墙还厚啊,说这话你亏心不亏心,也亏你说得出口!咱大哥病的时候你是出过钱还是出过力?给大哥出丧,你花一分钱没有?要东西了倒跑到前面来了,哎呀……"

"你们的心思我今天才看明白,不过也不算晚。你们做那些,就是给别人看,想堵我们的嘴,占咱大哥那几房破屋!你说你们,都富得流油了,还不放过那几房破屋,还有织布机……"

"我们什么时候想了?倒是有人……"

……争吵越来越烈,大娘婶婶们也拦不住。站在外面的祥晖叔忍不住了,他冲进了灵棚:"都给我住嘴!这是什么地方,这是什么时候!

不就那点破事么,在这里吵多让人笑话!都多大年纪了,守着老人孩子,还是要点儿脸吧!你们四个,都跟我出来,到没人的地方,躲起来吵去!吵出个结果来再说下一步的事儿!"

他们吵了整整一夜。还有帮着我们料理丧事的邻居们从中调和。大伯当然还得入土为安,这事不能耽误,错过时辰会给家族带来灾难的,我们的日子已经过得很不济了。最后的结果是,大哥代表我们这一支打幡,而四叔代表另一支兜罐,一起把我大伯送到坟上。

突然下起了雨。路变得泥泞起来,四叔抱着哭丧棒和纸钱朝我们走来,急了些,竟然摔倒在地上,纸钱撒了一地,贴到地上捡不起来了。这还不是问题,四婶说,怎么下雨了呢,这种天下葬,可能不是好兆头,母亲马上搭话,这样的天,做了亏心事的人肯定心神不定,就怕老天劈了她。四婶提高了嗓门,是啊,是该劈了她,谁让她笑里藏刀,说一套做一套,做个套让别人去钻,真不要脸。这时春大娘插过身子,她哭兄弟啊,我苦命的兄弟啊,便把四婶和我母亲隔开了。突然下起了雨。北方的雨很少,可那天,突然下起了雨。

一群乌鸦受到惊吓,从路边的树丛里飞出来,叫着飞向远方。父亲盯着它们,把它们送出了很远。

9

就在眼前的这些已成旧事。

想一想,它们其实已经那么远了,远在四十多年之外,远在两千里之外,远得让人觉得可怕、可怜。有时一觉醒来,我以为自己是在四十多年前的旧岁月里,睡过了头,父亲和母亲,大哥和二哥,都已经开始为一天的生活忙碌去了,迎接我的将是他们的冷眼和呵斥。于是,赖在床上的我急忙——我已经急不了了,一把老骨头已经变酥,有的部分还开始发霉,长出了骨芽,我不能像以前那样,轻易地翻身下床,飞快跑到外面去。我已经无法做到。就拿下床来说吧,我得让自己先静一会儿,稳住心脏不让它早搏,不让它过速,不让它晃出应当的位置,然后才是,翻身。我得一点一点,让身上的肌肉和骨骼复活,连通起知觉,可以一起用力了,才可以把身体支起一点来。老了,我觉得自己就如同泡在水里的馒头,有些发散,用力不均的话就可能从此散开,再也合不到一起。有时,一觉醒来,张开被白内障蒙住的眼,盯着屋顶,慢慢把当前的时间记起,慢慢让自己明白,四十五年前的家回不去了,父亲母亲和妻子都已生活在地下,在另一个世界里,而两个哥哥一直下落不明,应当再无缘相见,现在,只剩下自己,这副无用的、被病和衰老的虫子蛀得千疮百孔的躯体——蓦然间,百感交集。百感交集,看上去只是一个平常的词儿,但对经历者来说,对我这样的老人来说,不是。那些滋味,那么多的滋味,它们一起涌上来,冲撞,翻腾,形成一个巨大的涡流,把我卷在其中,让我一直下沉,下沉,沉到深涧里。四处是大致同样的灰。

  一个人躺着,在静寂里面,那些旧事便一一浮现,从薄雾中拉近,缓缓变得清晰。变得,就在眼前。那棵老槐树,高大,粗壮,有半边已经死去,只剩下曲延的枯枝显现着它的苍老,而另外的半边则枝繁叶茂。父亲在黄昏里清扫落叶、灰尘,门前的青铜铃铛在风中摇晃,锈痕斑斑,声音喑哑。或者,大伯斜坐在椅子上,露着一截发青发暗的舌头,父亲在他背后,按按他的头、脖子,用缓缓的语速,说他们小时候的事儿,说镇上的事儿,说发生或没有发生过的传奇,缺少了知觉的大伯不知道是不是能够听见。有段时间,我觉得大伯就是旅店外面的那棵老槐树,是已经死掉的那半,这个死发生得很早,早过他后来的死亡。在父亲把大伯接到家里之前,我对大伯的印象极为模糊,从记事起,大伯也没来我们家几次,他和我们说的话完全能数得过来。生活的一层层打击率先打垮了他的舌头,把他变成了哑巴,可在他临死前的日子里,却把打垮的舌头拉到了口腔的外面。生活有时真是残酷。我不知道大伯在不说话的时候都想了些什么,要知道,他经历得很多,生活一遍遍地把他按倒在地上,每按倒一次,就让他痛一次,就让他失掉一次。大伯和爷爷关系很僵,到爷爷死去也少有往来,但他却一笔一画地抄下了我们的家谱。在大伯死后,父亲和四叔去整理他的遗物的时候发现了它,父亲一下子哭了起来,再也忍不住。回到如归旅店之后还是在哭。他说,我大伯不识字。一个字也不识。

大伯死后,他的那三间土房一直空着、残着、破着,直到倒塌,直到,他的旧院子长满了各式各样、长短不一的荒草。那里住过刺猬、狐狸、胖大的老鼠和一种黑色的鸟,有人说,夜深人静的时候草丛里会升起飘忽的鬼火,有个白衣人在倒塌的房子那里唱歌。我没在夜深人静的时候去过,我不知道他们说的是不是真的。

按照父亲的计划,他准备要下大伯的三间房,给四叔一小部分钱算是对他的补偿。然后,父亲会用大伯的三间房和邻居郑全爷交换,反正他也只是一个人了,而且他的房子还不如大伯的房子宽——这样,我们的旅店就可以再扩出三间房的地方,加以改造,它也许就会有了大旅店的样子,会吸引更多的客人……性急的父亲甚至已提前找人对郑全爷进行了试探,然而,蛮不讲理的四婶婶最终打乱了他的如意算盘。(这是二哥打听到的消息,他对我说起的时候有着特别的得意,怎么样,我说咱爹的葫芦里有药吧。)

他们互不相让,直到最后各自探出了獠牙。大哥的三间房子谁也不能要,就让它荒着! 宁可倒了,烧了,也不让你占一分——这就是最后的结果,他们真的坚持了这个结果。两年后,四叔欠了太多的赌债,无力偿还,他偷偷找我父亲协商,但父亲坚定地拒绝了他。"老老四,人活着为为为啥? 为为为为了一一一口口气。"两兄弟,从此变成了仇人,很长时间互不来往。四婶也没再上我们家闹过——母亲说,看她敢来。看我不撕了她。母亲对我这个婶婶恨得牙痒。

10

我该说到那些多事的岁月了。

早在几年前,我们就听人议论,说日本小鬼子强占了东北,大清宣统皇帝又在东北当皇帝了,建了一个满洲国,日本人是帮他打的;我们听说,日本人在天津上岸,见人就打,见人就杀,还放了炮,而在南方打得更厉害,死了好多人,天下要大乱了。我们听人议论,某地大工厂的工人罢了工,学生罢了课,说要给老百姓发枪,一起打日本,闹得很热闹。我们听人议论,当兵的很怕日本人,他们根本打不过也不敢打,没见到日本兵的影子自己就先跑了;警察到处抓人,说抓煽动闹事的坏人,抓借机偷盗、抢劫、杀人放火的乱匪,这里面有不少还是孩子……有关日本人打进中国的消息零零散散地传过来:日本人拿下了沈阳、旅顺、齐齐哈尔、江桥、攻占了上海。那都是一些相当遥远的地名,父亲没有心思。他说,自古以来,打打杀杀的事实在太多了,历朝历代,在改朝换代的时候不打仗? 在有人闹事造反的时候不打仗? 要不养兵干什么。打仗是当兵的事儿,是皇帝的事儿,你们听听就行了。就在前朝,捻军和清兵在同治七年打过一仗,就在交河的边上打的,打得那个惨啊,你爷爷正好路过,他在一麦秸垛里躲了一天一夜,大气不敢出,等仗打完了很久他才从里面爬出来,从那之后,就是家里杀只鸡他也躲得远远的,再也见不得血。父亲说,闹义和团的时候他可赶上了,当时他年轻,不懂事,也不怕事,义和团打献县教堂的时候他也跟着去看了,还跟在人们的后面往教堂里投过石块。他看见,有几个教民被义和团从教堂里拖出来,踢得满脸是血,满身是血,在地上蜷成一团儿,有一个年纪很小的义和团员,大概会点武功,他拿着一杆有红樱的枪朝团成刺猬的人身上猛扎,那个刺猬似乎哼了一声,也许根本没来得及哼:一枪人就透了,血一下子喷得很远,四处都是,围在前面的人都散了一下。接着,这个人竟连枪带人都举了起来,他真是有把子力气。当时这个人赢得了一片叫好。后来怎样?他爹他叔和他妹夫都受到了牵连,被砍了脑袋。父亲说,建满洲国就建满洲国吧,本来大清的江山就是人家的,谁坐天下不一样,难道还想有你的份?至于借兵,也不算什么稀奇的,老时候,薛仁贵当兵,受人陷害,结果被番邦的代战公主给抓了去,成了人家的驸马。后来,他不就借番兵反唐,给自己报仇了么?这些事,听了就听了,别多议论,没什么好处。想想明天家里的活吧。活多着呢。这些,还不够你们累心的?谁要是觉得不累,就去掏墙根去。

是的,活多着呢。

旅店里有那么多的活儿,一件一件地摆着,没有一件可以一劳永逸,没有一件是能够干完的。洗过的褥单还要再洗,好在,父亲早就把它们换成了墨蓝色的,虽然没有褥单的样子,但比用白色的好多了。住店的人可没父亲想得那么详细,白色的褥单只要用上一次便失去了原来的颜色,是的,他们还有毁坏的故意。还有骡马的屎和尿,这些牲畜缺乏良好的卫生习惯,不只是随地便溺,把院子弄得很湿很脏,还用尾巴把自己的屎甩得到处都是。收拾这些需要太多的力气和时间,还得想办法赶走层出不穷的苍蝇,它们乱哄哄地给人添堵。还有老槐树下的落叶。即使你刚刚扫过,还会有新的枯叶,它们在阳光和风里打着卷儿,翻转落下,若是风大些,叶落得会更多,干透的树叶用脚一踩便可踩碎,扫起来就更麻烦了。还有乌鸦,它们在消失了一段时间之后,又回来了。

父亲拿出了一个红布包,从里面挑挑捡捡,拿出了他要用的纸币。想了想,他又把那些小额的纸币放了回去,挑出了一枚银币。这些,是当我们的面做的。他很少如此,他似乎不愿意让我们知道他的钱放在了哪里——父亲把那枚银币抛起,然后攥紧,一晃一晃地走出大门。

他买来了药和更多的肉。将拌过毒药的肉又放在了东城门楼的空地上,台阶上,房檐下。剩下的,就是等待了。

接下来发生的事并没有如我父亲的预料,并没有遂他的心愿。那些乌鸦们,竟然没吃一口他故意放置的肉,尽管它颜色鲜嫩,非常诱人。那几块肉渐渐地干了,小了,臭了。甚至,它们对苍蝇都无法构成吸引——父亲叫上我,第六次爬上城墙去看他放置的肉的时候,有几只绿头的苍蝇落在肉的远处,飞起,再落下,就是不接近腐臭着的肉。它没能像上次那样发挥作用,看来,这是几只旧乌鸦。吃过一堑的乌鸦们记住了教训。这教训,是三只乌鸦的生命换来的。

父亲不可能再把它们赶走。

我猜测,如果有可能,父亲会拆掉东城的城墙,把有瞭望预警功能的城门楼放火烧毁——它早就闲弃了,已没有什么实际的用处。当然这只是他的想法,他不能把它说出来更不敢这样去做。后来,日本人帮他做到了。日本人只用五六炮便轰塌了城门楼和一部分失修的城墙，乌鸦们又一次不知去向。

不知出于什么原因，大哥还养过四只鸽子，是从他的一个朋友那里要来的，没花一分钱。傍晚时分，鸽子和乌鸦此起彼伏，争夺着我大哥抛给空中的食物，它们混在了一起，它们的叫声也混在一起。父亲说，都是我大哥的鸽子把乌鸦引来的。大哥使用了一下他的七个不服：我没养鸽子之前它们就在。父亲说，养鸽子养花，都是败家子们干的，都是二流子们干的，好人家没有干这个的。玩物丧志。大哥的七个不服还在，他竟然接了父亲的话茬，我还要什么志啊，我只要照顾好那些渣子就行了，还能做什么大事。父亲用鼻子重重地哼一声，看我我我不把把它它它它杀了。不过，直到去世他也没有杀过一只鸽子。大哥的三只鸽子很快便不知去向，估计是被住店的人偷走的，他们能干得出这样的事儿。还有一只，自己淹死在水缸里。

接连几年的秋天都有充沛的雨水，这在我老家那里原本少见。我们习惯着秋天的干旱，春天的干旱，习惯珍惜每一片池水每一滴雨，可那几年有些特别反常。有时雨能下三天三夜还不见停，天始终是那么昏暗，一家人只好坐在炕边上说话，发火，望着屋顶上还在扩展的湿迹——我的父亲，尤其不喜欢这样的雨。

旅店后面不远有一个池塘，塘边长满了芦苇，不知名的水草，蒲子，红荆，而塘里有荷，有数不尽的鱼——那可是我的一个好去处。没事的时候，或者有事而我悄悄溜出来的时候，我就去池塘里抓鱼。鱼很好抓，有时它们还会自己陷在水草里面，顺着挣扎的水声就可把它们拾到，每次到塘边我都会有收获，即使因为恐惧父亲的斥责而没敢下水，没敢让污泥沾湿了鞋。还有青蛙，蝌蚪，红色的、青绿色的蜻蜓。傍晚，我把爬出水面准备蜕壳的蜻蜓和正在蜕壳的蜻蜓抓到屋里去,把它们排满窗台,或者挂在线绳上,让它们蜕皮,好在屋里捉蚊子——放在屋里的蜻蜓多数展不开翅膀,它们只能蜕成在地上爬行的爬虫。母亲养鸡的时候它们都被喂了鸡,还有我抓回的一只两只的死鱼。二哥说我荼毒生灵,将来要遭报应,然而有时,捕蝉、抓蜻蜓的提议都是由他提出的。

真是少年不知愁滋味。即使现在,回想起旅店房后的池塘,想起来的还多是那些捉鱼啊、游泳啊、揪荷花啊之类觉得快乐的事儿,它在我的记忆里还有小小的温暖。这种温暖在我的记忆里并不多,在说我的这些家事的时候,我还对自己一直提醒,别总想那些悲伤的事儿、无奈的事儿,多想想温暖——可能够想起的真是不多。就是这个温暖,这个池塘,在我父亲眼里,可能是另一种心境。

相对而言,如归旅店的地势有些低,一下大雨,水就会从池塘里漫出来,把我们的旅店吞到它的泽国里。在这样的地势上建个旅店应当是爷爷的败招,缺乏慎重,它不适合,不过当年秋天也从未有过这么大的雨水。父亲说从他记事起就一直感觉旱,一直缺雨,这是什么年头啊。似乎是为了配合,屋顶上开始漏雨了,不止一处,它们滴答滴答落得响亮。

在阴雨连绵的日子里,脚下的地是黏黏的,潮潮的,有种让人反感的松软。早上起来,原来干爽的鞋子也会是潮湿的,它的上面甚至还会有水珠的出现,脚伸到里面去简直算是种折磨,你得靠自己的体温慢慢将它焐干。土质的、纸质的和金属质的一切物品都在发霉,大哥抱怨,在这样的房子住着,他的骨骼也开始发霉,他感觉得出来。这样的旅店还有谁来住呀。"屁屁屁屁。"父亲用好几个屁来回答他,可是,确如大哥的抱怨,阴雨连绵的时候旅店基本没有客人,似乎他们都有很强的预感,似乎风神雨神早早给他们报信,不让他们被截在我们的旅店里。

对于院子的积水,池塘里漫出来的水,父亲时常无能为力。他能做的是,用从别处挖来的一些泥把我们的如归旅店围起来,然后在房间里、通向外面的路上铺一层干草。然而水还是来了。甚至,因为稻草的缘故我们如归旅店里的潮湿比别处的潮湿会晚一些散去,那种霉败的气味也由此更重。在水的面前,我们显得是如此弱小;在衰败的面前,我们显得如此弱小。

用一个不很恰当的比喻,如归旅店就像一条慢慢下沉的船。这个比喻是我二哥的,原话可能并不如此,但是这个意思——他用了很轻的声音,对着大哥的耳朵,可没有想到,站在门外的父亲却听见了。他抄起挑水的扁担,从外屋蹿进来,朝着他的后腰狠狠劈去。

11

我该说那些多事的岁月了。

那年麦子快熟的时候,大约是五六月,我记得天已经很热,树叶打着灰兮兮的卷儿,路边的狗都颤颤地伸长了舌头,见人也不肯抬一下松松的眼皮,那么无精打采。早晨一起来,从喉咙向外就有热热的感觉,仿佛自己是被放在蒸笼里,身体里的油堵住了全部的毛孔可热还是钻了进去,而汗还是流了出来。就是那个时候,有关日本人的消息不断传来,说他们过长城了,已打到关内,攻占了永平、迁安,还有滦东,距离我们交河已经很近很近。至于有多近,住进如归旅店的客人们也说不上来,虽然他们自誉走南闯北,见过世面,但他们也都没去过这些地方,一辆装有虾酱的推车走不了这么远,他们也用不着到那么远的地方给人剃头,或者把布头、大大小小的筐卖给人家。不过比较起来,他们是知道得多的,他们有比我们多得多的消息来源,有多得多的道听途说。因为这个缘故,在交河镇上,我们也许是最早知道水暖水冷的鸭子,我们把住店客人的话经过想象和加工再说给在大槐树下晒太阳的老人听,让他们张大嘴巴,目瞪口呆。后来邻居家的赵福路、强哥哥、薛仁德,还有赵四家的,也都加入了进来,传播这些消息的大哥二哥受到了他们的尊重,每讲一段,这些人就插些话进来发些感慨,争执一下,把话题扯向很远。

父亲没有心思。他快被自己的焦虑压垮了。南边的偏房出现了倾斜,起初父亲以为是他视觉的缘故,后来发现并不是:它的的确确开始向院外倾斜了,似乎想要从我们旅店里挣走,有了更好的去处。第三间客房的墙上出现了一条裂痕,并且有不断扩大的危险,里面生出了潮虫、臭虫,还曾爬进过一只老鼠:那只老鼠被我父亲的棍子堵在了墙洞里,他们僵持着,他们的僵持被我大哥看见了。大哥摘下挂在墙上的镰,倒过来,用镰把用力捣过去,老鼠惨叫了两声,变成了一张包裹着血肉和碎骨的皮。因为大雨的缘故,因为泛上来的水有很强的碱度的缘故,房子底部的墙皮掉得厉害,它们几乎快成粉状的了,我们耳朵里时不时会灌进墙皮掉下的声音,它让人心惊。铁在生锈,木在发霉,米剩下的也不多了,留在父亲手上的钱却越来越少。他给我们计算,买米买面花了多少钱,当时发送我的大伯花了多少钱,给二哥做衣服花了多少钱,新添的碗花了多少钱,还有油、盐、酱、醋……尽管是一些琐细的烦心事,但从父亲的表情看,他说得津津有味。那样的味道在我们兄弟仨那里是不存在的,我们盼着他早点结束,我们可以谈些别的,谈青面獠牙的日本兵,谈他们的枪和炮,谈他们的杀人,放火,谈我们刚刚得到的最新消息……但在父亲讲我们的花销的时候,一切都得忍住。

和父亲不同,大哥、二哥和我,我们仨,都对这样的消息有着强烈的兴趣。甚至可以说小小的兴奋。有一次,大哥仰面躺在被子上,用两只手支着自己的头,呵呵呵呵地笑了几声,然后说,天下就要大乱了。天下大乱是个什么样子呢?他止住我和二哥准备的插话,自己去想。他的嘴角一直挂着奇怪的笑容。(二哥说,大哥早就盼着天下大乱了。他想当乱世的英雄,这只狗熊一定在做好梦。不过大乱了也好,至少我们不用死守着这家破旅店了,没意思透了,实在。)

二哥在那些日子里变得非常勤快。

勤快起来的二哥围绕着住店的客人,甚至,他不仅负责为客人热饭,给他们铺床,还包下了给客人送洗脚水、洗脸水和拿尿桶的活儿。之前,他对此可是极为厌恶——他的勤快让我父亲看出来了,于是有了小小的惊讶,不过,父亲马上识破了二哥的把戏。父亲挂出了冷笑:"你想想想什么我我我都都清楚。"

是的,本质上二哥是一个好吃懒做的人,我父亲说他越来越像四叔,那个只知享受一无是处的家伙,说他是菜叶上的虫子。二哥很不喜欢听这样的话,父亲的评价结束之后他小声嘟囔,四叔怎么了,我觉得挺好,人家过得比你舒服,如归旅店又不是菜叶。平日里二哥总是愿意躺着,坐着,冲着一个地方发愣,而只要父亲一喊他去干活,马上就会不知去向。母亲说他有一副属泥鳅的身体,滑得很,自己怎么养了这么一个儿子,在这样的家里,养这么个人肯定是上辈子做了坏事。二哥又会小声嘟囔,那你们为什么还要生下我来?你们为什么不富裕?耽误了我这个才子。二哥一直把自己看成是才子,可惜的是,他没有那样的命。

人的命啊。

（二哥拉得一手好二胡，他是跟东城外扎纸人纸马的秦老末学的。秦老末在我们交河镇上可得算个传奇，据说当过戏子，当过土匪，当过张勋护国军的发令官，还在河间三清观当过一段时间的道士。那个人只在有人买他纸人纸马的时候才有点儿笑脸，平时很不好接近——可不知怎的，二哥竟成了秦老末的忘年交，几成断背。秦老末一见他到来就年轻几岁，成了一个话痨。二哥还会自己谱曲，他总爱把曲子谱得惨惨兮兮，这当然触动了父亲的忌讳。他听不得这样的曲子，特别是由自己儿子谱成的、拉出来的，于是，父亲找个借口，把二哥训斥得没头没脸，然后将他的二胡狠狠摔到墙上。二胡坏了。它裂了琴筒，断了琴杆，脱了琴皮，飞了琴弦，炸开了弓毛……那把二胡是秦老末的，是他的爱物，据说是北平一个很有名的琴师送他的——那是怯懦二哥的第一次反抗，他竟然伸出斗鸡的头冲着父亲大喊，在父亲没能有进一步反应的时候摔门而去，门被摔得很响，一小段被虫蛀过的门板掉下来，落在父亲的脚上。"还还还反了你你你了！"父亲追向黑暗，但二哥早已无影无踪。

他三天没有回家。这是从来没有过的，也是我二哥唯一的一次离家出走。母亲打探到，他在秦老末家里了，有人看见他和秦老末一起专心致志地扎纸人纸马，二哥扎得也有模有样。我被母亲派去，她给了我很多好话，还有一角钱——如果没有钱只有好话，我也是不去的，谁愿意去秦老末家啊，而且，我对那些纸人纸马有着丝丝缕缕的恐惧，那是给死人的，它们在送死去的人上路的晚上交给火焰，我感觉它们的身上有股死亡的气息，有着死亡的法力。而现在有了一角钱。找到二哥并不费力,他对我说,不回去。他不想回去。你和咱娘说吧,我先不回去。和我说话二哥的头也不抬,我没有事。秦老末伸伸懒腰,"你爹那臭脾气。也就是跟自家的人有能耐。"

我几乎是逃回家的,我感觉,二哥有些苍白、陌生,那个扎纸人的秦老末也许给他施了什么法术,把他拉到阴阴的气里面去,我的二哥也有了纸人一样的气息和法力。母亲说,看你胆小的,比你二哥的胆子都小。然后她叹口气,光在人家也不是个事啊。再说,扎纸人纸马的,卖棺材的,都没什么好结果。

二哥画画也是出色的,他给母亲画鞋垫上的荷花、鸳鸯,画《水浒叶子》,画战争中的小人小马,还给邻居们画过两副赌钱用的纸牌。二哥并不看中这些,当然,父亲和大哥对他的这一技能也多有鄙视。父亲认为,这属于不不不干正事。)

父亲的猜测没错。他看见了二哥的骨头。二哥是尽一切可能,打听来自外面的消息,他认定,那些住店的人虽然话多不可信,时不时会夸张、臆测、添油加醋,但总会留一点儿真实在内,这就足够了。毕竟这是我们在交河镇上所不知道的。他可以自己进行擦拭,漂洗,把那些人加进的谎话、假话、自我吹嘘的话、添加了油盐的话一一洗净,然后再呈现给我们:他信任自己的这个能力。

每日二哥都有消息。尽管多数的消息是陈旧的,听过多次也说过了多次的,但我们还是听,听得激动,听得热烈,听得津津有味。

"日本人打下了铁门关。他们把城墙都打红了。"(我知道,二哥的这个消息是听住在东屋最东边床上的任木匠说的。任木匠,他的一个兄弟吃粮当兵,曾守在这个铁门关。从早上日本人就开始往里打炮,那声音就像打雷、敲鼓,炮弹落得那个急啊,那个密啊,就像下雹子一样。知道铁门关在哪里么?知道秦始皇修长城不?知道孟姜女哭长城不?铁门关就是长城的一个关口,那可是天险啊,再说,老祖宗留下的东西就是结实,日本人的炮根本不顶事儿,他们打炮,里面的人就蹲下来用炮弹片烙饼吃,刚打过来的弹片可热了,很好用。这样打了一天,小日本就愣没打进来,他们急啊,急得七窍冒烟——消息传到大清朝那个宣统皇帝那里,人家不是又在东北当皇帝么,日本人说不行啊,我们打不下来啊。一个大臣站了出来,这好办。你们就这么这么这么办就行了。就是那个满洲鞑子坏了我们的事儿。日本人得了办法,就来了,还真管用。什么办法?用火攻。《说岳全传》里也有这一着儿。你不是叫铁门关么?铁门一烧,它热啊,烫啊,城里的兵就受不了了,你想,他们等于是站在烙铁上。他们的脚都烫起了泡,也不蹲了也不躲了,一个个都跳起来,日本人一枪一个,铁门关就失守了。)

"打玉田的时候,日本人杀了很多人,把路边的树都挂满了。"(这是听贩布头的那个人说的,我不知道他的名字,但记下了他凸出的、向外面伸着的门牙。他说,玉田那边打了一仗,打得可惨了,城门炸塌了,城门外有片梨树林,上面还没长大的小梨都给打飞了,不光是梨,树叶也都没了,日本人损失惨重。打红了眼的小日本进城后见人就杀,杀死之后就把脑袋砍下来,挂到梨树上去。后来树上挂得到处是。玉田外有个小赵村,有个赵老头,他的女儿嫁在玉田,听人说玉田那边打仗了,心里急啊,可没办法,打着仗他也过不去啊。后来听到声音没啦,跟人一打听,仗打完了,小日本也走了,他就骑了头驴,带了个筐,朝女儿家去了。那时天就黑了。这个赵老头,平日里爱喝两口,女婿也常送酒给他,那天他骑在驴上一边喝着酒一边朝玉田城里走,也给自己壮壮胆啊。走到梨树林那的时候,赵老头也喝得有点多了,他一看,咦,这不是梨树林么？梨还不到熟的时间啊,怎么都长这么大了呢？赵老头也没多想,就上去摘,摘了一筐,也顾不上去女儿家了,赶紧往回赶,回到家里没进屋就喊自己老伴儿,你快出来,看我给你带来了什么！你就从来没见过这么大的梨！他老伴儿点着灯,一看,两个人都吓傻了：筐子里面全是人头！）

"日本人就要打到天津了。他们在塘沽布了兵,天天往里打炮。天津城里的人都快跑光了。"（没错,这是听卖鱼的刘老四说的,他是我们旅店的常客了,经常从塘沽、盐山一带的渔民那里收鱼、虾酱,到泊头、献县、交河一带贩卖,据说还曾大批贩卖过私盐。据他自己说,自己在无棣、盐山、沧州那片很有名气,属于咳嗽一声地也跟着颤三颤的人物。本来他还有些钱,但为帮一个结拜弟兄打官司败了家,那个兄弟最终也没能捞出来。余下的钱物,他送给了那个弟兄的父母,自己则开始贩鱼,慢慢落魄了。他经常去天津、塘沽,那边也有他道上的朋友,前些日子他去塘沽,一进地界就发现不对。具体不对在哪里他也说不清楚,可他就是感觉不对。大洼里也没一个人,他也问不到谁,于是就往前走——后来那种不对的感觉越来越重。他在路边突然停下,对着苇子地里喊了一声,别藏了,早看到你了,出来吧！其实他什么也没看见。要知道,平时那条路就不怎么平安,要不是道上的朋友都给他面子,要不是他会两下子,肯定早就让人家做了——还别说,苇子地里还真钻出了三个人来。他们让刘老四这一声都吓木了。刘老四问他们,你们在这里干什么？他们说是逃难的。从哪里出来的？他们说是天津,日本兵都在塘沽那里屯着呢。天天往天津城里打炮,城里都炸了,人心惶惶,能跑的都跑了,天津怕是守不住。刘老四问日本兵多么。他们说可多了,人山人海的,像蝗虫一样。他们走了之后刘老四想,塘沽是不能去了,要让日本人逮住准没有好。可不去又不甘心,再说自己也不是怕事的人,怎么办?他想还是过去看看再说吧,自己又没咋地,日本人又能怎样?于是他推着车子又走了三十多里,这时就能听见枪声了,子弹嗖嗖地,打得树干、苇叶啪啪响——那边肯定干上了。你说这个时候自己再去塘沽又能干什么?于是,刘老四又推着车子回来了。)

……

大哥则有另外的消息来源,因为陪济南来的学生们他认识了许多人,那些人有更可靠、更权威的渠道。有一天,大哥很神秘地跑回来,他跑得都有些气喘,把自己黑红的脸跑得更黑更红——他叫来我二哥、我,让我们先去南偏房,然后他则若无其事,在院子里摇晃,吹着口哨,观察着周围……我不知道他的神秘从哪里来,可他却感染了我,让我突然地紧张,这份紧张压掉了周围的空气,却加快了我的心跳,我的血跳得脑袋都有些痛。可大哥还是不来。他把我们剩在这个潮湿的、堆满杂物和柴草的屋子里,自己却进了屋。我和二哥,小心呼吸着重重的霉味儿,盯着房顶:第二根房梁的末端屋顶已经漏了,从我的位置能够看得到一小片的天空,很细的一条儿,如果不仔细看还真看不出来。我想指给二哥,但想他也许已经看到了。换了个方向,我看的是黄蜂的蜂窝,悬在房梁上,有几只硕大的黄蜂在上面趴着,来回移动。一只黄蜂嗡嗡飞来,下沉,在二哥的头上悬了一会儿,然后上升,落在蜂窝上。它的触角摆动着,和其他的黄蜂碰一下,两下,而在细腰下插着的肚子一颤一颤,似乎向我们显耀它的蜂刺。等了许久,大哥才走了进来,他依然保持着刚才的神秘。他从怀里,拿出了两张淡黄色的纸。"人家,人家不让外传。会有麻烦的。"

日本帝国主义对华侵略得寸进尺,灭我国家,奴我民族,为其绝无变更之目的。握政府大权者,以不抵抗而弃三省,以假抵抗而失热河,以不彻底局部抵抗而受挫于淞沪、平津。既就此次北方战争而言,全国陆军用之于抗日者不及十分之一,海空军则根本未出动;全国收入用之于抗日者不及二十分之一,民众捐助尚被封锁挪用。要之,政府殆始终无抗日决心,始终未尝制订并实行整个作战计划。且因部队待遇不平,饥军实难作战。中间虽有几部忠勇卫国武士,自动奋战,获得一时局部胜利,终以后援不继而挫折……

大哥没说他是如何得到的,他只是告诉我们,这是一个大军官写的,但最后这个大军官出走,上泰山了(其实这早就是老皇历了。是三四年前的事了。可对哥哥来说,对我们来说,则是全新的)。这个政府真是无能,太可恨了。大哥拿着那两张纸,他的手轻微地抖着,我们三个头凑在一起,把它读得磕磕绊绊。但我们记下了它。就是现在,我已经老了,忘记了许多事,记混了许多事,但这篇文章还是能背下来,大致不差。在之后的许多天里,我们三个头挤着,拿出这张纸,读上一遍两遍。其中几个我们都不认识的字被挑出来,由二哥向薛大夫讨教,然后由他再告诉我们……那个时候,热河、淞沪、平津,我们对此都全无概念,它们就是些字、词,是我们在阅读的时候必须要记下的,也不知道它们指的是哪里,甚至并不知道它们指的是地理位置。那时候,我们知道的只有交河、泊头、沧州、献县、薛家庄、高庄、徐官屯、姚官屯、东路头。这是我们的范围,更是我父亲的范围,在这个外面没有世界。日本人打来了,我们知道了更多,原来它远比我们走到的、想象的更大,更大。说实话,那时候,日本人的到来,以及战争的临近让我们有些激动。生活终于要改变些什么,打烂些什么和粉碎些什么了。

我们都厌倦了如归旅店,以及现在的生活。日复一日,年复一年,太阳旧得不能再旧,在我十岁的时候就知道二十岁三十岁五十岁时是什么样子,我们在一个固定的圈里打转,生不出强壮的腿也生不出翅膀来,这实在让人厌倦。在那个少年的时候,活力、勇气、凶猛、荷尔蒙和狂躁的燃烧都可以把我们炸碎,鲜血喷得到处都是的时候,我们却只得按部就班,把它们压制着,扮演一个个成熟的老头儿,这是我们都不愿的。我们几乎要死了,在年纪轻轻的时候心就要死了,然而,此刻,我们又活过来了。我们对战局进行着种种的设想,设想我们是指挥征战的将军,勇士,和日本人进行血腥的、坚强而残酷的厮杀。

"我要是守铁门关,就先让战士们准备好水,洗脚水就可以。日本人不是来烧城么?让他来好了,等他到了城下,我们就把水倒下去,让他们水火不容!"

"你当是说笑话?人家会那么傻?你得看人家用什么点火。要是用火牛阵……"

"算了吧,还火牛阵呢。都什么年代了,你让人家到哪里去找那么多牛?人家用洋枪洋炮!长城有多厚你知道么?三丈三!比我们的城墙可厚多了!那个说日本人用火攻的人肯定是胡扯,这样的话你也信!"

"要是小日本打到咱这里,我们也好办。我们就……"

"拉倒吧,就你那胆,吓也吓死你啊,还偷人家大炮!要是日本人来了,你肯定……"

我们三个会争得面红耳赤。一直这样,我们对战争有很不同的看法,对日本人有很不同的看法,对谁对谁错有很不同的看法,谁也说服不了别人。终于,父亲感觉受够了。"日日日本人?你你你们见见到日日日本人人了?他他们是是是是来住住店的么?"父亲装得茫然。

见我们不说话,他哼了声,用手指一一地指过我们的鼻尖:"别再跟我谈什么日本人!别再谈什么国家、战争、日本人,你们懂个屁!我们现在要着急的是,如归旅店的生意。我们现在多难你们知道不?!我们要喝西北风了你们知道不?!光知道张着大嘴跟我要吃,吃吃吃,都快到绝境了,你们他妈的还谈什么日本!从今天开始,谁再谈战争、日本,我就让他从这个家里滚滚滚滚出去。

"我们要关心的是谁能成为我们的客人。客人的需要。我们得想办法挣钱,我们得想办法过上好日子。没有什么事会比这更重要。别给我惹是生非,我们祖上原来是孔孟门徒,是书香门第。这样的家庭不养杀才。前些年,德国人不也占了德州,修了铁路,你爷爷还领我和你三叔四叔去看过。住在那里的人就不活了?老百姓该过日子还得过日子,不惹他们,他们也不会有事没事地惹你。

"都都都都给我干干干活去。"

12

远远地,四叔来了。他走得有些猥琐,忐忑,不太自在。终于,他来到了大槐树下。他抬头看了看大槐树,仿佛有着仔细:咦,树又大了。它怎么不开槐花呢?我记得原来能开不少花的。他大约是和站在树下的我大哥说的。我大哥,刚从外面回来,有个住店的病了,他去薛大夫那里给人家开来了药。"早开过了。"大哥顺着四叔的视线,"你看,那里不是还有没谢完的么。"

大哥进院子,四叔也踩着他的影子跟了进来。在打扫院子的父亲没有看到他,而母亲,正忙于一件什么活儿,她从张着嘴准备说话的四叔的面前经过,几乎是擦着他的身子,故意装作没有看到他。我和大哥都看出了母亲的故意,四叔也应当看得出来。他在院子里站着。看看我父亲,看看我和大哥,他似乎有些不知所措,似乎有些多余。站了好一会儿,四叔清了一下口中的痰:"他们看见大嫂了。在槐镇。"

没有人答话。父亲依然打扫着马和骡子的屎,没吃完的草渣和地上红褐色的尿。他把自己泡进了难闻的气味里。从来,这都是一件累人的活儿,肮脏的活儿,日常的活儿,父亲希望自己能把它们收拾得不见痕迹。四叔伸长脖子,用了更大些的声音:"大嫂在槐镇。强子说,他去槐镇拉瓜,在路上看见了大嫂。她跑到那里去了。"

父亲把一摊马粪用铁锨端起,将它用力地甩到粪堆上。一些混杂的尿液还是溅出来。"你没去去去看看去?他他他说的是是是是不是真真的?"

"有鼻子有眼,应当是真的。"

四叔见我父亲没有反应,便进一步:"咱是不是把她接回来?疯得更厉害了。"

父亲停下来。他思考了一会儿,然后继续手里的活儿。"要要要要是她,就把把把把她接接接回来。"父亲又说,问题是,怎么确定就是她。之前你又不是不知道,从咱嫂子得了失心疯,咱们可跑了不少冤枉路,见一个不是,见一个不是。总不能把见到的女疯子都接进家里来吧。

"这回是真的。就是她。"四叔有了肯定。

这时母亲出现了,她端了小半盆洗菜的脏水,顺手把它泼在四叔的脚下。"哟,老四来了。什么时候来的?刚才没看见你。"母亲说得毫不脸红。

四叔看看自己的鞋:"刚才就来了。正说咱嫂子的事呢。"

"真是个苦命的人啊。"母亲叹了口气,"一个大活人,怎么就找不到了呢?不过话又说回来,兵荒马乱的时候,一个好人都说丢就丢,何况是个疯子。"母亲盯着四叔的脸,"看看他大伯那个房子也不能住人了,要是能找到咱嫂子,就让她先到你老四家里住吧,我这是乱哄哄的,再说你们没孩子也没太多的事儿。咱俩都拿个钱,给大嫂把房也修修,别让人看着笑话,不是?"

四叔依旧看着自己的鞋,没有搭话。他跺了跺脚,仿佛要把鞋上的污渍全部甩净。

这时,院外有些嘈杂,似乎有大哥的声音,他在和什么人争吵。父亲、母亲、四叔和我都赶到院外——大槐树下已聚集了很多人。有两个人,头上缠着一条白带,手上端着一个纸做的箱子,他们吵嚷着要进院子,要向我们收取"抗日救国捐"。我看到,总在我们家旅店外拾粪的赵赖子也在其中,也跟着吵嚷,丢一两句敲在边鼓上的话。(在他们到来之前,交河镇两次大集上都有一些人在搞这种"抗日救国捐",二哥拉着我去看了。在他们做宣传的时候人们会围得水泄不通,仿佛在看一场怎么样的街头表演,大家伸着一张张脸向里面瞧,至于募捐的人都说了些什么乱哄哄的也听不太清,虽然从表情上看那几个人有些声嘶力竭。能往他们的箱子里放钱的人很少,往往是,他们的箱子转到哪里,哪里的人墙就向后退出一小步来,眼睛瞧向了别处。二哥对此很有些愤愤,他说这些人的心都叫狗咬掉了,他说这些人根本就不是人生人养的,他说这些人……第二次大集,二哥先冲过去,捐出多少钱我不知道,他说,我们卖土鳖的钱都已被他捐了出去,现在我不用再想它啦。

二哥制止了我的不高兴,他说,我们做的是一件好事,有意义的好事。玉皇大帝和阎王爷都会记我们的功德的。)

父亲说,我我我们已经捐捐捐过了啊,我们都都都捐过两两次了,县里不是也也也多收收不不不少的税。前前前天还还还……他们继续混乱地嚷,他们没来收过我们的捐,不是他们收的。再说,抗日救国,捐多少也不算多。有钱出钱,有力出力,我们才有可能把日本鬼子打出去。

父亲还要继续,四叔却先于他冲到了前面:"我们开这么个小店,破店,能有几个钱?买米买面的钱都不够用,你们上别处看看去吧。等我们有了钱,多捐。"

有人伸手指着四叔的鼻子:"你还是中国人不是?咱们的战士在前方打仗卖命,你倒好,让你出几个小钱都舍不得。"

四叔推开那人的手:"不是舍不得,我们有钱早捐了,还会带头捐,多捐,可现在是没钱。要不,过几天我给你们送过去。抗日也不是一天两天的事。"

四叔的话像一滴水溅在烧热的油里,引起了更多的七嘴八舌。这时有人喊,他们不肯捐,肯定是要把钱留给日本人,我们把这个汉奸店砸了!另外的声音:不捐就是不爱国。要是日本人打进来,他们肯定当汉奸,可不能饶得了他!……

四叔、父亲、母亲和我大哥,他们已是满身的汗,满脸的汗。还是父亲先退缩了,他拉拉我母亲,"拿拿拿拿……"他脸上的表情实在难看。

……二哥走过来时人们已经散去,他们走向了另外的方向,镇上有许多人紧紧跟着,任洪家的拖着她三岁的女儿,抱着半岁的儿子,有着颠颠的匆忙。二哥也想追过去,但被父亲喝住了:"回回回回来!"

四叔回了下头,看了我父亲一眼,他和一个邻居打过招呼,两个人一起跟上了人流。

二哥,整个事情发生时都在躲着的二哥,他在我们冷冷的目光下并没有收敛一些,相反,倒显出一份恶狠狠来。他说,肯定都是那个赵赖子把人引来的,大哥因为他到我们家院子里偷粪而和他打过架,他是报复。二哥给自己的恶狠狠上加了三根稻草:"要是他再来,一定打断他的腿,让他把院子里的马尿都喝上!"

"看把你能的。"大哥说,"刚才就该让你自己去,你还不把他们都打趴下?唉,你说,你怎么就不出去呢。"

"不管真的假的,都让老四找去。要是找回来再说。"母亲对着父亲,"就知道添乱。他来说这些干什么?让我们去?他好甩手看着,出我们的笑话?"

表达过愤愤,母亲静下来做了几下缝补的活儿,突然停下发起感慨:"你大娘,这辈子,唉。"

大娘的一生的确不易,真值得感慨。退休后,剩一个人的时候我就常常想,要是有作家知道我大娘的故事,一定能写一部很不错的小说。哪个人的一生都可能是一部好小说,我认为。可惜的是,我不是作家,我写不出来。

据母亲说,大娘出生的地方离我们很远。她在十四岁的时候曾嫁给过一个男人,两个人也生了两个孩子。可她婆婆是个厉害角色,为人也刻薄。那年冬天,为了给家里省粮食,婆婆递给儿媳一根木棍,三个菜饼子,便把她打发出来让她去要饭,说不到麦收的时候别回来,回来也不让进门。那年,她还不到二十,最小的孩子也刚刚一周岁。那个冬天比以往的冬天都冷,喘出的气都能在鼻子上面冻住,长出一层长长的白毛儿。出来要了三天饭的大娘没要到一口饭,菜饼子却早吃完了。实在受不了,大娘就赶回了娘家——婆婆家是回不去的,那个刻薄狠毒的人绝不可能给她开门,她说得出来就做得出来——可娘家也没有多少粮,兄弟们的脸色也不好看。没办法,大娘的母亲和大娘哭了一场,让二十岁的大娘一人出去也不放心,于是两个人商量,带上旧被褥,一起离开了家,去外地要饭。那时候,要饭的人实在太多了。

可以想见她们所受的苦。到德州的时候,两个人的手脚都冻得像发起的馒头,紫黑色,一碰就痛,就能流出一些颜色浑浊的水来。她们住在一个四处漏风的破庙里,那里已住了许多的乞丐,像一个集市,像一个大车店。这天,大娘和她母亲要了一天的饭来到庙中,还没把自己的被褥卷打开,一个壮年的乞丐走过来,从两个人的中间插过去:让一让,让一让。大娘放下被褥,侧了侧身子,可那个乞丐根本没有向里面进,而是顺手拿起她们的被褥卷,飞快地跑了出去——大娘她们喊叫,追赶,可怎么会追得上?只得眼看着那个男人绕过长沟,跑上大道,小成一只蹦跳的兔子然后消失。

又急又恨又饿又冷,大娘的母亲在失去了全部家当之后很快就病倒了,倒还挺能挨,一直挨到桃花开了草发芽了才死掉。同住在庙里的乞丐们帮着大娘把她母亲简单地埋在一个高岗下,大娘就继续要饭,一直要到了泊头。(母亲说,当时,要饭的大娘之所以在泊头住下,没往前走,是因为一个当地的老光棍要了她,白天也把她脱光了绑在炕边上,怕她逃走。可后来还是让她逃了出来,在泊头街上要饭——老光棍也找到了她,可当着那么多的人,也不敢对她做什么,只是在后面跟着。我爷爷的一个朋友,泊头的,叫任仕元,看出了其中的门道,于是,他找个机会把紧张得要命的大娘给救了下来,对她说,看你可怜,给你找个人家,好好过日子吧,也好过这样到处要饭,让坏人欺侮。父亲坚持这是瞎说,大娘嫁过人生过孩子是真的,但到泊头时,她只是要饭要到这里的,根本没有什么老光棍的事儿。她要么是胡说八道,要么是张冠李戴了。)经过任仕元的介绍,大娘嫁给了我大伯。后来有了华哥哥,后来又有几次怀了孩子,但都没足月就掉了,母亲说这全因为大娘太抢了,她的眼里都是活儿,总有干不完的活儿。那几年,大娘天天织布织到凌晨一两点钟,为了省钱,大娘有时也不点灯,她在黑暗中织的布一点儿也不乱,母亲和四婶都学不来。用不了四五点钟,大娘就又起来,点起用蓖麻籽串起的自制油灯,在昏暗、跳跃的灯光下做针线。大伯因为自己母亲的死一直对我爷爷心有怨恨,而我奶奶,也就是他的后娘,对他也绝不像待我父亲和四叔一样,所以他与我奶奶也少有往来——然而这个大娘,却有相当的热心,相当的孝顺,尽管你奶奶那么对她,可她……就是你们那个狠奶奶,在最后几年也被你大娘感化过来了,也不像原来那么对她了,可她又……都是命啊。都是你那个华哥哥惹的啊。

华哥哥被杀之后,大娘就蒙了,她的心被摘走了。先是不做活了,就是做也不如原来快了,好了,总爱对着一个点发呆发愣,为此,大伯还打过她,要知道虽然大伯脾气很犟可从来没有打过大娘。那么爱说爱笑的大娘一下子变成了哑巴,问她十句答一句,母亲和四婶看着她都觉得可怕。有一段时间,大娘好了,又开始做活,但她那个拼,一天天干,一夜夜干,大伯叫她也不回屋,干得快的时候咬牙切齿的,好像和手里的活有仇……不到一个月,她就疯了。疯掉的大娘要不哭起来没完,要不就一直大笑直笑得你心里发毛,她还唱一些古怪的小曲儿,脱下袄来给小鸡小狗喂奶——她可是真受罪了。(至于如何受罪母亲从来不说,我们只好猜测。大伯周围的邻居说,大娘被大伯关在屋子里,有时能听到里面叫得很惨,不像是人声——)再后来,大娘的病还在加重,她有时会一丝不挂地向外跑,一边跑还一边喊着什么……于是她就时常丢,她一丢,母亲他们就去外面找,找回了几次,大伯拖着她的头发往回拖,拖回家里她的脸上全是缕缕的血……终于有一个晚上,她又丢了,再也没找到。母亲说,大伯也没心找,不然,还是能找到的。

(有关大娘的事,我曾和一个作家谈起过,他在市里写材料,在省报上发过一些经验材料,还有两篇小说。他把我说的都记了下来,但等我讲完,他问我,你觉得有什么积极意义?她为什么不抗争?)

现在,在大伯死后,突然又有了她的消息。

母亲说,也不知道她疯成什么样子啦。这么多年,又是怎么过的。母亲说,你们原来的大娘,唉,我们妯娌就没红过脸,就没什么不是。她可不像你那不说理不要脸的四婶。

现在,不知道是什么样子的大娘要回来啦。强子对我父亲说,应当没错,他认得大娘的样,虽然时间很长了,但大娘眼角有颗痣,他记得挺清楚。母亲凑过去,拉长着脸:"强子,你可别看错了。这几年,我们刚过得有点模样了,你大伯也……要是拉回个不认识的疯子,我们可就丢大人了。"

强子哥看着我母亲,他笑了笑,笑得有些勉强:"婶婶,我也不太敢保证。我只是……反正信送到了,你们自己的事自己拿主意。"

父亲给强子递了一支刚卷好的烟:"强强子是是好心。你你你这样做很很对。"

"你不是也和他四叔说了?你看强子,我们现在忙得……反正他四叔也没什么事儿,闲着也光惹事,你再和他说一下让他去,要是是你大娘呢就太好了。"

强子还是那话:"反正信送到了,你们自己的事自己拿主意。"

13

父亲决定去把大娘接回来。我们不能让别人戳我们的脊梁,我们不能无情无义,父亲让我叫上四叔、强子,带上两天的玉米面饼——然而,四叔却去不了,他不知吃了什么坏东西。"那就就就就再再等两两天。"父亲也跟着长出口气,他把母亲织的棉布兜扔给我,然后拿出纸片和烟叶,给强子哥哥卷烟。"这这这个老四,唉,真真真是。"那个时刻,父亲的面容有了些舒展,"听听听说鬼鬼子都都都打到到灯灯灯灯明寺了?"

强子哥没接父亲的烟。他说不太清楚,好多的消息都不可信,反正很近了,马上就要打过来了。没几天太平日子过了。"二叔,我家还有事,我得走了。下次去找大娘你们自己去吧,说不定也不在那里了。我娘头痛,这些天更厉害了。"强子走得匆匆,快得有些异样。

然而接大娘的事一拖再拖,四叔和我父亲总是凑不到一起,等他们到一起了,四叔提议,还是要强子一起去,一是我们去怕找不到大嫂,二是别人会不会以为我们就到外面转一圈儿,根本没找大嫂就说找不到,那样就洗不清了。"对对对对对对。"父亲点着头,他和四叔之间很少有这样的默契,我被再次唤来:"去去去找你你强强强子哥。"

我不想去。强子家离我们家很远,而且到强子家要经过一个深胡同,那里刚吊死过一个人,棺材还在,二哥说从他记事起那条胡同里已经吊死过三个人了,被吊死的人鬼魂是进不了阴间的,只有再害一个人,说动了他,让他自己上吊,前面的鬼魂才能得到解脱,转世投胎⋯⋯

二哥说这些事的时候总用一种很平静的语调,可因此,也更显得可怕。我这一生,经过了战争、土改、解放、"文革",从北方到江南,生生死死见得多了,但胆小也紧紧地跟了我一生,有时遇到些什么事,我就想,如果是大哥他会如何如何,如果这事让二哥遇上,他又会如何如何……对同一件事,他们的处理一定是不同的。二哥,也是一个胆小的人。我们的胆小是从父亲那里继承来的,也许这份继承更为久远。

我不想去,在院子里转了一下然后回屋里又待了一会儿,我有意磨磨蹭蹭,小心地表现一点儿自己的不情愿——父亲也没有再催促,而是有一搭没一搭地聊着过去的事,大伯和早夭的三伯,听来的战争……院子里,我们听到了一阵特别的声响,并不是很清楚,就像春天里远处的雷——父亲支了支耳朵,并没在意,他在和四叔继续,突然大哥跑进了院子,他跑得面色发白,气喘吁吁,一边挥掉脸上的汗一边把夹在大口喘息中的字吐出来:"日、日……日本……鬼子……打、打……打进来了。"

14

交河镇上一片慌乱。

如果不是亲眼所见,我实在想象不出一群人的慌乱会是那个样子,真不知道该怎么样去描述它。

它使交河镇的尘土飞扬,人口也似乎多出了几倍,若不然就不能有那么多的叮叮当当,洪流一般的人声嘈杂。那些人喊狗吠的声音席卷过来,让人几乎站立不住,让人感觉,自己是处在地府的门口,有股巨大的风要把你吸入其中,而你的身体只是一片树叶。在门口,我们也看到了那些大呼小叫的人,他们背着包裹,拿着锅盖,拖着绳子或口袋,牵着自己的孩子,笨拙而慌张地跑着,仅仅是他们的脚步就足够扬起烟尘。四叔冲着人群跑了出去,他被裹在人流中很快便不知去向。

我们也快收拾一下。"快走。"母亲说,她倒还有些小镇定,"千万别忘了米。我去拿包袱。"我们忙乱起来,母亲指挥我们,这个别带了,这个太重了,先藏到一边去,这个得带上。这个也要。被子被子,把棉袄带上,谁知道得多长时间,遇到什么样的天啊。外面的嘈杂还在延续,院子里的马也跟着叫成一片,有几个住店的人飞快地套好了马,跑出了院门,他们都没给店钱——父亲似乎想拦住他们,但只是向外望了望,并没有出去。"别别别别让让让他们顺顺顺走我我我们的东东西。"父亲重重推我一下。

可等我们收拾完,把所有能带的都收拾在一起,父亲拦住正要走的最后一辆马车,然后对我们说,你们走走走走吧。快快快。

"那你呢?"

"我我我我得看看看看着店店点。我我我没事。"

我们好说歹说,焦急的赶车人也在催促,但父亲坚持,他留下来。这个店不能离了人。没什么事,他自己会小心的。

"你不走我也不走。"大哥跳下了车,站在父亲的身后,这时,四叔和四婶赶过来了。

"你们咋还不跑?都什么时候了?!"四叔冲着我母亲喊,"快走,一起走!"

我母亲说:"你二哥犯邪啦,就是不走。"

"走,你给我走。"四叔把我父亲抱起来扔到马车上,"先顾命吧,再不走就走不了啦。发什么神经啊。"

可是,父亲用手扶着车帮,将屁股探出来,然后把双脚落在地上——他落得不是很稳,马车在他落下之前就已经动了。"你你你们走走走吧。不不不不用管管我。"

"你这个人,就这么认钱?它真有那么重要?!"四叔喊得声嘶力竭,他的眼圈红了。他想下去再把我父亲拉上来,但四婶和我母亲一起拽住了他。赶车人甩响他的鞭子,那时,交河镇已经布满了恐惧、死亡、战争和不安的阴云,它们那么黑那么重,把空气压得那么稀薄,把交河的城墙也压低了几寸——和我们非亲非故的赶车人只想着尽快逃离。那一刻,我有种不祥的预感,我觉得父亲已经变成了纸片,我觉得,他把自己交给了死亡,我们将再也看不到他。

在打扫院子的父亲小了下去,似乎小到了泥土里。

然而大哥的消息并不确实,整个交河得到的消息并不确实,日本人并没有在那天打到交河,他们走向了另一个方向。有人说他们是顺着滹沱河打过来的,然而没有过河,又顺着河一路打了下去。也有人说,他们受到了阻击,损失惨重,就在河边暂时休整一下,打到交河只是早晚的事儿。据消息灵通的人士透露,日本人去打天津了,去打德州了,那里屯有民国政府的部队,好像是67军和40军,交河这一带他们没放在眼里,所以我们就躲过了此劫……不用再罗列种种消息了,它们多得像槐树上的叶子,一直真真假假。我们几乎半个交河的人都躲在北郝村南铁脚沟的一处芦苇荡里,伏着身子,半蹲或者趴着,大气不敢出……我们在里面躲了一天一夜,直到第二天上午,确定日本人没有进交河才敢出来。苇丛中,蚊子多得就像人身上的汗毛,躲也躲不开,甩也甩不掉,无论如何拍打,把自己的身体缩在带出的衣服和包裹里,它们都可以见缝插针,肚子里装满黑红的血,鼓胀得让自己的翅膀无法将它提起。还有那股潮气。它是热的,黏的,从下至上。开始还没太大的感觉,但会越来越重,直浸到骨髓的里面去,让人从里面开始腐败,从骨头的缝隙中生出长长的霉丝。潮气还可以作用于你骨头的关节,像被浸泡在浊水中的玉米饼,它肿得厉害,木木地痛。打铁的祥晖叔,在我们得到消息日本人真的没有打进交河平安无事的时候倒了下去,他倒下去的声音像摔落了一张旧鼓。等人们把他架起,他就只剩下出的气了。四叔说,他的肚子里憋了太多的怕气儿,这样一撒,连原来的气儿也跟着撒没了,不死才怪。祥晖叔,是我们交河第一个死在日本侵华战争中的人,可他,连日本人的样子也没见过。

父亲见我们回来,既没有惊讶也没有激动。他打扫着,空荡荡的如归旅店比我们离开之前干净多了,那股牛马屎尿的气味也淡多了,牲口棚的里面被垫上了一层干干的土——我们离开的这一天一夜,父亲应当一刻也没有闲着,即使旅店里没有一个客人。

人们又赶回家里,交河镇再次叮叮当当,人慌马乱。父亲站在门外,拿把扫帚,在大槐树的下面一下一下扫着地,和回来的人们打着招呼,脸上挂着一种有些假的平静。"回回回来啦?"父亲明知故问,问得有些矜持,他一边问一边挺一下自己的腰。二哥悄悄模仿过父亲的动作,他说,父亲是在显摆。这个一生总是显得怯懦、怕事、萎矮的人,在这件事上,仿佛成了一个百折不挠的英雄。(我得承认,父亲一直有种英雄情结,这种情结在我的身上也同样存在。只是,我没有机会像父亲那时一样展现它。战场上,我感觉自己完全是木的,是一个机械,后来倒也少有惧怕,然而却始终不能成为英雄。我有一个自己制作的剪报本,里面有不少从报纸上、刊物上剪下来的战斗英雄的事迹,没事的时候我就读几遍,把自己读得血热起来,直到沸腾——那个本,后来在反右运动中烧了。是我自己烧的,我还烧掉了其他的一些东西。)

"别别别别再胡胡思乱想了,都都都去干干活儿。"

一切都回到了原来的样子。父亲在为他的旅店忧心,一边为它的衰败忧心,一边为它的空荡。和战争有关的消息此起彼伏,像笼罩的苍蝇,在我们逃往高河芦苇荡以及刚返回的那段日子,我们的旅店已没有一个客人。父亲说,要知道日本人不打交河,那天就不该放他们走。得好几块钱呢。父亲说,这些可恶的日本人,放着日子不好好过,非要来打仗。不知道他们能打什么去。父亲说,再没有人住店,我们的生意就垮了。我们就都得喝喝喝西西北风了。父亲说,借这个机会,我们也把旅店好好收拾收拾,弄得干干净净的,就像天津的旅店那样。我的爷爷,在我父亲少年的时候曾两次带他去过天津,还有一次带他去德州。这一直是我父亲津津乐道的。爷爷到天津,带他住的是大旅店。父亲不止一次向我们描述过它的洁净、有序、繁忙,甚至雅致,有一种书卷气——父亲说墙上的自鸣钟,说吊在屋顶上的灯,说……店里的客人多是有钱人、官员,太太,人们相互遇见就点点头,打声招呼,无论认识不认识,所有人都显得彬彬有礼。而旅店的老板略胖,戴一副眼镜,穿着丝质的衣服,见人来,只轻轻抬一下眼皮,客气中透着一丝傲慢。父亲说,两次去天津,他们住的都是同一家店,见到的是同一个老板。从那时起,他才对"店大欺客"有了些微的感觉。我想,父亲肯定在那时暗下决心,一定要把我们的大车店也经营成那个样子。这是他的梦。

如归旅店仿佛是一片树叶。

它遮住了父亲的眼睛。

我不知道我父亲是不是也像我们兄弟三人一样,也对经营这样的一家旅店心存倦意。其实他也清楚,应当清楚,我们的旅店不可能变成天津那家旅店的样子,不可能,永远不可能,即使到他儿子手上、孙子手上也不可能。他给自己画下的,是一张幻想充饥的画饼。有时我问他是不是也有过盼望如归旅店在水中倒塌,在火中烧毁的念头。我问过不止一次,对着夜晚的黑,对着窗户,对着面前的模糊……反正,他没和我们任何一个人说过,包括我的母亲。父亲从来不说一句让人泄气的话,听到我们说这样的话也会暴跳,伸过他的拳头——一个人,假如一定要保存自己的心事,只要他不开口,别人就永远不会猜对。

15

如归旅店一下子迎来了许多人。

几乎是,人满为患。我们从来没有见过那么多的熙攘,在旅店里。

我记得那个场景。经过了四十多年的时间,我依然记得那个场景,它被笼罩在一股淡黄的光里面,我的父亲在其中显影,然后是他的旅店,然后是,那些来住店的人,他们是:逃难的,投亲的,退下来的部队和它们的伤兵。我依然记得那个场景,在淡黄的光里,父亲的身影在其中颜色最重,也最为清晰,他走到哪里都会有一条粗大的影子,而住进店里的人则是模糊的,我无法在自己的记忆里搜寻到他们的脸。当时,也许是年纪的缘故,我把所有的住店的人都看成是一个,当然他们也有统一的名字——客人。因为战争,日渐迫近的战争使我们店里的客人多了起来。熙熙攘攘,我父亲喜欢这样的词,他把它用在我们的旅店上,不过那段日子,我们也确实当得起这个词——虽然旅店里的熙熙攘攘比在字典里、集市上的熙熙攘攘要粗糙得多。

我想,旅店的熙攘给父亲留下了错觉和幻觉。他希望这样的情境能够一直持续下去,一直。他大概也在暗暗地感谢这场战争,这话是不能说的,也不肯说的。

被错觉、幻觉和希望烧灼,父亲意气风发,年轻了至少五岁。他忙里忙外,脚下带着一股沾不到土的风。床被并在了一起,父亲又请镇上的任木匠打了两张床,可还是不够。床上已经挤满了人,如果还有来晚的,父亲就笑着和前面躺下的人商量:"怎怎怎么样,大大大家刹刹刹刹车?"父亲这么一说,躺下的人就都睡着了,尽管刚才还天南海北、东洋日本聊得火热,其实父亲一进门他们就猜到了父亲的用意,他们的鼾声实在来得太快。父亲也并不在意,他把放在床边的红漆木桶踢出些声响,然后上床,用脚给来的人挤出一点儿空来:"你你你你就睡睡睡这这了。"

有人会来得更晚,那个兵荒马乱的年月。父亲对着墙外,看清楚了,问明白了,就把晚来的人放进来,在这样的时候我大哥往往也在,他的手上还抱着一根粗壮的木棍。他叫晚来的人睡在床边上或什么地方,临时铺一些干草或麦秆——而如果晚来的人有老人、女人、孩子,父亲则又要和那些睡下的人商量,大家出门在外不容易,相互体谅一下,要不,今天咱们白菜帮子着睡?刹刹车、白菜帮子着睡,都是我们当地大车店里专用的方言,甚至带有一点儿黑话性质。刹刹车,是说大家挤一挤;而白菜帮子着睡,则要求大家集体侧卧——这些,原来父亲是不说的,也不允许我们说的,他曾反复告诉我们,如归旅店不是大车店,不是,旅店有旅店的规矩,旅店有旅店的叫法。可那些日子,父亲却使用了那样的语言,还笑眯眯的。

马棚也不够用,我们店里的马棚可站十几匹骡马,可那些日子,有时会有近二十匹的马或骡子挤在一起,后来的车马就只得拴在马棚外面。不知二哥怎么想到了那样的主意,他悄悄和后来的人商量:你这牲口还真不错。看样子要下雨——你别看现在有满天的星星。要是让雨淋了,生病了,你就多住两天吧。也没什么事,不过,要是日本人来了可就不一样了。你问我什么意思?没什么意思,实话告诉你吧,我对前面来的那个人看不惯。不像话。有什么了不起?你要是有意思,我就把你的马牵到里面去,把他的牵出来,我家的马棚我说了算。是啊,拴在哪里都不收钱,不收。不过,要让人家知道了,也不太好是不是,要不……二哥有他私下的生意,他可不敢让我父亲知道。别说,二哥的生意还挺红火的。母亲悄悄劝他,别这样,纸里包不住火,让你父亲知道了可不得了——二哥诺诺,但他还在悄悄继续,只是更加隐秘。

日本人进来的那年夏天天旱得厉害,好像没下过一场雨。倒是刮过一次大风,那场大风是黑红色的,来的时候遮天蔽日,还发出一种奇怪的、类似牛叫的吼声,几分钟后,则像雨过天晴,强烈的阳光晒得人发黏发软。我们家老槐树,死掉的半边枯枝多数被大风卷走了,露着残断的臂,而王家染房则更惨,他们被卷走的是晾在大绳上新染的布和大绳——据说风一直刮到泊头南边的韩庄才停。它距离我们有四十多里。风在韩庄停了,散了,韩庄的人出门看见,天上掉起了许许多多的鱼,几乎是一场颇有声势的雨,有大有小,多数还活着,在地上跳跃……这是我们当年,能够记下的少数和日本人无关的新闻。

我们的旅店一时间人满为患,父亲悄悄提高了房价。不过,他让我们烧了更多的热水,供客人们用,这是免费的。他还让母亲在为客人们烩他们带来的各种干粮的时候多少放一点儿油,多少放一点儿菜,这是原来没有过的——之前我们烩饼子或者其他的干粮都只放水和盐——在这点上,我们也没有多加钱,还是只收一角。父亲说,对做生意来说,信誉是最珍贵的;对做人来说,信誉也是最珍贵的。我们不能让人家在背后说三道四四四四。

那些日子,父亲的脸上挂着少有的笑容,这笑容分布于他的每条皱纹里,他脸上的所有毛孔都游动着笑的因子,如此由衷——的确,这是之前的父亲所没有的,熙攘让他看到了久违的希望,这希望曾挂在那么高的高处,更像是海市蜃楼。那些日子,父亲年轻了好多岁。他有了用不尽的力气。

傍晚,蚊子们在大槐树的下面聚集,那样众多,它们的翅膀构成了一片浅雾。屋檐下也有,黑压压的,我们在屋里都能听见蚊子们的嗡嗡。年轻了的、有了更多力气的父亲上场了。我不知道该用京戏或河北梆子里的哪一种角色来形容他。我的父亲,拿着一个用半个葫芦做成的水瓢,这是他的道具,就像京戏人物手里的马鞭,在一阵锣鼓打过之后,他上场了。

水瓢里面有一点水,并不很多。父亲站在由蚊子组成的浅雾下,盯着这股雾的走向,然后,突然地一挥手,水瓢从一侧撩起,飞快地罩在这股雾的上方——父亲的做法小有收获。低下头,水瓢还剩的浅水里会漂着五六只到二十只蚊子,有些还没有死去,还有能力再次飞走,只是在水瓢的击打下有些茫然……父亲用他的迅速,手指一点一点,把没死的、还有可能飞走的蚊子一一点死,然后倒掉。他又从水桶里舀出一小点水,抬头,盯着蚊子们聚集的方向——周而复始,父亲会一直把这样的动作做到上灯,蚊子的雾散去为止。母亲对此很不理解,说他的做法完全是吃得过饱的结果,蚊子那么多根本打不过来,何况它们都在外面。父亲自然有他的理由,外面的蚊子在没进屋里的时候都是外面的,不像跳蚤,谁家屋子也不生蚊子,可总有蚊子会进到屋里去咬人。至于蚊子多打不过来,是打不过来,可打死一只就少一只,就有一只不能再咬人。母亲说这都是歪理。你总是没有没理的时候——

父亲悄悄提高了住店的房价,这对我们的生意并无任何影响。那些逃难来的人对此少有计较,再说,他们也不容易再找另一家店住下。所以,人和车辆还是源源不断地拥过来,尽管他们比平时住店的人有更多狼狈,更多慌张。那是我们一家人最为忙碌的一个时期,父亲让母亲停止了织布、缝补、绣花的活儿,我们全力以赴地投入如归旅店的生意上来。大哥负责拉土,挑水,清洁院子里骡马屎尿制造的脏,同时负责照看骡马,替客人喂马,卖给一些准备不足的车把式铡好的草料;二哥负责的是收钱找钱,屋内的卫生,除虫,倒便桶,给客人打水,卖给他们旱烟、烟叶或糖果和酒,沏一种劣质的花茶,在需要的时候,他还要和大哥一起铡草,推磨;我的任务是,根据客人的需要为他们上外面的小店里买些针头线脑,马鞭,毛巾,或者给他们的车轴涂一些蓖麻油。母亲的活是烧水,洗衣,做饭,给客人们烩他们带来的干粮,按客人的要求烧菜。(当然,要求烧菜的人很少,一天两天也遇不到一个。我们家也没有备下的菜,如果客人需要,我们一是在后面的园子里摘,一是去外面买,到外面买菜也是我的活儿。如果买得多些,我可悄悄赚一分两分钱,但多数时候一分不赚。)

是的,那些日子,我们的旅店确是少有地红火,我和大哥二哥也多少以为,如此下去,我们的旅店真的可以赚不少钱,我们对它的判断是错的。那段时间我们干活也少有抱怨。

矮小的任木匠又被父亲叫来,他在木匠的面前指点着,这扇门得修一修,不过也不用全修,把这边断掉的门框修好就行了,还有这门插,让虫蛀坏了,你给换一个吧,用好一点儿的木头,也别用太好的。很小的料,你自己掌握就行了。换个窗扇多少钱?要我只换这几根窗棂……也太多了吧,你的心也太黑了,这样,我把卸下的窗口都给你……那就只换这两根三根窗棂吧,用不了多少木料,也就是……对了大门右边的门墩也坏了,你给修一下,修,不换,你看还能修不……让不长眼的马车给碰的,这么宽的路他不走,偏偏,唉。其实不换也行,你要得也太多了,你要这样我们就不修了,这么近的邻居,你怎么也得……还有那几张床,我修过的,其实挺结实的……你也就是三五锤子的事儿。这还要钱?以后我还怎么找你干活?你也……

那天,矮小的任木匠多喝了几两酒。他笑眯眯地盯着父亲的下巴,摇晃着他红得发黑发紫的脸:"大叔没有问题,你放心。大叔没有问题,你放心。这事我能办好,包在我身上。大叔没有问题,你放心。"就那几句话。他的表情,惹得几个住店的人也跟着笑起来。

"怎么,瞧不起我?"任木匠有些火,他扭着涨红的脖子,冲着笑声发出的方向,"你还别瞧不起我,这叫手艺!你懂什么叫手艺么?我们的手艺可是鲁班爷传下来的,没有我们木匠,你们住什么?住、住狗窝也不配!没有门没有窗,那是什么?那是坟,坟能住么?活人有住那里的么?……"父亲笑着搭话,算了算了,没有人瞧不起你。他们没笑话你啊。父亲的话音还没落到地上,里面又是一阵大笑。如果没有这个任木匠的到来,他们可想不起这么开怀,要知道,这里多是些逃难的人啊。

"就是瞧不起我……"任木匠竟然有些哽咽,"没有我们木匠,能有门么,能有窗么,能有桌子椅子么?"他突然想到,自己是在大车店里,"大车,大车,大车是什么做的?木头!没有木匠你能做成?你看看,车帮不是木匠做的?车轮不是木匠做的?车辕不是木匠做的?你们笑,笑个屁啊！要没木匠，你们哭丧都哭不上来！"……任木匠像一只笨拙的鸭子，他有些混乱地驱赶着自己的两条腿，冲到一辆马车的边上，抬起腿，朝车轮狠狠踹去。他的举动，自然引来了更多的哄笑。

不喝酒的任木匠很是和善，冲着每个人都点一点头，然后再干自己的活儿。不过，不喝酒的任木匠大概也是一个马虎的人。父亲叫他修理已经破旧的门窗和床，他叫木匠，把床恢复到一张床的样子上来。为了不影响生意，父亲叫木匠跟他一起见缝插针，哪张床空出来了就去修哪张床，一旦有人来住店，那张床有了用处，修理工作马上得停。这自然让任木匠很不高兴，他说，我父亲有意在耽误他的时间，如果是这样，他才不来挣这个小钱呢，而父亲又抠，恨不得雁过拔毛，恨不得让他出工出力出木料还不花一分钱。这样不行，得加钱。父亲领他去看他修过的门窗，表达自己对活儿的不满，当然，父亲只是说说而已，任木匠的木工虽然有些粗糙，但看上去还是结实的，比我父亲自己修理的强多了。

一个晚上，我们店里住进了一个三十多岁的女人，带着一个三四岁的孩子。那个女人颇有几分姿色，但满面愁容，她脸上的愁也使她的姿色更添了几分。她一进屋，屋里的喧闹立刻停了下来，七八双眼睛都直直地盯着新进来的这个女人，他们的眼光……父亲没有表现自己的担心，他只是把这对母女安排在了另一张床上，并悄悄把这张床和另外的床拉开了一小点距离。晚上，父亲专门告诉我二哥，睡觉可要机灵点儿，注意动静，另外，尿桶也不不不不要往往屋里放放放了。

可是，我们还是听到了女人的尖叫。父亲下床，大哥二哥一起跳起来，跟在他的身后——事情并不像父亲担心的那样，另外床上睡着的男人们虽然各怀鬼胎，故意讲些笑话进行挑逗，但他们并没做什么，没有。

是那个女人,在掖紧自己身上的被子时突然碰到了一根竖在床上的钉子,她的手被划破了。这根钉子,应当是任木匠在钉床的时候遗忘的,他自己没有发觉,父亲没发觉,而这个女人,在她铺床的时候竟也未能发觉。父亲一边谦和地向人家道歉,一边用锤子将钉子一下一下砸进了床里。父亲故意用了些力气,弄得很响,我知道,他的这一方式也有对睡在另外床上的男人们的警告。

第二天,任木匠一来,父亲便拉住他对他的粗心进行质问,他显得非常气愤,不依不饶。任木匠怎么道歉也无济于事,父亲好不容易抓住了这样的理由,而任木匠的活也基本要干完了。父亲坚持,要扣人家一部分工钱,任木匠也不干了。他挺着矮小的身子,像竖起羽毛的公鸡:让我停下来是你的意思,是你硬把我拉出来的。要不,我肯定不会忘。钉子和我无关。给钱,我不干了,少给一分我也不干!快给钱!

父亲喊来我的大哥。他对我大哥说,好好在院子里给我待着,别别别到处乱乱乱跑。大哥愣了愣,我本来就在院子里啊,没去别处啊。

16

一天下午,王家染房的王掌柜来到我家店里。我记得,这是他第一次到如归旅店里来。他来的时候父亲正在和一个当兵的说话,父亲叫我二哥给他端一盆热水——远远地,父亲就看见了探头探脑的王掌柜。

他迎上去,很有些热情:"王掌柜,来了,请屋里坐,你看我这乱的。都插不下脚。"父亲把一只爬到脚边的屎壳郎踩碎,踢到远处。

王掌柜也增加了些笑意:"别客气,我早就想过来。哎,人一做了生意就不是人了,忙得前心贴着后背,想想也没挣俩钱。"

父亲掏出衣襟里的旱烟:"也是也是。抽支烟吧。"

"不了不了。"王掌柜摆摆手,"还是抽我的吧,是我侄子从东北带来的。"

"东北往这的路不好走吧?"

"可不是,谁不说呢。唉。路上一关一关,日本人的中国人的,查了不知多少遍。还别遇到土匪,要不什么都完了。"

"兵荒马乱的,生意真是越来越难做了。还是你王掌柜,稳稳当当,生意也红火。"

"你看的是表面,其实,也难。这些年,洋布抢了不少土布的生意,染布越来越赚不着钱。你总不能不做了不是?"

两个人都不再说话。我父亲抬抬手,看看挂在西房檐上的太阳,转过脸来对着王掌柜:

"王掌柜,你来……有有有事?"

"也没啥事。前几年,孩子总在我那店里长着。想想时间过得真快。真是岁月催人老啊。咱们在一起和贺庄人打土仗、顶拐,都还在眼前,现在孩子们都这么大了。"

"是啊是啊,真快。"我父亲顺着他的感慨,"去,把你大哥找回来。"

"不用了不用了。"王掌柜制止住我,脸上闪过一丝尴尬,"老哥,我、我找你有点别的事儿。"

"什么事?你说,只要我能做到。"父亲直起腰板。

晚上,父亲在饭桌上向我们详细复述下午发生的事,他让我母亲猜,王掌柜是为什么来我们旅店的。母亲看了看低头吃饭的大哥,他家银花不是、不是早嫁人了么?我和二哥也转向大哥,他始终那么低着,支着耳朵——就是不嫁人,也不要那个王银花!我用了腹腔里的气。

不不不不是为为为这这事儿。父亲的关子还没有卖完,他并不急于说,还让母亲猜:"你再猜。再再再再想。"

母亲当然猜不到。父亲瞄了我们两眼,他让母亲继续,自己则一筷一筷吃着咸菜,把它泡进碗里,他吃得那么惬意,那么有味道。

王掌柜来,有两个原因,其实真正的原因只有一个。两个原因分别是,我大哥也不小了,应当把亲定下来了,他说如果我们家有了什么相定的人家,他可以为我们做媒(哥哥哼了一声,他推开我和二哥的手,你们一边去)。真正的原因是后面的,王掌柜想,在我们家院子里,也就一个角上,设一个小摊位,卖布。他说,那些逃难的人也许没有带够足够的衣物,也许还要添置些什么,而他们到我们镇上住我们家店里目的只有一个,是不会顾上添置什么的,所以不可能光顾王家染房。而如果把摊位放进我们家,则不同了,也省了他们外出找染房、布行的时间。他们家的布卖得也不贵。王掌柜提出,我们家什么也不用管,只要给他留一小点的地就行了,再不行,就让他在大槐树下面摆摊。至于收益,三七开四六开,由我们定。

——你们觉觉得,这这这事咋咋样?

一家人都不说话。在我们家里,大大小小的事,都是由父亲拿主意,让我们想这样该怎么办,能怎么办,我们都不适应。我和二哥适应的是,父亲拿了主意,我们悄悄评价几句,丢一些泄气的话,留一点飘散的气味。现在,父亲问我们了,我们很想给他一个他也认可的主意,可是,我们即使想出了也不敢马上表达。

"我觉得,"二哥顿了顿,他看了一眼大哥,"母亲,我觉得不能让他在咱家卖。那成什么了。"

我也认为不能。因为大哥的事儿,我心里对王家染房有着某种执见,他还要把染房开进我们家里来,太便宜他了。

母亲则说:"王掌柜,不是一个厚道人。奸猾得很。我们得防着他点儿。"我不明白她是同意王家的摊位进我们家还是不同意。剩下的,就是大哥了。

大哥显得事不关己的样子。"你看着办吧,"他对父亲说,"怎么都行。"

"你拿拿拿个准准准意见。"父亲盯着大哥,"我我我不能这这这样回回回人家吧。"

大哥还是那副事不关己的样子,他松松垮垮,侧卧着,像一条硕大的鼻涕虫:"那就来呗。"

大概,父亲要的就是这句话,就是这个结果。"明明明天,你扫扫扫扫院子,我我我们给给给他个好好好位置。"

这并没有完。父亲还有继续的兴致。他说,我们活着,我们做生意,为什么?为了过好日子,为了让人瞧得起。父亲感慨,人穷了,志就短,你无论说什么别人也不会听见,对和错都没用。你有了钱,有了地位,就不同了。有钱没钱,有地位没地位,人家看你是两个脸色,两副表情,世态就一直这样炎凉。父亲说,这是一个开始。王家染房来求我们了,我们要是没用,他们会来?他们一家是什么人我能不清楚?他父亲,他爷爷,也是那种眼朝着上看的人,当初……我就知道不行。我们够不上,攀不到。我们住得这么近,你说,他什么时候来过我们旅店?他瞧不起我们家,觉得我们不如他。现在他来了,瞧得上了,我们可不能和他一般样子。我们让他来,给他干净的、显眼的地方摆摊,做人当然要厚道。我们只要证明,只要让他不敢小瞧我们就是了。在镇镇上,我我我们虽然不不不算什么高高高门楼,但但但比一般人人人家要强强多了。人人人得往高高高处走走……

在一个间歇,大哥突然向父亲提出,四叔想来我们家帮工,他说我们现在肯定缺人手,庄稼该收的收了,该种的种了,他现在闲着也没什么事干。

"他他什么时候跟跟跟你说的?"

大哥说,今天下午。在去挑水的时候。

母亲接过话,不行,不能让他来,那么好吃懒做,成事不足败事有余,他来了也就是能添乱。何况,他来能有好?你知道他们两口子又憋出了什么鬼点子?他们没事天天算计如何坑我们害我们,就见不得我们好,见不得我们比他好。你们那个四婶子,可不是个省油的啊,可不是个善人,一肚子坏主意。我们不要他,说下天来也不能让你四叔来我们这里做。绝对没有好处。

"我们能让王家染房在我们家摆摊,却不让四叔来帮工,怕、怕人家说什么吧?"二哥说。

是的,这是个问题。父亲是个爱面子的人啊。

17

四叔并没有来,我是说,他并没有来我们店里做工,有两次,他来了,和我父亲说的是另外的事,像我奶奶,像三叔的死,他们俩有着共同的记忆和血肉的亲切,唯独不提的是,我大哥传过来的话。

不用说我也猜得到,那是父亲的一个心病。是他健全心脏上的一块梗阻,四叔来了,这个梗阻就要形成,它有了犯病的苗头——然而四叔和我父亲一起,顾左右而言他。四叔帮我父亲扫两下院子,帮我二哥铡几下草,在父亲脸上要挂出点什么的时候马上就停,然后和我父亲一起回忆。他问,你还记得三哥不?我好像记得他的样子,可仔细想,又想不起什么来。父亲马上接过话题,记得,咋不记得,昨天我还梦见他了,梦见他冲着车轮撒撒撒尿。

三叔,应当是我父亲心里的另一个伤疤,四叔平静地揭开了它,然后又平静地收手,让父亲自己流血。这是母亲的说法,在我看来,那时,四叔应当没有那样的故意。他只是随便说说而已,他只是找个话题,而已。

除了大伯不是我奶奶亲生的外,奶奶过来后生了我父亲、三叔、四叔,还有一个姑姑。姑姑大我父亲两岁,在很小的时候就死了,父亲对她没有印象,只是听别人说,我曾有个姑姑,死在大年初四,那时刚刚两岁。那些别人说,我姑姑死前脸色发紫,一直在吐,她把苦和胆都吐了出来——那些别人猜测,她可能是中了煤气。姑姑死掉很让爷爷恼火,他大声咒骂,拉着头发一直把奶奶从炕上拽出了院子……我能猜测到那些别人在和我父亲谈及的时候会是什么样的语气。爷爷对这个姑姑也有不尽的恼火,他拉着她的腿把她丢在一张破草席上,用手指着她的额头大骂,叫你来骗我,叫你来骗我,我把你喂狗、喂猫、喂猫头鹰……(这是我们当地的风俗,夭折的孩子都是一些骗人的小鬼魂变的,它们来人间一场,就是为了骗那些当父母的人伤心。早夭的孩子都要骂一骂,这样,再有那些喜欢骗人的坏小鬼就不敢来了,不好意思来了,之后生的孩子才可以留住。)

而三叔的死,则和父亲有直接的关系。那时,父亲六岁,三叔三岁,而我四叔一岁。

奶奶是一个很要强的人,据说也是一个刻薄的人,一个干起活来从不感觉累的人。那天,她把四叔背在背上,在磨坊里推磨,让我父亲带着三叔出去玩,不到天黑不许回来。父亲和三叔来到田间。初冬的风硬,两个孩子很快就又累又冷又饿,可是天总是不黑,他们也不敢回去。后来三叔哭起来,他拉着父亲的手,我饿了,咱回家吧,咱回家吧——父亲又何尝不想回家?可是,以奶奶的严厉,这时回家肯定没有好果子吃,他对着三叔怒吓,不许哭!不许说回家!开始,他的恐吓还有作用,后来就毫无效果了,有着一肚子气的父亲终于忍不住了,他扑上去,把三叔狠狠摔在地上,用脚踢他的腿、腰、肚子……三叔不敢再哭了。两个人又等啊,等啊,天还是黑不下来,父亲就把三叔丢在野地里,自己跑回街上……他自己玩到天黑,准备回家的时候突然想到了三叔——父亲的腿立刻软了,他五岁的心脏里一下子塞满了硬硬的石头。还好,他在丢下三叔的地方找到了自己的弟弟,三叔已经哭得都喘不上气了。父亲拉着拖着,哄着吓着,终于把三叔带回了家,外出喝酒的爷爷也早回来了,奶奶正冲着他发火——

当夜,三叔就开始发烧。爷爷问他脸上的青、腿上的青是怎么弄的,三叔说是自己不小心摔倒的,三岁的三叔至死没有出卖我的父亲(后来还是我父亲承认的,在三叔死后,是他自己向父母说出了当天的实情。他早知道自己说出会有什么样的后果,可他不愿再撒谎)。请来了几个医生,包括县里的名医常先生,也没治好三叔的烧,没有几天的时间他就把自己交给了死亡。三叔死的那天早上有了突然的清醒,他呕吐着,但除了两三块淡灰色的斑点,什么也没有再吐出来。奶奶急急地跑过去,用自己的手和肩膀托着三叔的后背:"儿啊儿啊,你怎么啦,怎么啦?"三叔盯着窗外,一副茫然。过了一会儿,三叔叫起来,他用尽了力气,听上去就像一只被人抓住脖子的公鸭:"树上落了两只知了。"

其实那是冬天,树上什么也没有。

"是啊,两只知了。"奶奶哭出了鼻涕,"让你爹一会儿给你抓来,给我们二柱子玩。"三叔还是用那种被抓住脖子的公鸭的声音,显得有些烦躁:"别闹!再睡会儿。"他躺下去,就再也没有起来。

三叔,三岁时死去的三叔,在这个世上只活了不足一千天的三叔,成为父亲和奶奶之间的隔阂,肿瘤,直到奶奶死去。他们母子的关系一直紧张,奶奶坚持是父亲害了三叔,他大约还有着故意。她当然容不下这个狠毒的儿子。如果不是爷爷呵护,父亲也许会成为第二个三叔,根本不可能有后来的娶妻,生子,经营这家如归旅店。奶奶的死是一个意外,她在坐船回娘家的时候遇到风浪翻了船,打捞上来时两只手还死死抱着带去的包袱,别人说,如果她丢了包袱,也许能活下来,水并不是很深。

……父亲和四叔在院子里回忆那些旧事,这些旧事也给他们添上了些许的苍老和沧桑。他们还提到我们的邻居,老爷爷的坟,爷爷去世时的寿纸……总之,都是些很旧很旧的旧闻,两个人一言一语,直到四叔走掉,也没有提及他来如归旅店帮工的事儿。

四叔走后,父亲怔怔地盯着大槐树的方向,四叔离开的方向,呆呆地愣了好一会儿,叹口气,然后去忙其他的活儿:那些溃败下来的军人,尤其是那些伤兵,都不是容易伺候的。父亲用出了更多的小心。

那些人有着相当的火气,他们打了败仗。他们不得不连夜奔逃,不得不丢下了很多东西——那滋味肯定很不好受。他们住进店里,还很少给钱。他们指使我父亲,准备酒、菜、毛巾、热水,让他把其他住店的赶到一边儿,一有不合意就要破口大骂。他们还会把我们家的床上弄得很脏。被子上、褥子上沾满了血迹和类似的污渍,我们不得不一遍遍清洗,用热水和凉水,用父亲找来的草叶和碱,用在铁匠铺里寻得的自制肥皂……然而它们已经无法恢复成原来的样子。他们甚至不如车把式,那些人在院子里撒尿还会冲着大车的车轮,而这些大兵则根本无所顾忌。

有一个兵提来了一只鹅,他倒是有少见的客气:"老板娘,你把它做了吧,我的弟兄们已经很久没吃肉了。"母亲认得那只鹅。它是王家染房王掌柜家养的,据说这只肥大的鹅下过不少双黄的蛋,它还能捕蛇。认出来,母亲也不敢多说,她小心放掉鹅血(其实血已经流得差不多了),拔净鹅毛,把它剁成肉块,放进热水里冒一冒,出锅,放油、水、葱、蒜、盐……鹅肉还没有熟的时候母亲听见有个女人在房顶上骂,是王家染房的方向,她悄悄叫过二哥,把他打发出去……不一会儿,骂声止了,镇上仅剩狗的叫声此起彼伏。

父亲停止了卖酒,他的货架上已经空空荡荡,因为他的酒和其他杂货卖出后无法从那些军爷的手里要回它应当的钱。旅店的门也不能锁了,因为你无法确定他们什么时候走什么时候再来,如果叫不开门,如果你跑得慢些,骂是少不了的。好在,我们的旅店里住进了兵,这是整个交河镇都知道的,过路的小偷、土匪都不敢来这里偷盗或抢劫,院门上不上锁都没特别的关系。

这些溃兵到来之前,在仅有那些逃难的人住店的时候,父亲曾想请个戏子在院子里唱唱小曲儿(他这是由那个任木匠想到的,那日,喝醉了的任木匠曾引得客人们捧腹,父亲想,如果有人唱戏唱曲也许更好,能拢住更多的客人),戏子可得点赏钱,而我们也可卖点烟叶瓜子,但他们的到来阻断了父亲的想法(战事吃紧,县里也住了不少的兵,据说还有不少政府的大官儿。有家戏园子,头牌是一个叫什么翠红的年轻花旦,当兵的来后演了没几回,人就再没登台,据说是做了谁的小。士兵们看戏不给钱,还抢糖果瓜子,一个不识相的守门人愣是不让进,和当兵的厮打起来,这个看守人曾在戏园里跑过几年龙套,也算半个练家子,没占到便宜的士兵回到营里越想越气,纠集了几个弟兄又赶了回来,抬着机关枪向园子里扫射,好在没伤到人)——我们可可可惹不起。多一事不如少少少少一事。

父亲这话是说给我大哥听的。那些士兵住进了我们旅店,唯一兴奋的是他,他鞍前马后,问这问那,几天下来便和其中的几个打得火热。父亲说,这些人和匪一样,狗脸,说翻就翻,你还别不信,我过的桥比你走的路还还多。

大哥笑笑,一脸不以为然。那时他已经长大,有了自己的主意,他的里面已渐渐钙化,有了骨头的样子。

不知出于什么原因,拾粪的赵赖子被几个当兵的拖进了院子(也许是他的探头探脑引起了他们的反感,也许是他在大槐树下说了什么让人气愤的话——当然这只是猜测),他的粪筐被摔出很远,而他的粪叉则用在了他的身上、头上,和他有了更多的亲近——赵赖子蜷在地上,抱着头,发出丝丝缕缕的哀鸣,这个让人可怜可笑的样子并没有起到可能的效果,那几个斜戴着帽子、叼着烟卷的兵并没有因此停下高高抬起的脚和鞋子,他们乐此不疲。赵赖子求饶了。他在拾来的马粪牛粪上翻滚,躲避着无处不在的脚……父亲有些担心,他喃喃自语,可、可可可别别别给打死啊。赵赖子没被打死。那些打他的人终于累了,停了,抛下几句很纯粹的国骂走到了别处。赵赖子摇摇晃晃,顶着满脸满身的血、土和泥、变成泥条泥块的牛粪马粪,站了起来。他似乎还在发蒙,眼前一片旋转的昏暗,头上飞舞着种种的鸟鸣——我们远远看着,赵赖子呆呆地,颤了一下,两下,终于站稳了脚。他拾起了自己的粪筐。随后,他把折断的粪叉一段一段收进了粪筐,做完了这些,他还在地上搜寻,似乎是想把拾来的牛粪马粪依然装回到自己筐里去。那些当兵的看着他,像盯着一个有趣的怪物。他的确是好笑。收拾好(怎么才算收拾好呢)的赵赖子慢慢走到门口,突然,他转过身,遥远地、恶狠狠地指着我大哥的鼻子:"你等着!老子会报仇的!我跟你没完!"说完,他一反刚才的艰难,飞快地逃之夭夭。

对此,大哥报以冷笑,操,你挨打和我有屁关系!等着,等着又怎么样?就你那屄样子。一旁的二哥也添些佐料,他说赵赖子挨打的时候真像一条丧家的狗,二哥一边说一边模仿着赵赖子的动作,他学得真像。就连站着蹲着的那些当兵的,也跟着笑起来。

有一批兵,是凌晨时分进来的,那天,几个土匪在城西丁家抢劫,他们砍倒了丁家三口,抱着抢来的东西正要出门,与进镇的士兵刚好遇到。土匪被抓住了四个。他们被吊在我们院外的大槐树上,整个镇上的人都来观看,从我们旅店向外,是一片黑压压的头,它们相互拥挤,努力向上面伸展,嘈杂一片。军官下令,鉴于当地匪患严重,民怨甚深,决定杀一儆百,下午的时候开个大会,这四个土匪就地枪决。

父亲不叫我们到外面看,军官的这个命令让他忧心忡忡,逼得他再次犯了牙痛的病。怎么能在槐树下杀人?那样,我们以后的生意还怎么做?我们的院子会被人看成是凶宅,住进来会感觉不祥。再说,当兵的在这儿,土匪们拿他们没任何办法,可等他们一走,谁能保证他们不会来报复?那我们的生意,我们这一家老小……父亲捂着自己的半张脸,却遮不下另半张脸上的痛苦表情,他让我大哥和那些兵去说说,和那个军官说说,能不能不在我们家院外杀人。多不吉利啊,我们以后只能提心吊胆了,我们这样好好地伺候着他们,他们多多少少,也该为我们想想吧。

大哥去了。很久也没回来。父亲伸长了脖子,他又开始后悔自己的决定了:这些兵不是原来的那些,大哥和他们并不熟。大哥那脾气,会不会因为哪句话惹恼人家,赵赖子就是个例子啊。要弄一个通匪的罪名,就更麻烦了,这也不是不可能。

回来的大哥没说结果,他只是说,等着吧。父亲没有再问,这与他刚才的想象比较,已经是最好的结果了。杀就杀吧。父亲自言自语,哪一块地上没埋过死人?

树上落下了乌鸦,它们竟然不顾院外那么大的嘈杂。随后,两只乌鸦又落在了我们家的屋顶上,它们为争什么东西打起架来,惨惨叫着,打得热烈,忘我。它们的到来自然引起了父亲的气愤,他冲出了屋子,顺手将一块捡起的硬东西向房顶上丢去。乌鸦飞走了,而大约有两块瓦也碎掉了,父亲扔上去的那块硬物,卡在两块瓦的中间,显得那么难看。

……

不知道是不是大哥的话起了作用,那个军官,在做了一个简短的讲演之后宣布,把这几个土匪押出交河镇,到一个乱坟岗上再执行枪决。父亲为此长长地出了口气,他的眼角都挂出了泪痕:真真真真是……好好好官啊。要要要是当官的都都都像他他他……

枪毙土匪,我大哥和二哥都跟着去了,父亲无法拦住他们,但他努力地阻拦了我:"不不不不不许去!"——我只好不去。父亲的不许让我生出许多怨恨,我坐在空荡起来的大槐树下,夸张地向远方张望,父亲的斥责、母亲的呼唤我都装得听不见。我看槐树的树叶。书上说,槐树为落叶乔木,羽状复叶,叶轴有毛,基部膨大;小叶卵状长圆形,顶端渐尖而有细凸尖,基部阔楔形,下面灰白色,疏生短柔毛——我盯着槐树叶子的时候看到的可不是这些,想到的也不是这些。我看门口的匾和上面的字,我才不在乎它是颜体还是欧体,是楷书还是行书,我想的是,我的一口痰能不能吐到上面去,有没有让自己出出恶气的力量。我看门前挂着的铃铛,生着厚厚的锈,上面还有两个看不清楚笔画的字,父亲说那是篆书,一"福"一"寿",多少有些变形。我看过往的行人,他们有腿,有自己想要的方向,他们自己可以指挥自己,而我不能,我被父亲喝住了,不能离开,不能跟着哥哥他们看枪毙土匪……想着想着,我忍不住满面泪水,怨恨在心里已是波涛汹涌,它冲垮了我努力抵挡的堤坝,我张开嘴,冲着大槐树喊,几乎是一种狼嚎——

父亲站在院子里,他没有带出耳朵,他的眼睛也只瞧着别处。他那么若无其事。

得到满足的、小人得志的两个哥哥,他们回来了。他们的脖颈上挂着兴奋的气球,一颤一颤,那么飘飘然,当时,我可见不得这个样子。他们口若悬河,向我们描述他们见到的发生,他们看到的恐惧、麻木、死亡和血……我不听。我让自己一句也不听见,把挤进耳朵里的词用自己的方式再挤出来——

"吃吃吃吃饭、怎么也堵堵不住你你们的嘴。"父亲也表示了他的反感,他看了看我,"叫你们别别去非非非要去。祖祖上说,看看看杀人伤伤寿。"父亲还透露了他的忧心:他不让我们去,是怕土匪们劫法场。子弹可不长眼。另外,这几个土匪是在大槐树下判的,而那些杀人的兵又都住在我们店里,现在没有事儿,等他们一走,说不定会遭到土匪的报复。

父亲用筷子点点面前的碗,他的心里,有一块卸不下的石头。

18

交河镇,能够时常听到远处的枪炮声了。

偶尔会近些,让我们感到轻微的震动,落在槐树上的鸟被惊得四散。如果不是打炮,真不知道那里藏了这么多的鸟,它们隐藏得很好。

我看到过一条白褐色的蛇,有深褐的花纹,它的头已经伸进了树冠里,而长长的身体和尾巴都还在外面——我只是看着它慢慢把全部的身体缩进我看不到的地方,没惊动任何人。母亲说,白色的蛇应当是家蛇,它们是最有灵性的一种,是护宅的,平时盘在房梁上不让人看见。这样的蛇不能打,打了会给家里招灾。在那个兵荒马乱、人心惶惶的年月,我们尽可能地遵守一切忌讳。

如果躲过父亲的眼睛,我大哥不管这些。他说那都是骗人的。有许多的老话,许多的禁忌,许多的道理都是骗人的,他不相信。

……

父亲对军队的进驻小心翼翼,只要是军人住进来,我们一家人都会投入十二分的精心。他们给交河镇,给我们的如归旅店带来了颓丧、悲观、绝望、摔掉的破罐,和一堆堆随时可燃的火药。父亲小心翼翼,在心脏的顶端放上一两片羽毛,把全部神经一一绷起,悄悄用水淋湿火药上的引信,把发射的时钟拨慢……其实如果不是伤兵,如果人多一些,他们还是很规矩的,有时还会给我们扫一扫院子,提几桶水。他们会几个人挤在一间房间里,沉闷地挤着,悄悄地说些什么。走的时候,他们也会如数地支付房费,尽管我父亲只收一半。父亲说,看来受伤以后人就变了,受了伤,脾气就大,看什么都会不顺眼。千万不要惹那些伤兵——在这点上,父亲和我们家是有教训的。

那日,大约是下午两点钟的时候,知了叫得很欢很响,而刚吃过饭的我有些昏昏欲睡,打着盹儿,发黏的厚眼皮总是粘在一起,撕也撕不开——有个伤兵被抬了进来,他被子弹打穿了胸部。在抬进旅店的时候他就发着烧,面色苍白,而两腮却是黑红,大口大口地吞着气,像拉一个破旧的风箱。他们大呼小叫,要水,要毛巾,要酒,要……我们跟着忙乱,原来在店里住下的人也都屏下呼吸,缩进角落,好像他们要是正常呼吸就会把屋里的空气抢走,这个大口吞气的人就吸不到了一样。快,快把你们的大夫找来!有人推了我父亲一把,他的头上也有未干的血迹,要最好的!你他妈磨蹭什么!小心老子毙了你!

另一个当兵的也哭了,他跟着大声咒骂,我们听不出他骂的是什么,也不明白他骂的是谁。父亲手忙脚乱,他想叫我大哥,去薛大夫那里有三里多地,大哥的长腿更适合于迅速奔跑,然而他没能找到我大哥。就在父亲准备出门的时候,那个拉风箱的伤兵突然睁开眼,里面满是可怜的乞求:"救……救我,救……"父亲跳出了房门,三步两步。

其实,在父亲跳出门去的时候那个伤兵已经不行了。他把风箱拉得更响,而含着沙子的声音却小了下去:"救救……我。我……不想死。我不想……死。"他显得那么弱小,如同无助的婴儿,那身肮兮兮的军服和伸着的大脚都掩盖不住他的弱和小。抬他进来的伤兵抱在一起哭了,我和母亲,和一些住店的人,也跟着红起眼圈,流出了泪水。

父亲跳进来,弯下腰,狂奔耗掉了他肺里全部的气,耗掉了他眼里全部的气,严重的缺氧让他看不见房间里的境况,也让他的口吃变得更加口吃:"好,好……好好……好好好,好了,薛,薛……薛薛……"他的胸口挨了重重的一脚,当兵的几乎是在咆哮——

母亲用身体接下了另一脚,她扭着身子:"你们干什么!这是干什么!我们不想救他么?你看,你看都跑成什么样子了!"

大哥从外面跑进来,他看着躺在地上的父亲和半跪着的母亲:"怎么啦,你们怎么啦?爹,你怎么啦!"

……

如果不是战事吃紧,他们需要向更远的、更安全的地方撤退,那个伤兵的死也许会给我们带来更多的灾难。他的那些红眼的弟兄根本不和我们讲什么道理,人死了,在你的店里死了,就是他们最大的理由,我们就必须满足他们的全部要求。虽然,他们也知道这个理由并不充足。但他们有枪。他们有失败的愤恨以及失去弟兄的悲痛。他们还有身上的伤。他们是为了我们才受伤的,才死亡的,付出这么多,连命都不要了,我们还跟他讲什么理——这只能增加他们的气愤。

父亲和大哥被绑在了树上,好在,他们自己也觉得这样绑很不占理,所以这个绑只是象征,让他们出一出气。半个时辰后他们就把父亲和大哥放了,母亲找来镇上几个有头脸的人请他们说情,那时,当兵的火气已经消了,他们在乡绅面前显得委屈,说他们死了最好的兄弟,而我哥哥竟然还朝他们挥拳,把一个兄弟的脸都打肿了,不然,他们也不会这样干。大哥和父亲被解下了绑,那个挨我大哥一拳的战士还走到大哥面前,表示了一下友好,拍拍他的肩膀,弄得大哥也很不好意思,也拍了拍他的肩膀……当然,事情还没算结束。

母亲买了鱼,买了鸡,拿出了酒。父亲坚持破财免灾的逻辑,拿出了四块银圆,一人一块。为首的、伤在额头的那个老兵拿起来看了看,用嘴向银圆吹口气,然后将它飞快地放到耳边——他将银圆抛起,接住,另外的几个当兵的也一一拿起了银圆,可他又把银圆放回到桌上。他说,这钱我们不要。他说的就是一句,这钱我们不要,没有更多解释。另外的几个人相互对看了两眼,也都把银圆一一放回,最矮的小个子带出了明显的恋恋。老兵说,我们不要。你把我兄弟安排好就行了。他指的是院子里,那个死掉的士兵。

我们把他安葬在东门外的一片荒地里。包裹他的尸体用去了一丈白布,一张苇席,它容不得父亲心疼,这是那些当兵的提出的要求。把这具尸体送到坟地之前只剩下一条破旧的内裤,上面痕迹斑斑——他身上的衣物已被兄弟们拿走了,它们对死去的人来说的确也没什么用处。有洞的军衣交给母亲清洗,然后用针线缝补,但那个洞太大,母亲只好打了个补丁。他们走后,大哥曾想把坟挖开,那块白布应当还能用,但母亲坚决地制止了他。我们可不能做那种亏心的事儿,再说,死人用过的东西,不吉利。随后母亲感叹,死人的衣服他们也敢穿。

母亲还说,也不知是谁,走的时候还偷走了她的一面铜镜,这可是她的嫁妆,真让人心疼。母亲说,这些日子乱哄哄的,谁进过这间屋也不知道,以后,我们的东西可得看好了。到处都是贼啊。

(这里还有一个插曲,这几个伤兵走后,父亲去了王家染房。父亲向王掌柜提起了布的事儿,这一丈的布,是我们家的,父亲希望,王掌柜的也能拿一点钱,哪怕少拿一点儿。父亲的话自然拉长了王掌柜的脸,他说这事和他没有任何关系,他实在想不出他要拿钱的理由。父亲说是,是没理由。但,王掌柜的在我们院里摆摊,说好的分成,现在可一分钱也没见。王掌柜的一阵冷笑,那是,我在那里没挣到钱,还损失了不少的布。那些人哪里是兵,简直是匪,明抢啊。我都多少天没去了,为什么不去你应当心里清楚。父亲说他们也不容易。当兵就是为口饭吃,家里不穷谁去当兵啊。不过,这些人都还是很规矩的,你说的情况也许有,但,绝大多数不会像你说的那样,我们家小二给你算过,你前面挣了不少钱。王掌柜的简直有些愤愤,你们家小二,你们家小二,像个苍蝇一样在我面前晃,我说干什么呢,原来是给我算账啊!他可是真有心啊!那他一定也清楚我损失多少布了,这样,你们把我损失的布补上,我就给你分红,一分一厘都不差!他偏着脸,瞅着别处:听说你让几个不讲理的兵给吊了半天,有这事么?他们是些什么东西你应当比我清楚!怎么,想问我要钱了,他们就成好人了?……)

19

凌晨。很早很早的凌晨,露水沉重的凌晨。

黑暗厚重,它们在一起纠结,缠绕,涌动,带着微微的凉。更凉的是上面的星星。它们永恒,它们根本不在意人世的发生,它们按部就班,保持闪烁,无情无义。蟋蟀们的鸣叫时断时续,它们还叫蛐蛐,促织,这种善于跳跃的昆虫太小,太弱,容易遭受伤害,所以必须保持高度的警觉。从春天里生出的草也是弱的,但经过了时间,已挤掉了过多的水分,让自己变得干燥坚韧,不易被连根拔起,被脚踩过,被车轧过,有了累累的伤和撕裂压碎但绝不影响继续生长。还有那些露水,在无中生出,落在草叶上,像小小尘埃里的玉……

父亲早早地起来了。

他习惯着早起,他的心事让他不能那样安然地睡眠,在他一生里都是这样。现在想起来,唉。

他拿起一把扫帚。打扫着院子。露水把泥土和骡马的粪粘在扫帚上,使它用起来有些过重。这时,一个人影在他面前出现了——那时天还很黑,所以他没能看清走到他面前的是我大哥。他以为那是一个住店的客人。我大哥从来没有起得这样早过。

于是,父亲收起扫帚,略略地低了下头,晚、晚上睡睡睡得好么?是不是急急急着赶、赶路?

那个黑影摇摇头。

——我要当兵。我要当兵打日本。

顿了顿,那个黑影又说,我想好了,今天就走。他的声音有些干。

父亲有些犯傻,他大脑里有根连着的弦似乎断开了,在断开的地方有一群小虫在啃噬,很痛。"你你你、你说什么?"

黑影硬了硬脖子——我想吃粮当兵。

大约是这个时候,父亲才看清面前的黑影是谁,或者说,他到此刻才意识到,站在面前的这个黑影是自己的大儿子,是他在黑暗里说话。明白了这一点,刚才的话则一下子有了分量。

它对我父亲来说简直是一个炸雷。

很长的时间,父亲都处在震惊当中。他咽着口里的唾液,唾液有点儿少,解不到来自喉咙和肺部的干。"你说什么?你再再再给我说说一遍。"

此刻,大哥也稳住了心神,他向前一步,与父亲有了更近的距离。"爹,我想去当兵。"他有着从未有过的庄重,"我要去当兵。我要去打日本人。反正日本人来了,我们也没有好日子过。"

见父亲没有任何反应,大哥接着说:"你有三个儿子,让我两个弟弟给你尽孝吧。"

——"你甭甭甭甭想!"

父亲发出吼叫,他的头发和全身的汗毛都直了起来:"不行,绝绝绝对不不不行!"他把手上的扫帚举起来,颤抖着,举过了头顶。那个早晨露水沉重,黑暗还在,蟋蟀因为父亲的吼叫而停止了鸣叫,它们支起耳朵——父亲的手举着,高高举着,他不知道自己为什么会做这样的一个动作,这个动作有怎样的作用。它根本不应该落在大哥的身上。

父亲的吼叫惊动了许多人,我们被突然惊醒,而在偏房做活的母亲也跟了出来:"咋啦?你们咋啦?"

大哥显得非常平静:"你不总是希望我们光宗耀祖么,我去当兵,说不定能封个王侯将相,不比守着旅店当什么老板更强。"

——"胡、胡说八道。"当着被惊醒的客人,尤其是那些退下来的伤兵,父亲的声音小得可怜。

……

大哥遭到了囚禁。

他被关在偏房里,那是我们放推磨的石碾、喂马的饲料和一些杂物的房子,由我和二哥轮流看守。这是父亲的决定。母亲的反对没起到太多的作用,她说那个屋子又潮又冷,也没地方睡,把孩子关起来,你能关住的是他的身子但关不住心,你关到哪天是个头?别把孩子关出病来。你要是把孩子关出个好歹我跟你没完。对于母亲的唠叨,父亲用力甩了甩手,到到到一边去。要不是你你你惯着,他他他们能……恼怒的父亲把我和二哥也拉了进来,他嘱咐我们,一定要看好他,他不松口改变主意,你们就别想进屋。"要要要不惩罚你们一一一下,你你你们还不不反了?"

大哥被关在偏房,我和二哥坐在外面的小凳上,在白天,我们还得交替忙店里的活儿,而大哥则是清闲的,他坐在石碾上,哼着走调的小曲儿,或和我们搭一两句话。门并没锁。大哥却当它是锁上的,他绝不跨出门口半步,我们去里边收草,或者干其他的活儿,大哥也只是在一侧看着,伸着他的大脚,故意把这一切看得与他无关。二哥说,他也希望父亲能这样把他关起来,也不用干活了,多美。大哥说,等我当兵走了,你就进来,美死你。

晚上就不同了。里面很黑,父亲不允许点灯,其实也不是父亲不允许,我们就没有想到要给他点灯,大哥也不要。我说过,露水沉重,而且一到晚上,就有太多的蚊子聚集过来,这种嗜血的物种,它们能在相当遥远的地方闻到血的气味,在秋天越来越深的时候有了更多的疯狂……我和二哥交替看管,两个怯懦的人,我们得抵抗对黑暗的恐惧和蚊虫的叮咬,这对里面的大哥和外面的我们都算是一种特别的煎熬。轮到我看管,我就得想办法和大哥说话,拍打着脸上、手臂上的蚊子……那时的大哥并不愿意多说,何况,他大约有些困了。我也困,并且很困,困是压在我后背和头顶上的磨盘,我奋力上举,把它举得东倒西歪,能用的力气已越来越少。可我不敢睡着。不只是蚊子,困倦早已使我的感觉变得麻木、迟钝,它们的叮咬已不再那么痛,那么痒,一直拉着我的神经不让我睡着的是我的恐惧。要知道,夜晚常常是鬼魂出没的时间,它们穿一袭白衣,在黑暗中游走,吐着吓人的长舌头,悄悄吸走活人的灵魂,让他也变成一具缺少魂魄的僵尸。大哥说他就看到过这样的鬼魂,不过,这个鬼魂有了变化,变成了二奶奶的样子。大哥说他从王家染房回来,天不算晚,但走的已经是夜路。在路上,他遇到了二奶奶,二奶奶还被他吓了一跳,说吓死了吓死了,她捂着胸口,好像她不用力捂住,心脏真的会跳出来似的。不知为何,哥哥遇到二奶奶之后就有些头晕,仿佛里面一片混沌,塞进去的是一些棉花。哥哥说,二奶奶,是我。这么晚了你还出来干什么？二奶奶说找她家的鸡。这时，二奶奶拿出一个大白碗，里面有些小糕点，上面还盖着菠菜叶儿。她说吃吧，二奶奶一直舍不得吃，给你留着呢。哥哥想二奶奶家不在这里啊，她从哪里拿来的这东西？可这么一想，他又感觉自己是在她家院子里了。那些糕点很好看，只是，大哥突然想到它很像是死人面前的供品，这样一想他的心就猛颤了一下——于是他拒绝了二奶奶的糕点，依旧朝家里走去。走出一段路来，大哥的头晕变轻了，他恍然：二奶奶不是早死了么？她不是吊死的么？这个恍然让大哥的后背发冷，他回头，过来的路上一片漆黑，哪里还有灯光，哪里还有二奶奶的身影？……

我说别说了别说了，求你了，你听夜猫子都叫了。大哥在屋里发出阴沉沉的笑声：怕不怕？在得到确切的回答后，大哥说没有的事儿。是他瞎编的，就是用来吓我的。"如果你害怕，就回屋里去吧，我不跑。"

大哥说，他要坚持，一直坚持到父亲放他走。其实他也不是真的特别想当兵，只是，这样的生活他过倦了。他要过另一个样子的生活，再苦再累也没关系。大哥说，要不是世道不太平，他也许早就走了。不过，想来想去，他觉得自己还是当兵更好，有一杆枪，威风。至少比小老百姓威风，有了枪，镇上那些恶霸，那些坏人，那些渣子，包括那些平日在他面前人五人六的人，就都是虫子。

大哥说，到时间了，叫你二哥来换你吧，我再给他讲鬼的故事。

……夜深人静。我去推我的二哥，他只是翻了个身，把屁股留给我，口里还有一串听不清的喃喃自语。我继续推他，他的鼾声改变了音调，却未能停止，这时，大哥的方向，偏房的方向，突然传来几声洪亮的号叫——

那声音是我大哥发出的，他运用腹腔里、胸腔里、沉在丹田里的气，并且故意发颤,像被人撕掉了他的皮。大哥有他的恶毒和阴险。

静寂马上被打碎了。静寂在我们旅店,本来就是一种薄胎的瓷器。

如归旅店里一片难以描述的混乱,谁错穿了谁的外衣,谁踩了谁的鞋子,谁踢翻了尿桶而又把别人绊倒在地上……在一阵人仰马翻、大呼小叫之后,房间一片空荡,惊惶失措的人站满了院子——要知道,那可是一个非常的年代,要知道,如归旅店里住着的是逃亡的灾民和溃败下来的士兵。他们真的风声鹤唳,草木皆兵,惧怕任何大大小小的声响,何况,我大哥喊得那样声嘶力竭。

没没没没事……父亲不得不向所有住宿的人解释,尽管在黑暗中,别人看不清他的表情,但他还是非常职业地端出一副微笑来。他的牙痛又犯了,他的牙都在坏着,牙痛这种疾病让他都直不起腰来了。他向每一个人解释,一点儿一点儿,一遍一遍,谦卑地表达着自己的歉意。"我家大大大小子……脑脑脑子有有有点儿问题。他天生胆胆胆小。他他……"

然而他收到的是责骂和粘在脸上的痰。

为了配合父亲的说法,大哥在黑屋里又开始说话,这次,他洪亮的声音背诵的是:"日本帝国主义对华侵略得寸进丈,灭我国家,奴我民族,为其绝无变更之目的。握政府大权者,以不抵抗而弃三省,以假抵抗而失热河,以不彻底局部抵抗而受挫于淞沪平津……"接受着惩罚的大哥无疑让父亲雪上加霜。好在,那些惊弓的鸟并不在意大哥用方言念出的是什么,他们完全没这样的心思。

父亲的脸上挨了一记响亮的耳光。然后又是一记。那个当兵的,在逃出屋来的时候被人绊倒了,他的身上沾满了尿液,而手大约也被什么东西划破了。另外的人也有各自的狼狈。我父亲,用牙痛着的嘴说,各位老总,各位乡亲,今天的费用减半,减半。明早我们给大家做粥,不要钱。实实实在是……抱抱歉。

大哥的呐喊让我们全家蒙受了损失,就好像用刀子割下了父亲一大片肉,这片肉上带有血丝,连着骨头。可以想见父亲的痛恨。他叫我们第二天只给我大哥送水,如果谁敢给他送一块馒头或别的,就和他关在一起(我们当然会听话,大哥的行为也遭到了我和二哥的怨恨,这哪里是惩罚他啊)。

一天。

两天。

四叔得到了消息,他自告奋勇,你们这样关下去也不是办法,还是我来吧。母亲看了看父亲,在这两天里,他们用过了威、逼、利、诱,但我大哥却始终坚持。就让老四试一试吧。母亲说,万一……坐在床边上的父亲沉着脸,和大哥的"斗争"使他更快地苍老,看着让人心疼。老四,你可要好好劝劝他……母亲的眼红了,仿佛被揉进了沙子。她把父亲的沉默看成是默许。

整整一个上午。四叔从偏房出来时,母亲急切地贴上去:"怎么样,怎么样?"四叔笑笑,快了,快了。母亲的脸露出了明显的失望,这孩子,唉。从小就犟。"吃饭吧,"她没把失望抹去,而是挂出了更多的冷,"要不,老四,你也别回了,在这里吃吧。"

饭菜比平日丰盛。四叔叫我二哥给大哥也送点儿进去,二哥看了看父亲,没动。"不不不用管管管他,"父亲的筷子敲了敲桌子,"吃饭!"四叔也有自己的主意,他把一些菜拨到一个空碗里——"给你哥哥送去!"母亲接过碗,她没看父亲的脸,而是将它直接塞在我的手里。

母亲急于想听四叔的劝说和它的效果,而父亲不。父亲说,老四,你年纪不小了,也该收心了。得过日子了。四叔说我不是在过日子么。父亲说,过日子和过日子不一样啊。人,得有远虑。我看你还是买点田吧,四叔接过话头,这世道,兵荒马乱的,有今天没明天,买田有什么用,你知道受多大累。(就是就是,母亲插话,别听你二哥的。你说的他听么,往心里去么?他是怎么和你说的?)父亲说,人没有不受累的。在什么年代,什么时候,有田就有命,人总得吃粮食啊。四叔说我不是还有点地么,够吃的了,总比当长工强吧。老天肯定饿不死瞎麻雀。什么话,父亲说,老四你现在没孩子,以后有了你就知道了。人活着,不就是往上奔么?你看人家刘家,王财主……四叔也有他的邪理:刘家咱没见过,人家早搬走了,王财主是富,是有,那个傻儿子还不够他受的?上天给人的福分就那么多,他这点上多了那边就得亏。我一天吃三顿饭,他王财主一天能吃六顿?我看他也不见得比我过得滋润。我想吃就吃,想睡就睡,甭怕招贼,也甭想太多,多舒服。(你让孩子想想,父母为他,为这个家多不容易,母亲好不容易才让自己插进来,当兵,好民哪有当兵的?这么个乱世,天天打仗,他要有个三长两短……)父亲立起眉,用力把筷子拍在桌子上,止住母亲的话:老四,你知道我们祖上可是……四叔把一块肉挑进自己的嘴,老先人们,他们其实也未必比我们强多少,我们死了,也就成了老先人了,儿子孙子说起来……你不是跟孩子们说,咱爹如何如何,他是那样的么?四叔喝了口粥,成了老先人,就什么都好了。

……

出乎所有人的意外,大哥竟然听从了四叔的劝,从那间屋子里走出来。他答应,以后不再想当兵的事了,他答应,一定一门心思,和父亲一起把如归旅店经营好。说完这些,在母亲的催促下,大哥进屋,把自己摔在床上,鼾声马上从他的喉咙里升起,像雷一样响。母亲将他的腿抬到床上,脱掉鞋,盖上一件旧棉衣,睡熟的大哥完全没有知觉。父亲看了大哥两眼,然后走出房间,把他和我母亲剩在里面。

大哥说那些话的时候我和二哥也都在场。我们听见了每一句。二哥青了脸,鼻孔发出用力的"哼",摔摔打打,推门而去。我猜想,他应当怀有和我一样多的失望。

这失望,比对大哥的怨恨更甚。

20

如果不是有大哥想当兵这件事,那段时间应当是父亲一生中最为快乐的时光之一。即使有这件事,也没有在本质上影响到他的快乐,因为,它只是生活里的一个小小气泡,从水中泛起,在水面上破裂,水还是那池水,既不增多也不减少。我们一家人都不再提起它,努力让它更加了无痕迹。

我的父亲,他显得意气风发。到处都可以看到他的身影,他掌握着奇异的分身术,几乎可在几个地方同时出现。简直可以飞翔。忙碌算不得什么,劳累算不得什么,某些委屈也算不得什么——逃亡的人流给他带来了可观的收入,同时,也给他增加了自信,他在那片黑灰的雾中看到了光,看到了希望。他在盘算,按照这样的收益,几年后,我们便可以把这家如归旅店修缮一新,我们可以建得更大一些,更高一些,就像在天津他所见到的旅店一样,就像他在德州所见到的一样。进而他还盘算,再用几年的时间,我们可把两边的店铺买下来,这样我们的旅店就扩大了,更有样子了。旅店交给老大,二哥在扩大的店里卖些布匹、杂货,而我,则可给他们打下手,给他们进进货,跑跑腿,扩大的生意可不能缺了人手。如果可以,我们也可雇佣长工,像王家染房那样,雇工的时候得长些心眼,千万别雇太懒的,那你等于养了个爷;千万别雇太滑的,那你得天天盯着他别让他算计了你;也别雇那种手脚不干净的,多大的家业也经不起偷。品行不端的,报复心强的,实得不透气的,也都不能雇……

他盘算,如果把现在的旅店推倒重建需要多少钱,父亲想把地基再抬高一些,那样,就不用再为夏天的雨水发愁。他盘算,把屋后的池塘填起,买下那块地,还可以建一个院子,骡马牲口就都赶到那个院子里去,前面的店就能干净许多,高贵的客人就安排在前面的院子里……那段时间,父亲时常将我们几个叫到一起,跟我们反复谈他的那些宏大计划。他的计划随着时间,越来越庞大,大到,让他慢慢生出白色的翅膀,那张瘦小的脸有了光,神采飞扬。

父亲说着,母亲就开始打盹,白天她干了太多的活儿,而第二天凌晨她还得早早起床。然后,轻微的鼾声就从我大哥的鼻孔里发出来。

父亲的计划是他自己的计划。

有时,长出了鸡冠和羽翼的大哥会提醒父亲,要不是打仗,我们的旅店根本不可能有这么多的人。他们是逃难的,或者是当兵的,等仗打到我们这里时这些人肯定早走光了,那时我们还挣谁的钱?我们不能光想美事。战争,也许很快就打到我们这里。一旦打起仗来,我们有再多的东西也没有用。能不能活着都是问题,挣钱干吗?我们这么累一辈子,却和别人一样死,多亏啊。

父亲停下来听着。他的脸青了。紫了。他拾起一件什么并不是很重,并且不会摔碎的东西朝我大哥的身上砸去。他说仗一时打不到我们这个地方来,也许永远打不到这个地方来。即使打到了交河镇,顶多有两天就完了,我们这里从来没有过大的仗,不属于什么要地。他小的时候也经历过打仗,生意还是照样做。无论打不打仗,人都得吃饭,拉屎,穿衣,一样。他说,我大哥都让四叔那个废物给教坏了,学了他一身的坏习气。成了一个好吃懒做的人,混世魔王。(大哥笑笑,要说好吃懒做,肯定轮不到说我,咱们家有人比我厉害得多。二哥说,你不好吃懒做,可你惹是生非,还不如好吃懒做呢。)

教训完大哥,父亲就又会回到他的计划中。

是的,大哥肯定不属于好吃懒做的人,他有的,是一种心不在焉。尽管他放弃了想当兵打仗的想法,但并不因此安分多少,我看见,不时有人过来找他,读书人的样子,和他在一个角落里聊些什么,似乎谈得热烈。这当然让母亲忧心,她举出的是我华哥哥的例子,多好的一个孩子,那些年,用不了几天就给我们挑两桶水,那时他起得早,而我母亲正带着我大哥。怕吵到我们,华哥哥会把水直接倒进水缸,然后冲里屋说一声,叔,婶,水倒下了,然后用很轻的脚步走出门去。有什么活,你只要交给他,放心好了,保证能完成,从来不讲什么条件。就是这么好个孩子,唉。母亲说,要不是他入了什么伙,糊里糊涂跟人胡闹,这个家也不会这么惨。本来盼他大了,日子刚有起色,结果就都让他给毁了。干什么事,得想想你的父母,想想你的兄弟,别听别人天花乱坠。母亲说给大哥右边的耳朵,马上就从左边冒出来,大哥胸有成竹的样子,我有分寸。你的儿子,怎么会乱来呢。

也许应当给他成个家,拢一拢心性就好了,有了家,就知道日子过了。这是大哥不在的时候说的,父亲也赞同:"我们虽虽然在在在交河不不算是什么高高门楼,但也说说得过去,找找找个媳妇也也也得挑……挑挑人家。"我向大哥透露了父母的意思,他显得冷淡,嗯。"二哥说,给你说一个豁嘴,晚上吹不了灯。"大哥依然是那个表情,嗯。这时一个声音在屋外响起,"李恒福在么?"大哥应了,斜身提上拖着的鞋,迅速地跳到屋外——是一个不太高的矮胖女孩。她不是第一次来了。

母亲问,来找你的姑娘是谁?是谁家的?家里都有什么人?

大哥说你甭问这个,我不知道。你还记得济南来的学生么?他们在一起上过学。母亲说模样还不错,就是个子矮了点儿,脚也有些大——大哥说你别瞎想。你看,来找我的也不是一个啊。都是济南学生的朋友。大哥正襟,对着母亲的脸,他们是读书人,知道很多大事儿。可他们,从来没有瞧不起我。

"一个姑娘家,不好好在家里待着到处乱跑什么?"母亲突然变了颜色,"以后不要总和他们混在一起。你不要脸,你的爹娘还要呢。咱不能让人家说咱闲话,记住了没有!"

……

就在母亲张罗为大哥说一房媳妇的时候,父亲再次找来了任木匠,他开始实施自己的庞大计划了。经过一番讨价还价,任木匠答应给我们打三把椅子,一个板柜,条件是我们先付应付的钱,上次的教训让他不能不把丑话说在前。父亲说先付钱不行,我们得根据你活的质量再定,同样,这也是因为上次的教训。两个人又一番舌枪唇剑,任木匠免费给我们搭一段木棚的支撑,条件是我们得出木料,先付掉应付的工钱。在那个秋天,父亲还带我们和好了泥,把旅店的墙又泥了一遍。墙皮碱得严重,父亲让我们把墙根抹得厚些,并在里面多放了些麦秸——当然,这不是解决根本问题的方法,但现在,只能这样做。我的父亲,他总说现在暂时怎样,将来应当怎样;仿佛,这个衰败的旅店还会有什么将来。

它的将来是倒塌,是被母亲点燃的大火烧毁——这个"将来"是我父亲去世之后的事了。它是父亲看不到的将来。

……

我老了,现在,总爱想一些很遥远的过去,白内障阻止了我对现在的看见,这个"现在",我对它的认知依靠的是摸索,和床边上的收音机。我固执地认为人的一生大概是一个缓缓失明的过程,我把这个固执说给死去的妻子,她没有任何表示。她也许并不认同我的看法,因为到死,她也有一个相对不错的视力,她自以为可以把许多的人和事看清,看到骨头里去。我也把这个固执说给过我的孩子,他们马上岔开了话题,他们把我的这个说法看成是老年人常常携带的病。我总爱总结。说人生是什么,人生不过是什么,人生应当是什么,这样的话孩子们并不爱听。记得当年,父亲也总是这么总结,人生是什么,人生不过是什么,人生应当是什么——我们也不爱听。我的父亲,一生基本没有离开过交河镇,除了爷爷带他到天津和德州的少数几次旅行,如归旅店把他困在了那片狭小的地界上,即使他有良好的视力……在我们面前,父亲总爱总结,扮成见多识广——他的见和识,有很大部分来自于"走南闯北"的车把式们的信口开河,父亲自己也未必全部信以为真。我老了,和自己的父亲也越来越相似,不只是爱总结这一点儿。仔细想想,其实在很早之前我就像自己的父亲了,从我身上可以找到丝丝缕缕他的影子,无论这些影子,这些影响,我是喜欢还是讨厌。

我对他,也有了更多的理解。在我睁开眼睛,却是向过去回望的时候,我有时突然理解了他的许多做法,当然,理解不等于认同。在我有了理解的时候,并没有突然感,一切都是顺理成章,尽管我一直以为我不理解。现在,谈起我的父亲,谈起如归旅店的时候,有时还会小有矛盾,我不知是该按理解后的说出,还是说我当时的不理解。

21

父亲的计划,野心勃勃的计划被打断了。

打断他计划的不只是战争。

拿走他钱的任木匠并没来给我们修建马棚,父亲伸长了脖子,也未能把他等来。我和大哥被派往他家,这里面含有讨伐的味道——任木匠病了,病得很重,他吃下了不知什么腐坏的东西,那些腐坏在他的肠胃里发酵,变成刀子,割破了他的肠胃,我们到来时,薛大夫正在检查他大便里拉出的某些碎片。他的妻子,已哭得不成样子,可一见到我们马上乍起了羽毛,她说人都这个样子了你们还不放过他,真是没有良心,你们的心让狗吃了,让黄鼠狼吃了,不,黄鼠狼都不会吃,它嫌脏,嫌臭……如果不是薛大夫在场,我们肯定会和她争吵,不再顾及炕上躺着的任木匠。回到家里大哥还在愤愤,我们又没说什么,本来我们见任木匠那样子,钱的事提都不想提了,可她竟然那么对我们。怎么病不长在这个泼妇的身上。让她头上长疮,脚下流脓,烂透了才好。她要死了,任木匠才有好日子过(二哥说,别说嘴,以后你的老婆也许比她还泼妇,大哥说敢,打断她的腿)。

父亲斥责我们,不允许我们对任木匠的老婆如此诅咒,善良人家出来的人就不应如此。随后,自己也去了一次。父亲回来得很晚,他回来的时候手上提着两把没有上漆的板凳,还夹着一块厚木板……任木匠的老婆一直追到我们家门口,她堵在门外,在大槐树下坐下来,一有人经过,她就加大哭喊和咒骂的音量,并在尘土和落叶的上面翻滚:这家该挨千刀的人啊,不长好心眼啊,简直就是要命的鬼啊,他都病得那个样了他们还来喝他的血,拿我们的东西啊……老天爷啊,你也出来管一管啊,我们受了多大的气啊,仗着他们家三个儿子就欺侮我们啊……真是狗眼看人低啊……她的哭骂引来了许多人,包括在我们家住店的逃难者、当兵的。任木匠的老婆,坐在地上,拍打着尘土,指点着那些看她表演的眼睛:你们可别在他的店里住啊,他们是家黑店,天天做人肉馅的包子卖啊,可别吃他家的东西啊……

父亲恨得牙痛,气得牙痛,可他没有任何办法,并且制止住我和大哥。光天化日,我们如果出去,和她争吵,就更说不清了。母亲出去了。她是可以的,她也是女人。任木匠的老婆毫无惧色,她和母亲争吵,最后变成了两个人的漫骂,围绕着腰带以下不见人的器官,母亲在这方面很快便呈现了劣势,于是任木匠的老婆愈加凶悍。周围的人越来越多,他们大概很长时间没见到这样的争吵了,这是一出免费的大戏,当然不能错过。父亲恨得牙痛,他在门口徘徊,不知道自己应当是出去还是不出去。

处在劣势的母亲推了她一下。任木匠的老婆顺势倒了下去,她的衣服上有了更厚的一层尘土。她尖叫,打人啦,他家没理就打人啦,救命啊……为了表演逼真,这个尖瘦的女人还伸出手来,做出要抓倚在树边一个战士衣角的样子,那个战士笑着向后退去,他看得津津有味,没想到自己也会进入剧情中来。意外的进入让他有些害羞,也有些得意。

这出漫长而让人气愤的戏剧大约演了一个小时。可能还不止。现在,轮到我的四叔出场了,在这出戏剧里,他是改变戏剧走向的角色,类似京戏中某个……母亲说过他类似是谁,我记不清了,我不是戏迷,而且有一个漫长的时期那些旧戏剧都遭到了禁止。四叔分开人群,从围观者的身后和气味里钻出来,直接走到台前——他冲着任木匠的老婆就是一记耳光。那个女人愣了一下,她有些木然,突然的耳光还来不及回味,四叔又指着她的鼻子大叫:"滚!什么时候了还闹!自己是块什么肉自己不清楚么?!任木匠没气啦!他快死了,你倒好,还跑出来丢人现眼!"四叔转过身子,对着四周的人,声音也变得温和缓慢:要不是我来送信,想见任木匠最后一面都难。丢下那么重的病人,唉,也不知道她心里是怎么想的。

那个女人,又愣了很长的时间,然后拍拍身上的土,从人缝里灰灰地钻了出去。她顾不上四周的喧哗和指指点点,有些人,跟随着她朝任木匠家里走去,那里,应当还有一出戏。这边的戏已散场。

父亲,我和大哥,我们迎着"得胜还朝"的四叔,任他翘着尾巴走进旅店的院子。四叔说,对待什么样的人就得用什么样的办法,必须对症下药,不然一点作用也不起,还弄得自己一身腥。四叔说,他根本没去任木匠家,只是知道他病得挺重,已拉没了力气,他那样一吓,那个泼妇也就泼不起来了。父亲的脸色还有些青,这事严重损害了他的面子,特别是当着那么多人。他骂那个断子绝孙的女人,上天造出这种人来真是瞎瞎瞎瞎了眼。随后,父亲向四叔倾倒着他的委屈:任木匠说给我们打椅子,说给我们修马棚,拿了我们的钱,拿了我们买的木料(我不知道我们是不是真的买了木料给任木匠。反正这事我没有参与,一般来说,这样的活儿父亲都带我去),结果一去不回,后来才知道是病了。他病着,病得那样,我们也不好说什么,也不好要回我们给他的钱,但我们把木料拿回来,把他给我们打的凳子拿回来总没错吧,我们又不是大财主,又没多少钱,那些钱都是我们辛辛苦苦一分一分挣来的,一分一分省出来的。就是不想还,你给我们个好脸色也行啊,你说让我们缓一缓也行啊,上来就骂,骂我们狼心狗肺,落井下石,你说,我们不能搭上钱去买骂吧! ……对父亲的解释,四叔并不上心,他有另外的心事。

他对我父亲说,大嫂回来了。是真的。我看见的。

在在在在……在哪儿? 父亲加重了他的口吃。

四叔说,就在大伯的老院那。她在那里捡东西。疯得更厉害了,他叫了声,她也没认出他来。

你你你……怎么没没没……

母亲也凑过来,老四,你没看花眼吧,她疯了后,肯定不是原来的样子了。可别把别的疯子领家来,让人笑话。

没错。肯定没错。

那……那那……父亲脸色凝重,咱,商商商量一一下。

四叔说,你们商量吧,我听你们的话。老房是不能住了,塌的塌,没塌的部分也早透天了,和睡大街没什么区别。你们说留就留,说不管,我也没意见。反正我不管,我也没能力管。

……

父母悄悄商量了一夜。对他们来说,这一夜,漫长而难熬,我能想得到。第二天凌晨,父亲拖着他的疲惫把我们兄弟叫起:"把把把西偏房打打打扫扫出来。"

西偏房有两间,我们要打扫出来的是靠南的一间,原来,那里是堆放柴火、草绳、水桶和其他杂物的地方,狭小而潮湿。我们在母亲的指挥下把它打扫出来,然后架进了一张床,铺上了一些柴草。那间房原是没有门的,父亲又充当了无师自通的木匠,那时,任木匠的病情有了奇迹般地好转,已经能下地了,但父亲不想再用他。父亲用木棍、绳子和钉子做了一扇庞大、丑陋的门,把这扇门和没有门框的墙连在一起可费了父亲不少的力气。他找来铁丝,这是他的锁,父亲拉了拉,觉得足够了。母亲说冬天怎么办,父亲拧着手里的铁丝,说,到到到时候再再再说。

找到大娘没费什么力,她就在旧房那里,我想疯掉的大娘也许还对自己的旧房有某种模糊的记忆,这记忆牵着她的脚,使她又回到了那里,但那里已经不再是她离开时的"那里"。得承认,从小我就惧怕疯子,这种惧怕一直那么固执,后来,我对日本人的惧怕、对战场上敌人的惧怕也没超过对疯子的惧怕——可大娘,似乎不是那种让人特别惧怕的疯子,虽然她也有疯人们同样具有的特质。父亲找到她:"大大嫂,咱们回回回家,你你你跟我们去去过吧。"然后对我和大哥示意,没错,是是是是——那是我从记事起第一次见到这个大娘。

我们把大娘架着,架到了如归旅店,把她安排在打扫出来的西偏房。没有任何不配合,我的大娘,她身子轻得像没有骨头,我们架着她走在街上的时候她像睡着了一样,小小的,缩蜷着,一动不动。"大嫂子……"母亲看到她,露出想要哭出声来的样子,然而又及时地收了回去,"慢点慢点你们可要架紧她别让她再跑了。"母亲在后面颠颠地跑着,和我们保持着距离,她也有对疯子的恐惧,也闻不得她身上那股浓浓的怪味儿。"你们看住她。犯起病来可不是闹着玩的。我去打盆水来。"

大娘的到来明显对父亲的计划造成了延缓,她是一块病,是长在父亲脸上的癣,如果不出意外,这一块癣肯定要久治不愈。开始的时候大娘并没有呈现出病的症状,她甘于受人摆布,像一小段生有霉斑的木头,我们抓着她,把她泡在热水里的时候她只是啊啊啊啊地喊了几声,随后便完全地木头起来,母亲给她清洗,母亲和她说话,她都无动于衷——我们提着的心放下来,回到原来的位置,继续正常节奏地跳动。可是,有一天,我二哥去送饭的时候,她的病却被一下子勾起了,大娘猛扑过去抱住二哥的头:"我的儿啊,你可回来啦!"病给了她幻觉也给了她无穷的力气,二哥拼命挣扎呼喊也无法把她甩掉,他喊来我们,我们费了全部的力气才把她和二哥分开,二哥的脸上已尽是鲜血,他的一缕头发被大娘扯了下来。"我的儿啊,华啊,你不能走啊!"大娘的呼喊尖厉而沙哑,就像,就像玻璃的破碎,而碎掉的玻璃球中装满的是灰烬和沙子。我们好不容易才把她制住,关在屋子里,她呼喊了整整一夜。好在,那时,旅店里的住店人已经很少,即使如此父亲母亲也得向人家努力解释。

弄个疯子来干吗?吓死我了。

我们的日子过得够不清静了。

自从她来了,我天天做噩梦,出去撒尿都提心吊胆。说不定,她一跑出来,就给我们惹出大事。二哥说,我们之前的全部努力都可能打了水漂。

父亲不说话。母亲也不说。

她是个灾星。要不是她养那么个儿子,大伯也许不会那么早死。你说她来了给我们家带来了多少麻烦。她是成了精的乌鸦。

别别别别瞎说。父亲不像以前,他的制止没有力气。

二哥说,我们根本不应该把她找来,这个麻烦实在太大了。我们会被她压得喘不过气的。华哥哥和大伯死后,这个人其实就不是大娘了,和我们家已经没关系了。

我们不能死要面子活受罪。而且不是一个人的罪,这个罪,我们全家都得担着。

二哥说,我们可以把门打开让她走。她再走丢了我们也没办法,她就是疯起来杀人放火也和我们没关系。不然的话,这日子什么时候到头啊。

父亲不说话,母亲也不说话。他们放任二哥,由着他继续。

二哥说,她要是病死了,被马踢死了,被子弹打死了,我们也没办法。其实死了对她也好,免得受那么多苦。我们给她再多好吃的,再多的衣服,让她住得再好,她也感受不到。她活一天就自己苦一天,还是死了干净。

她在这,大哥说媳妇怕也不好说。没人愿意跟疯子家做亲戚。

这个捡来的大娘,应当给四叔送去。

母亲也插话,老四有几天没来了。要说,这个嫂子也不只是我们一家的嫂子。

"说说这么多废废废话干什什么。"父亲的制止和以往依然不同,"不怕让让让让人家笑笑话。还是想想……我们的旅旅店吧。"父亲披着一件外衣,走出门去。

光这样关着,把自己的嫂子关着,别人就不说闲话了?人嘴是臭的,你只要活着,就甭想堵住别人的嘴。母亲的不情不愿是在父亲走出门去后说的。我们找回的这个大娘,或者直接说,疯子,使我们对日常有了更深的厌倦。至少,当时我是。我甚至怕出门,怕外面的人认出我来指指点点,"他们家有个疯子。"有了捡回的大娘,我们的腰一起弯了,头也不好意思昂得太高,父亲每次派我出门做事,我都是一溜小跑,像一只出现在阳光充沛的街道上的老鼠。二哥想的其实也是我所想的,二哥说的其实也是我想说的,只是,我缺少一点儿胆量,三五钱的胆量。

接下来就是战争,就是日本人的占领了。它是压倒骆驼的稻草,父亲的野心和勃勃都被那捆稻草压得粉碎,像放在手上,碎成多枚碎片的瓷,无法再将它们一一拢起,恢复成原来的样子。

现在,我完全可以体味父亲的野心被摔碎时的痛。它连着血,连着肉和骨头,连着最敏感的神经,连着父亲体内的气。风过雨过霜过雪过苦过累过被骡马啃过被车轮压过被野火烧过……都无所谓。他还能恢复过来,弯曲而坚韧地重新长出,但不能消掉在他体内的那股气。好在,当日本人打进交河镇的时候,父亲体内的气还多多少少地在着,丝丝缕缕。

有这丝丝缕缕,就和没有不一样。多年之后,我经历反右,"文化大革命",在我周围的一些人,有的跳楼,有的上吊,有的投河,每过一段时间就死掉几个人,我觉得首先是他们体内最后的气没了,他们自己将它放掉了。而有几个,像去年过世的秦刚,原是国民党的军官,后来成了某学校的教员、校长,在"文革"中不可谓不惨,平反后从五七干校返城,是坐着轮椅回来的,大小便失禁,落了一身的病,可他却保留了体内的那丝丝缕缕。不说这些了。

我还是说如归旅店的那些事吧。

日本人打进来了,炮声近得让人能判别它会落在哪里,如果站在一个略略的高处,就能看见因爆炸而泛起的烟尘,在夜里,我们都可听见随风飘过来的喊杀声,它的飘渺更显得恐怖。

如归旅店空旷下来。它空旷起来的速度很快,仿佛一夜之间,那些进进出出的人都消失得一干二净。仿佛,前些日子的人潮涌动只是我们的幻觉、错觉,而空空荡荡才是本质。我父亲坐在柜台那里,那个柜台是任木匠给他做的,还带着木头和大漆的香,然而它刚刚做好就空闲了下来。它现在没有任何的用处。我父亲坐在这个没有用处的柜台后面,怅然若失地瞧着旅店的地面,空气里的灰尘和气味,射在屋子里的阳光。他用一根手指轻轻地敲着。柜台。一个上午和一个下午的时光就这样过去了,我父亲第一次在天还没有黑下来的时候,就开始犯困。

那天,我父亲也没出去扫扫门外的落叶。那天的落叶并不因为我父亲的不打扫就显得多些。反过来说,我父亲的打扫对落叶来说是无用的,他的打扫也不会使落叶显得减少。不会使秋天显得减少。

屋檐下面的铃铛响着,露水下面的蟋蟀叫着,西偏房那里,有时会传出大娘尖厉的嘶喊,她用力地晃动门板,仿佛要把囚禁她的房屋也一起拉倒。

大槐树上,又落下了几只乌鸦,父亲略略地抬下头,把目光收回,他用一根手指轻轻地敲着。柜台。

……得承认,这是一个发出过多感慨的章节。多年之后,想起逃亡的人流涌入交河、如归旅店人满为患的情景,我依然觉得它是一种幻觉。它显得不真实,很不真实,是一座建立在空中的蜃楼。它短得,几乎只有一瞬,一瞬之后便是两个世界。更多的时候,我的回忆会略过那一瞬的光阴,而直接到达如归旅店空旷下来的日子。人去屋空。我父亲拿着一把扫帚每个屋里都转一下,其实也没什么可打扫的,空着的床上被、枕头都放得整整齐齐,只是上面在悄悄地落下些有霉味的灰尘。倒是有些臭虫。屋子空旷下来,它们也跟着少了,稀稀疏疏地爬着。父亲没有再理它们,这种也叫床虱或壁虱的、体扁而宽的红褐色小虫,比起以前已经少多了——父亲也没有打扫屋子里的灰尘,积层出的灰尘是扫不净的。他也没有把那些被子、枕头重新再叠一次,再放一次,反正它们还是整齐的,做这样的活实在没有任何必要。父亲早晨拿着扫帚转上一圈,然后到了傍晚,再转上一圈。他仿佛是在履行些什么,是在应付一个怎样的人——可他在应付谁呢。我们的如归旅店,是他的啊。

22

日本人打进交河之前,我们镇上曾驻扎过一支部队。是驻扎,不是像那些溃败的散兵、伤兵,而是真正意义上的驻扎,他们在镇上安营,贴出告示,告诉我们要如何如何,不能如何如何……到处有扛着枪的士兵出出进进,他们有和伤兵不同的风貌——要打仗了,大哥很有经验地说,我们镇上要打一个大仗。他们是想在交河镇把日本人打败,他们看上了这里的城墙,这里的城墙有三尺三厚。因为父亲在,大哥不敢把他藏着的兴奋拿出来,只让它露了一小点儿蓝色的火苗。

尽管对大哥才显露一角的兴奋有所不满,但父亲也认为,我们这里要打一场大仗。这个判断却让父亲忧心忡忡,远比我们如归旅店人去屋空所带给他的焦虑更重。打场大仗,少不得要死很多人,要毁掉好多间房子,要有很多人从此流离失所,家破人亡。

据老人们说,同治七年,我们这里闹捻,家家都关门闭户,孩子哭闹,当父母的只要一说张忠禹张阎王来了,孩子肯定立刻止住哭声——你爷爷就赶上过打仗。据老人们说,那年清兵和西捻的张忠禹在鲁北打的仗大,打了二十几天,等捻军败去,许多村镇连一条活着的狗、一只活着的鸡都找不到,更不用说是活人了。老人们去那边贩盐,到晚上迷了路,正在焦急的时候突然看到远处一片灯火,人影憧憧,似乎是一个很大的夜市,他们几个就推着小车赶了过去。走近一看,哪来的夜市!就是一片片残断的墙、烧坏的屋,随地可见一段段白骨,连个人影都没有!那片灯火原来是升起的磷火,它们聚集在一起,随风一起飘动,哗哗啪啪地闪烁着,真的是阴森可怖。那些贩盐的人,哪个不是胆子大得像老虎,一见那情境,有几个人的腿肚子都软得像棉花,尿湿了自己的裤子。那年,来交河一带卖螃蟹的人特别多,那蟹真肥,也卖得便宜——许多人买了吃,从螃蟹的肚子里掏出的是肥肥的油,有的还有一缕缕的头发。这些螃蟹原来是吃死人肉、喝死人的血长大的,当地人不敢吃,所以就卖到我们这里。据老人们说,东官道有一崔姓人家,煮了一锅这样的螃蟹,第二天一家人就都疯掉了:他们说看见有人拿着刀,在后面追杀。其实在他们身后,连个影子也没有。

　　光绪二十六年闹义和团,父亲是经历过的,虽然那时还小。他还去河间看过义和团杀洋毛儿,杀教民。有个叫牛三标的,是这一带义和团的头儿,他带人闯过沧县、盐山、青县等几个县衙,让人家县大令给他征粮筹械,当时县大令也不敢得罪他,好像这些人得到了老佛爷的默许。可后来洋人不干了,义和团也和大清朝闹翻了——两队人马在洚河边娘娘沟那里发生激战,杀得真是天昏地暗、难解难分,到了晚上,义和团终于撑不住了,他们退到了河上庄。清兵有洋枪洋炮,带兵的下令,围住河上庄,往里攻,绝不能跑掉一个拳匪!义和团可真是打急了眼了,兔子急了咬人也咬得厉害,而河上庄的人出不去,只好帮着义和团打清兵,那一仗打得!清兵也死伤无数。清兵好不容易才杀进河上庄,你想他们能轻易放过?那个杀啊,老人孩子也不放过,只有躲在沟里、井里、树上的人才逃过了一劫。后来又点火烧房子,大火烧了三天三夜,离得这么远，一出交河西城就能看到河上庄那里的滚滚浓烟（二哥表示不信，那得多大的火啊，我们要是在西城能看到河上庄的火，也一定能看到保定府的灯。当然，在父亲讲述的时候他很认真地听着，并没有反驳，说出他的疑问）。那几年，我们这里来要饭的有不少是河上庄的，不论多大的家业，都在那场战争中毁了。之前的河上庄虽然只是个村，但一直瞧不上交河人甚至献县人，因为村上多数人家有铸铧的作坊，他们富。那场战争打下来，被义和团杀的，被清兵杀的，被不知两方是谁杀的河上庄人十有八九，活下来的是极少数，家家得戴孝，家家有哭声。村子也一下子败落下来，到现在，它也是一个穷村，卖针头线脑的都很少去那里，因为无论多好的东西多便宜的货在那里也卖不出去。（父亲还说，刚打完仗不久，他和我大伯有事去娘娘沟，那里的水还是红的，黏稠得像是稀粥。那年，在娘娘沟水里打上的鱼，鱼鳞都是红的，眼珠都是红的，这种红鱼在青县一带可卖出了好价钱。）

要是在镇上打场大仗，父亲忧心，那得要毁掉多少人家啊。"覆巢之之下，安安有完完卵。"——父亲说出了大概是从某出戏里听来的戏词，他用的，也是那种京剧里念白的腔调，虽然他的结巴严重破坏了念白的腔调感。

战争，在我大哥和父亲的眼里有着巨大的不同。他就没有那样的忧心，不只是没有忧心，相反，他有的是从骨头里升起的热情，他对战争有着某种渴望。驻军驻在我们镇上，团练指挥、保卫分局官员、管狱员和一些士绅给他们送去了瓜果，摆出了糕点，敬上了茶——我大哥当然没有敬茶的机会，但他自告奋勇，担起担子，把新鲜的瓜果送到了武庙，驻军的指挥所就设在那里。大哥回来说，他见到了好多军官，他们的话让他听得热血沸腾。大哥说，他打听到，这支部队是高树勋的部队，至于高树勋是多大的官儿就不知道了,肯定很大。大哥还说,有个大官儿对他很客气,还请他吃梨,那个梨上有点儿土,那个大官看到了,竟然用自己的衣袖给他擦了擦,才把梨递到他的手上……大哥说得,自己的鼻子都红了,他的眼睛里有一截不停晃动的光。"赵赖子也去了,像个缩头乌龟,一看到我,就躲到了一边儿。对了,我四叔四婶也都在,他们在武庙外看热闹,进不去。人家把得可严啦。"(二哥插话,把得严,赵赖子又是怎么进去的?要是赵赖子这样的人都能进得去,那就是个人都能进得去。大哥笑嘻嘻地把一把毛巾甩到二哥头上,他是跟我们送东西的混进去的。这个混蛋,在办这种事的时候倒很有心计。)

"别别别别胡闹,"父亲把声音压低,那时,我们店里住进了三个士兵,他们刚刚进来,"我们开开开店,开开自己的……的店,少掺掺掺和人人人家的事儿。"

"没事儿。"大哥笑嘻嘻的,他推开面前的碗,"人活着,就得仁义礼智信。"——抛下这么一句不着边际的话,大哥跑到旅店的北屋,和那三个士兵聊天去了。我大哥特别爱和当兵的聊些什么,很快就能和他们熟络起来,除了有个伤兵在我们家死掉的那次。不过就是那次,大哥说,如果他早一些回来,给他多一点时间,后面的事情肯定不会发生。人家死了一起征战的兄弟,有些不讲理也是可以理解的,咱父亲不也讲,清兵在河上庄大开杀戒,就是因为他们死了太多的兄弟,气出不来。

"你……你干什么去!"父亲的制止连大哥的影子也没能拽住,他抓住的也许只有屋里残留的空气。这时,小号声响了,那三个刚刚住下不久、屁股大概还没来得及挨床的士兵只得迅速地跑出去。他们后面还有第四条黑影。"你你你……你干什么去!"这次,父亲是喊了,可他的喊叫依然没有作用。我们听得见炮声了,距离已经很近,大槐树对此感受应当更深,炮声响过后它的叶子便一阵唆唆唆唆,长在叶片下面的鸟在黑暗中飞了出去。

"把把把他叫叫回来!"父亲对二哥说,他的脸上密布着焦急。可是,可是,带着一百二十个不情愿出门的二哥出去之后也没有再回来,后来我们知道,大哥拉下了前去找他的二哥,他们兄弟,在帮那些当兵的修筑工事。

他们登上了城墙。随后,他们又在武庙的外面修筑了一个。下半夜,一身泥土和汗水的大哥二哥回来了,但随后又跑到了外面:我们旅店的旁边也建起了一道工事,据说这是我大哥的建议。他向那些当兵的提出,建在这里最合适不过:这里地势好,隐蔽性强,但却能对东大街的情况一目了然。一旦日本人攻破了东城门,越过高等小学堂、土地庙,这里的工事便可派上用场。那些士兵竟然听从了他的建议。

据我二哥说,那天晚上,大哥竟然砸开了王家染房的大门,他叫王掌柜派几个佣工过来帮我们一下,王掌柜很不客气地拒绝了。遭受拒绝的大哥并不恼火,他笑嘻嘻的,等王掌柜重新把门关上,大哥朝着门口用力吐出了一口痰。本来大哥也要拉着二哥一起吐的,但二哥没干。他没有痰,再说,也没必要。人家又看不见。要不,你就把痰吐到人家脸上。(事后,二哥和我们说起的时候,让大哥听见了。他凑到二哥的面前,呸,二哥脸上多了一块灰白的痰。你这干吗,还不让人说了。二哥嘟囔着,用他的袄袖把痰擦了下去。)

看着大哥二哥的忙碌,父亲有一副很难看的表情,他说,他跟另外也在忙碌的士兵们说,牙痛的毛病又犯了。这病总也不见好好好转。可以想象,在我父亲的牙齿里有许多只小小的虫子,它们撕咬着,把一块块坚硬的牙齿变成肚子里的食物,变成粉末。它们,把我父亲的牙和神经都咬得很痛。

捂着自己的半张脸,父亲艰难地挤出他要说的句子:"小小小小日本总总欺侮咱咱咱,可可可盼着……你,你们把把把把它打……打出去。有有你们……在,才才有我我我们的好好日子……过。"

他们支起柱子,挂上了气灯。垒起了麻袋包,里面装的是土和沙子。还拉起了铁丝网,但这网拉到一半儿就停了,他们有了其他的忙碌。那棵大槐树可以利用,士兵们和我大哥商量,大哥一边擦着汗水一边搭话,有个当兵的还爬到了树上。我跟出去告诉他们,树上有蛇,大哥推了我一把,别捣乱,没看我们忙着呢。是的,他说的是"我们",大哥一直有一个当兵的梦。父亲和四叔,和囚禁,和蚊子,和其他的什么,都只是暂时地把这个梦压了下来,可它还在,是一粒顽强的种子。树上就是有蛇!我冲着大哥大喊,然后飞快地跑回院子里。我见过一条绿色的蛇,还见过一条乳白色的蛇,我没见到的应当还多。它们躲在树上,爬上树去的人当然要小心。

那些士兵又去了别处,一直在门外的父亲悄悄把二哥拉到面前。我们家开的是旅店,我们是老百姓,我们得过日子。我们不能得罪任何人,我们得罪不起,得罪了谁都可能要丢命。打仗让军队们打去,让国家打去,我们只要能保住命,以后好好做生意就够了。父亲捂住他的牙齿:你们简直是在引火烧身。在这里建工事,你们是想把这个家毁了,把我们的店毁了,仗一打起来,我们就是靶子。那个没心没肺的是想要我和你娘的命啊。赶快给我回来,把他也叫回来!——说这些话的时候父亲神情紧张,语速很快,他基本没有口吃。

二哥回来了,好吃懒做的他从来没有主动干过这么多的活儿。但大哥却不回来。对此,父亲没有一点儿招数,他只好继续自己的牙痛。

我大哥,几次从大槐树下来来回回,可他却对父亲的痛苦视而不见。当然,那是在晚上。

九月初七。有了一弯月牙的晚上。

那支部队人喊马嘶地干了半个晚上。他们还征用了我们家的两张床。尽管有着十二分的心痛,但父亲还是很大方地摆摆手:拿去吧。你们再看什么东西还有用,都尽管拿去。只要是能用的。

你们狠狠地打,别让鬼子进交河。要让他们进了交河,这里的百姓可就惨了。

(我们以为,交河将要迎来一场大的战斗,国军也做好了和日本人拼死决战的准备,我们看得出来。许多城里的百姓纷纷逃亡,就像我们最初到铁脚沟芦苇洼里躲避时一样。我们以为,这一场战斗至少要打上几天几夜,十天半月也有可能……可是没有想到,国军会败得那么快。他们只在交河待了一个白天,一个晚上。)

大约是凌晨五点。天还灰着,涌动的灰就像有点乳状的感觉,月牙已经不见。蟋蟀叫着,还有乌鸦,猫头鹰的叫声,它们使短短的寂静受到了污染,变得浑浊,揪心,让人害怕。随后,零星的枪声响起来。

我们听见小号的声音,脚步的声音,混乱的呼喊——

随后,枪炮声越来越近,也越来越密集。"日本人进攻了。不知道他们能不能顶住。"大哥说。他支着耳朵,伸着自己的脖子。父亲把他的头用力按下去,大哥晃了一下自己的脑袋:"爹,你的手真凉。"

……

从旅店的窗户向外,可以看到腾起的烟尘和呼啸而过的子弹。大哥说他看到了,子弹划过的线是白的,二哥则坚持,是红的。他的声音有些发颤。发颤的首先是他的牙齿,而他一直也没抬头看。大哥推推他,你抬头看一下。你不抬头,就别瞎说。

可二哥要说,一定要说。甚至致力于找个由头和大哥争执,子弹的线只是其中的一个,他还有自己的设计,他用时大时小的声音和大哥以及自己的耳朵争吵,在争吵中,每一发击中槐树或我们家墙壁的子弹都引得他尖叫一声,他的尖叫插在自己设计的争吵中,像一个个插在木板中的楔子,实在有些滑稽。虽然当时我们笑不出来。

二哥没完没了,使得恐惧四处蔓延,使得恐惧有了具体的形状,它也侵入到我的口腔,我制止不了上下不断颤抖的牙。这时,我父亲一点一点伸出手,小心翼翼,终于把一个什么物件拿在了自己手上。有过停顿,在子弹呼啸的间歇,父亲把手上的物件狠狠朝二哥的身上砸去。二哥的没完没了终于止住了,他感到了具体的、肉体的疼,这个疼多少对他的恐惧有所驱散。

就在父亲伸手,把手里的物件朝二哥身上砸去的瞬间,一发炮弹落在街上,它距离我们的旅店很近很近。

它带给我的感觉是,炮弹落在我们的头上。屋子里一片尖叫,不只是二哥的,我的,虽然我们俩的尖叫更尖厉些。(事后,二哥说大哥也叫了,父亲也叫了,大哥坚持他没有,父亲对此不理不睬,他不愿意纠缠一些琐碎,无论是有还是无,你都无法从他的口中得到答案。)盛在吹胀的、油纸一样的容器中的恐惧盒被打破了,我看见恐惧溅出来,喷在我们脸上、身上,那是一种暗绿色的乳状物……(后来,我参加多次的战争,对炮弹的方向、距离有了很好的判别,渐渐对它的呼啸和爆炸习以为常。我猜测,每个人在最初的时候都会有巨大的恐惧,后来,他要自己斩断附在皮肤、眼睛、耳朵和牙齿上的神经,并一层层向下,挖出这些神经的源头,等挖掘造成的伤结成疤,结成茧,恐惧便不再让他有所感觉。后来我也明白,二哥不停地和自己争辩其实是恐惧的表示,在我们连,有一个副连长,他如果用种种酷刑折磨抓到的战俘,就说明在他心里又生出了新的恐惧。我们笑嘻嘻,看着他,弄得他很不好意思,当然,面前的战俘则要遭受更残忍的处罚。)

炮弹落下的刹那,我的耳朵被爆炸的巨响堵住了,眼睛被簌簌落下的灰尘与土块堵住了,而我的整个身体,则被堵在一个巨大的涡流里面,不断下沉,飞速下沉,可我什么也抓不住。

……

那发炮弹,震落了无数槐树的叶子,给本来就破旧、酥软着的如归旅店以狠狠一击。就像,一个喝醉的客人,吼叫着,用脚去踢我父亲修理过的床。就像,有辆受到惊吓的马车,在我们院子里冲突、跌撞,弄得人仰马翻,混乱一片。在我抱头尖叫的一瞬,我以为,我们的旅店会倒塌在我们身上,然而,虽然它做足了摇摇欲坠的样子,但还是止住了。

一片弹片插在窗口上,它在阳光下闪着冷冷的、阴森的光。

那发炮弹也落在了父亲的心上。他用力捂住胸口,一脸疼痛,在炮弹的声音刚刚响过之后就弹出门去。他弹出去的时候身子还不停在摇摇晃晃,像个缺少脚趾的醉汉。"干什么去,快回来……"母亲的呼喊不知他能不能听见。

西偏房那里扬起了一片烟尘,似乎还有火光的闪现。父亲做的那扇木门被摔出很远。

(父亲跑出去之后,我们才想起大娘,她一直被关在西偏房里,炮弹是冲着她去的,日本人想帮助我们卸掉压在心上的石头,他们知道,我们是善良人,自己不好意思。可父亲的举动太过冒险,要知道,另一发炮弹随时可能打来,他随时可能被爆炸的火药、弹片和气流炸得粉碎,为了疯掉的大娘,他的做法并不值得赞赏。

大哥是明眼人,大哥望着冲到院子的父亲:他在到达院子的时候没有朝偏房的屋里看,而是盯着偏房的墙:那里,出现了一道相当宽大的裂缝,犹如交错的牙齿,显得异常狰狞。父亲盯了一会儿,也许那时他才忽然意识到战斗还在继续,抱头,鼠窜,一头扎入了那间偏房里。被关着的大娘在那时还一直不曾出现。连声音也没有。我们猜测,她如果不是已经死亡,就是受到了惊吓,把丢失的魂魄重新又丢了一次。)

就在我父亲蹿进偏房之后,战斗已基本结束。它持续得,的确是那么短。

后来,我父亲说,就在他盯着墙看的时刻,外面的士兵极为迅速地溃逃,丢盔弃甲的样子就像一群被狗追赶的兔子。大哥跑出去,他用一个废弃的旧马鞍套在头上,打开大门,把头探出,然后收回,再探出——的确如同父亲所说,虽然枪炮声还在响,但战斗已经结束。大哥、二哥和士兵们建起的工事还在,挂在树上的汽灯还在,甚至一顶帽子还在,但应当守在那里拼死一搏的士兵们早已不知去向。

大哥回身,操!他恶狠狠地,把旧马鞍从头上拿下来,重重摔在地上——与他的动作同时,一粒子弹,穿过槐树的叶子,打在偏房的屋檐上。我们又是一片尖叫,在尖叫中,我感觉自己的牙尖咬了跳出的心脏一下,它被咬痛了,便又飞快地缩了回去。在尖叫中,我的大哥如同一块僵硬的木头,直直倒了下去。"大哥——"我和二哥喊,我想我和二哥同样有冲出去把他拉进屋来的想法,但我们的腿并不服从,它软得像一堆棉花,倒是母亲打开了屋门——不过,大哥又站了起来,他跌跌撞撞,抱起头,也蹿进了西偏房。

(战斗完全结束,父亲把我们叫出来,我看见大哥的脸色潮红,他的衣服都是湿的。其实我的衣服也是湿的,风吹进去,感觉很凉。大哥身上没有任何的伤。二哥终于抓住了嘲笑他的理由,在二哥的描述里,大哥是那种扶不上墙的泥,胆小鬼,他之前的胆大完全是虚伪,是装的。大哥面色阴冷,说我,你站出来试试。二哥承认,他是胆小鬼,他不敢,但现在他知道,大哥其实和他半斤八两。)

一队人马,从我们院外,大槐树下急急跑过去,二哥以为,那是日本人到了。(其实不是。日本人当时没进交河镇,当国军在向西边溃逃的时候他们的部队分成两路,从护城河的两边快速直下,追了上去。那队奔跑的人马也许是殿后的国军部队。)随后,便再无声息,枪炮声、呼喊声和其他的声音都渐渐远去,它们在交河镇的城外响着。

在那时刻,我们都还屏着呼吸,努力把自己缩小,努力变成一只爬行在墙缝里的虫子,或者掌握一种将自己暂时融化在空气里的招数。直到,两只乌鸦飞落在大槐树上,隐下身子,在叶子的里面大叫。直到,我们听见,外面终于有了喧杂,没躲出城的人用交河话在相互呼喊,父亲先走出来,他确认不再有任何危险,回头朝我们招手——

"嫂子啊——"母亲哭着,她想到了关着的疯子,可她并没有离开我们躲藏的门口,而是坐下来,倚在门框上。父亲走过来说,大大大嫂早早早不不见了。

"她,能上哪儿?把她炸没啦?"

父亲没有理会,他有更重要的事要做:"快、快快快把这些东西给给给给我搬走!你们快快点!"他指的是,在我们门外,在大槐树下面搭建的工事。那发炮弹就是这个东西招过来的。随后他取了一盆水,泼在西偏房的墙上。那里还有缕缕的烟,一股呛人的气味。

那个像模像样的工事,费了大哥二哥很大力气的工事,没有起到任何的作用。但现在,它在那儿,就可能会造成麻烦,如果日本人回来,迁怒到我们,那我们家就遭殃了——父亲当然不能让这事出现。"别别别让日日本人看看看见。我我我我们是小老老百姓,不不不掺和打打仗……"他克制着自己的恐惧,给自己添上些力气——

我们很慢,没有一丝的力气。包括我的大哥。他在子弹打到墙壁的时候没想象中英勇,而在拆除工事的时候,也没有想象中英勇。恐惧,有一部分还埋在体内,它有一条长长的绳索,被身后的一个黑影在身后牵着,那个黑影并不急于收紧手里的绳子,它只是站着,发出像我爷爷临终前的那种呻吟和不停的咳……父亲说快。快。能不能再快些,我求你们了。我求求求求求求你你你们了。

我们把构筑工事的麻袋包,铁丝网都沉入了池塘。幸亏有它的存在。而以前,父亲曾发誓说一旦有了钱,他所做的第一件事就是把池塘填死。他对池塘充满了怨恨,从没想过它还会有这样的用处。沉入最后一袋麻袋包,我父亲说,这么好的东西沉入了池塘,太可惜了,要是战争结束了它们还能用多好。(父亲,珍惜每一分钱、每一件物的父亲,把一段铁丝让我大哥拿回家里,但在大哥转身要走的时候父亲又叫住了他。不不不不行。父亲说,要让鬼子搜到我们是解释不清的,我们不能留一件和国军有牵连的东西,一件也不留。他说的是大哥头上的帽子,它是大哥在拆除工事时捡到的。父亲将帽子抓下来,将它丢入了池塘。不过,父亲最后还是留下了气灯。它的样子很像挂在马车后面的马灯,但和马灯不同,有明显的军用性质。丢了它,父亲实在舍不得,他大概早想拥有一盏马灯,想了很久也没得到。他将这件物品拿回家,先后藏了几个地方,都觉得不很保险,于是他用几张油纸将灯包好,埋进马粪堆里——"小小小心驶得万万万年船"。)

我们把一切清理好,包括他们挖的土,和的泥,所有所有的痕迹——日本人也没来。坐在屋里,父亲多少有些后悔,他问我大哥,那些铁丝丢在哪里了,能不能记得住?大哥说我去把它捞上来。父亲说算了,再等等再再再说。

余下的时间,我们就只好等了。也不知道要等什么,反正,一家人就在那凝滞而缓慢的时间里坐着,等。我对二哥说,刚才,我根本走不动路,只要一动,就有想要大便的欲望,可是一用力它又没有,二哥说他也是。他觉得自己就像秦老末扎的纸人纸马,风都可以吹倒——大哥投过一丝的鄙视,他哼了一声,看你们的出息。二哥没接大哥的话,而是问,大娘呢,她是怎么回事?

我们都不知道是怎么回事儿。她好像是走了,趁着我们乱的时候,父亲说。父亲说,他检查过门。门坏了,但更可能是炸坏的,但他用来代锁的铁丝却没有了。当然,这也可能是因为爆炸的缘故,将它炸到了远处。那,我们最后见到她又是什么时候?一家人,大眼看过小眼,小眼看过大眼,我们都回答不上来。不是该你送饭么,昨天,大哥想想,晚饭没送。他光顾了忙了。中午的饭好像也没送。父亲有些光火,你你你们怎么能这这这么对对你大娘?不管怎怎么说她都是是你们大大大娘,送送没送饭都都都不知道?……

母亲插话了。刚才,我们在外面忙碌的时候,她一直待在屋里,她的腿比我们的都软。她说,你这个大娘啊。这一辈子啊,就没享过福。她刚嫁过来你奶奶对人家可不好了,你奶奶可是个难斗的角色,狠毒的角色,像你爷爷那种脾气愣让你奶奶给治得服服帖帖,要是你爷爷早遇上她……她愣管得你爷爷晚上不敢出门,身上不敢带钱。就是我嫁到你家来,都多大岁数了,你爷爷不能出去玩也是心痒啊,就撒一个又一个的谎想方设法出去,一旦他跑出去了你奶奶二话不说,关门,叫也不开,你爷爷爬过好几次墙头,有一次还摔坏了腰有半个月下不了炕。你奶奶也不管他,吃喝拉撒他都得自己做,也不让我们帮。他们俩可打了一辈子。你想,你奶奶能对大娘好得了?光找茬,一不顺心,就给脸色,就不停地骂,你大娘还得端出笑脸来敬着。生完你华哥哥,三天还是四天,本来你大伯早就分出去了,可你奶奶还是跑到大伯家里,她也不进屋,就在外屋嚷,"装什么大小姐啊?照照镜子,看你是那个命么?地里的活就让他一个人干啊?把自己养得白白胖胖的,想养汉啊?谁没生过孩子啊,我生二柱的时候(奶奶一直这样排:我父亲是老大,然后是死掉的二叔,大伯和夭折的姑姑不在这个序列),当天就下炕烧火了,第二天就下地了,家里外头一点也没耽误!你倒好,哼,你就装吧……"你大娘只好把孩子放好,下炕,说娘啊你别骂了我马上就下地去干活。你奶奶连看都没看一眼:"我又不是说你。我是说那只懒猫。"然后一颠一颠地走了。你想你大娘是什么滋味?她是憋得,病其实早就种下了。在你华哥哥两岁的时候,你奶奶不知又上了哪股劲儿,愣说你华哥哥不是你大伯的骨肉,非逼着你大伯休了她,当然你大伯不会听她的。她就到处说,你华哥哥是谁谁谁的,是野种,你大伯恨得牙痛也没办法,毕竟她是后娘啊,可人家谁谁谁就不干了。人家老婆先找上门来,又哭又闹,扎缸上吊,和你奶奶厮打,后来人家来了十几口人,连男带女,把你奶奶狠狠打了一顿,你父亲和你四叔给人家跪了半个时辰……你奶奶就吃这个。我和你大娘都太老实……"

"够够了!没没没完了你……你啊!"父亲拿起一个鸡毛掸子朝母亲身上扔去,"没没一句实实实话。"(按照父亲的心性,之前,他肯定不能允许我母亲这样一路说下去,特别是这样说我的爷爷,我的奶奶。这从来不是我父亲嘴里的形象。可那天,他制止得很晚。他也许明白,母亲变成一个话多的女人本质上是出于恐惧,她用自己的不停说话来向恐惧的盐中加水,使它变淡;当然,父亲那时多少也有些心事重重。)

"要不要给老四个信?"父亲自言自语,他并不需要我们的解答。

二哥插话:"我们怎么和四叔说?说大娘自己跑了,我们都没发现?四婶婶肯定要问,你们是怎么看的,说不定,她会说我们把大娘害了。"

"别瞎说!"父亲掏出烟叶和纸,"她说别人也不信啊。"

可不管怎么说,我们还是有错。二哥坚持,一个大活人,在我们家说丢就丢了,虽然她是疯子。

别疯子疯子地叫,父亲甩出脸色。

"老四他们早跑了吧?"母亲说,在日本人攻打之前,四婶婶曾来找过她要她们一起走,我母亲说我们虽然不是什么大家业,可也不能丢下不管。而你二哥是肯定不走的,还是你们自己走吧。

要什么什么不会,他倒把自己看得挺值钱,父亲说。不知他说的是我四婶还是四叔。"也不知道这这这仗打到什什么时候。"

停顿一下,父亲又说,日本人打过去了,也许就不会再来了。过去德国人占德州就是这样。无论来与不来,我们都得过日子。我们不能让如归旅店垮掉。看上去,他更像是在给自己打气。

……

日本人在黄昏时分返回交河镇——也许是后面的部队。那时候,大哥和母亲正在把屋子里的一些盆盆罐罐搬到院子里来,而父亲、二哥和我,则在院子里和泥。父亲要修补西偏房上的裂缝,要把屋里屋外都泥一遍,本来,旅店的墙皮就粉掉很多了。

就在我们和着泥、搬着盆盆罐罐时,日本人突然闯了进来。一个黑色的陶罐,在我母样的怀里摔下去,碎了。它的响声很大。黑色的陶片在地上纷纷地跳起来,然后黑色地落下去。即使现在,事隔那么多年,我还能记起当时的情景:母亲的回头,尖叫,陶罐摔碎的声音,以及每个人的表情。是的,每个人。包括日本士兵的表情。

我们都呆在了那里,相互对望,目不转睛。

我们一家人,以及闯入的日本兵,都在紧张地等待,接下来的发生。

23

之前,在我妻子活着的时候,我曾和她谈起过我的家事,谈起过日本人对交河的占领,谈起过如归旅店,当然我说的都是只言片语,缺少脉络和秩序。她是那种小女人,年龄也小,她对战争对日本人的记忆和我则有着不同。她记得的是,日本兵骑在高大的马上,很雄壮的样子,对她也和善,有时看到她,就"由西由西"地喊个不停,还给过她糖,在那个年代,那可是种不小的奢侈。也记得杀人,那时她太小,家里人不允许她去看,只是回来后说给她听,也不是说给她,而是几个人谈,她在旁边听到记下的,似乎也没什么特别可怖。不过,对土匪倒是惧怕的,他们时常来,抢劫杀人,连小孩子也不放过,每次有匪来抢劫,母亲都会把她藏在一个小水缸里,大气也不敢出,直到母亲重新把她从水里提出来。她的风湿也许是那时种下的,后来,手上的关节都相当粗大,让她始终无法并拢手指。据说蜂毒对风湿有一定疗效,于是我们家养过一阵蜜蜂,在窗外的屋檐下挂一个蜂箱,这种方法,是我从交河带过来的。她天天要抓两只蜜蜂,这个小女人,我永远记得她抓蜜蜂时的痛苦表情。蜇过人的蜜蜂必然死亡。妻子把它们放在窗台边上,它们翻过身子,嗡嗡嗡嗡地在窗台上转,不一会儿就停止了,变成了尸体。妻子把它们再次抓起,整齐地放入到一个小盒子里。她的风湿没被治好,但小盒子里的蜜蜂却满了。我们养过些鸡,妻子却不肯将这些已成为尸体的蜜蜂喂给它们,她最终是如何处理这些蜜蜂的至今我也不知道。但我想,她一定给它们安排了一个她以为的好去处。记得我母亲说过,我奶奶也有风湿,也曾使用过这样的方法,让蜂蜇的滋味很不好受,奶奶一边咒骂一边把丢了蜇针的蜜蜂甩在脚下,用力踩碎,不留痕迹……

当兵的时候,我们有个连长姓郝,东北人,对日本兵真可算是恨之入骨,但极其佩服日本军队的训练方法,他说,要战胜日本,就必须要用日本人的方法来训练,于是……他的办法只用了半个月(当然,他的办法也未必是从日本人那里学来的,可能有许多完全是他的猜测和道听途说)。不少战士开了小差,还有人联合起来打他的小报告。而他,最后被整个罪名关了禁闭,就再没见到他,据说是调走了。

我记得还多。我记得我们连抓到过两个日本俘虏,那真是个意外,要知道,一场仗打下来,无论打得如何惨烈,我们都很少能抓到活着的日本人,包括他们的慰安妇。我们命令:跪下,然后是拳打,脚踢,其中副连长表现得最为激烈。(说句公道话,我们的这个当过军械学院学生的副连长虽然时常会生出些恐惧,有点儿贪生怕死,可是真在战场上他还是英勇的,至少没掉过队。他的恐惧,他的贪生怕死都是在事后,在安静下来队伍休整的时候开始的,我们连长虽然对他的贪生怕死常有鄙视,但也抓不到他的把柄。)最后,我们拔光了其中一个人的头发,让他的头变成了一个满是鲜血的瓜。副连长把另一个俘虏按倒在地,用一把小铲,敲掉了那个人全部的牙。这一事件在当时挺轰动,我们连队每个人,都有了一个记过处分——但我们连长,一直把它当成是我们的光荣,甚至在全连大会上不止一次地表扬过受处分最重的副连长。他的母亲和妹妹,都是被日本人给杀死的。

这都是后来的事了。

日本兵冲进我们旅店的那天晚上,他们就在店里住下来。我们一家人,举着手,被逼在一个角落里,有一个士兵负责看住我们,其他的则去各屋搜查——我们能听见一些盆盆罐罐的响,每响一声,父亲就皱一下眉头。又有一个士兵走过来,他冲着我大哥大声叫嚷,大哥抱着头,趴在地上——我们不知道他说出的是什么,但猜测,可能是让大哥趴下。前面的日本兵用枪上的刺刀挑起大哥的下巴,另一个士兵则蹲下去,盯着大哥的眼睛……那时候,我的感觉是,眩晕,麻木,所有的知觉都处在一个暂时停止的状态,除了自己的心跳——我不知道后面会是怎样的发生,虽然是第一次接触到日本人,但有关他们的话可是听得太多了,太多了。大哥肯定凶多吉少,他自己一定也是这么想的。

然而。那个士兵却笑了起来。他还拍了拍大哥的头。然后,两个士兵站到一旁,用我们所听不懂的话说着什么,很兴奋的样子,刺刀也被收了起来。我听到在我们这边,有谁长长地出了口气,那口气出得节制,忐忑,似乎还有一股别的什么气味儿。我们的危险暂时过去了。

(后来我当兵,占领某一个地方,走进某个人家,也会用日本兵用的方式对待那户人家里的成年男人,特别是看上去彪悍些的男人。我希望,从那个人的眼神里读出些什么,进而判断:这个人是不是这家的男人,还是化装过的军人,进而判断,如果我们毫无防备地离开这个地方是否安全。这其实是种很有效的方式。)

就是前天吧,我做过一个噩梦。我梦见自己、大哥、父亲,我们一家人在旅店里,按照父亲的指挥干着活儿,好像还有马车在。梦是黑白的,有一层淡黄色的光,虽然稀薄,但却存在着,就像那种发黄了的黑白照片。突然,我们的身侧出现了一队日本兵——在梦里,我不知道他们是如何出现的,仿佛是从地里生出,仿佛是被风吹来:笼罩于梦上的那层光立刻没有了,梦里,一切都暗了下去。从梦里醒来,睁开眼,可我看到的还是一片灰白,这让我紧张地想要大声喊叫,如果那时发出声来,我能发出的也许还是一个少年的声音……过了许久,我的紧张才得以平歇,我恍然,之所以我看到的只是灰白,是由于还在夜晚中的缘故。是由于,白内障的缘故。那个梦,和日本兵进入如归旅店的一幕是如此相像。坐在床上,突然地,有种莫名的悲凉。除了我自己,我所梦见的一切都不在了,至少是再无消息,而我的独自也已进入到老年。我听着窗外的寂静,听着窗外稀疏的风声,真觉得,恍若,隔世。

日本人住进旅店,与我们一家人有着如此近的距离,在我看来就像是一些钉子,钉在我们身上、心上,很痛,但你无法说出痛的具体位置在哪儿,但它肯定不是你身体的部分,它是异物,你却不能不允许它的存在。他们把旅店仔仔细细搜查了一遍,不放过任何一处,父亲藏起的酒和旱烟,还有他存放地契房契的包裹都被翻了出来。他们用刺刀插入放棉被的柜子里,柜子被劈开了,棉花从被子里被挑出来,纷纷扬扬。别别别动地地地契……那那那可是今今年的棉花,有床新新新被呢……父亲的声音,低得只有他和蹲在身侧的我能够听见。从他的表情来看我想他的牙痛应当又开始了,可他已经顾不上理会。我们不知道,接下来会有怎么样的发生,会是一个怎么样的结果,它,全看这些日本兵的好恶和施舍了。

结果不算太坏。他们决定在旅店里住下来。有一个嚼着一段玉米秆的日本兵过来,用生硬的汉语:"房子,征用。你们过来,打扫。"他把嚼过的渣吐到我们脚下,"打扫。"他的表情是友善的,并做了个打扫的动作。

我和大哥的活是给他们烧热水,消灭屋子里的苍蝇、臭虫、跳蚤和虱子。父亲铺床,二哥推磨,母亲需要对刚才被刺刀挑坏的被子进行缝补。我们干得没有怨言,有的是从来没有过的耐心和精心。只是,我们打完了屋里的苍蝇,但外面的苍蝇还会飞进来,而臭虫、跳蚤和虱子,就从来不曾灭绝过。我们找不到跳蚤,这并不意味它不存在,或者不会再次出现。阴暗的地方太多了。我的腿一直在抖,它那么疲惫,早就支撑不起身体的重量,可我还必须摇晃着俯下身去,仔细地在地上、床上查找看不到的跳蚤。

虽然我们忐忑,惧怕,但那些住在店里的日本兵并没有对我们怎样。大哥把热水端进去,他们冲他说了些什么话,看样子应当并无恶意。在院子里走进走出,见到我们,他们也露一点儿笑容,打个招呼。天暗下来的时候,有两个士兵赶进了一头猪,他们应当是从很远的地方把它赶过来的,人和猪都显得有些疲累。另外的士兵笑着站到了院子里,他们一起参与追赶,却并不认真,把猪追到走投无路或者摔倒之后便马上闪开,让它狂叫、狂奔,消耗着它的力气,让它越来越笨拙,越来越滑稽。我和大哥二哥也跟着笑起来,在那一时刻,我们短暂地忘记了战争、恐惧,那些日本兵的样子也非常可笑。最后,这只精疲力竭的猪,可怜的猪终于跑不动了,它的嘴里含满白色的沫,抽搐着,趴在地上,叫得有气无力。他们还不放过它。用脚踢它,用刺刀扎它的尾巴,这只猪跳了跳,又倒下去,它的倒下自然又引来一阵大笑。

猪是我大哥和父亲杀的。日本人躲到一边儿,他们看得津津有味。大哥和父亲从来没杀过猪,加上还有日本人的观看,所以他们杀得相当艰难，笨拙，猪还没有死掉，父亲的脸上身上已满是鲜血和屎尿，他的手是多余的，脚是多余的，看着猪的挣扎无处下手。有个日本人还给父亲递上一条毛巾，父亲冲他弯腰，屈膝，从有血和屎的面部露出感激的媚笑——那天晚上，我们也分得了一碗猪肉，是日本人给我们端过来的，可我没能吃出肉味儿。

（这里还有个插曲：父亲将烫过猪毛的热水准备泼在堆起的粪堆上，水已经泼出，他突然想起他埋在骡马粪里的汽灯，但水已经收不住了，父亲只好随着泼水的动作滑向粪堆，把已露出三分之一来的气灯用手又推进了粪便里。他虽然遭受了嘲笑，但却化解了灾难。）

接下来，是晚上。

是，我们要和日本人一起睡下的晚上。

那是一个无法入睡的夜晚，尽管我已被紧张、疲惫和困倦压得抬不起头，它们是三块巨大的石头。

恐怖，就是我对面黑影。它一身脏兮兮的白衣，高高的帽子遮住他长长的马脸，抱着一根哭丧棒。它似乎睡着了，呼吸均匀，没有危险，然而，我知道这是假象。它用眼缝里的余光一直暗暗瞄着，只要一不小心，它就会悄悄伸出手指，抓住我的喉咙，然后把我连根拔起。为了防止被它抓走，我只好用力地抓住些什么，譬如桌子的腿、床，或者门框。它们也在悄悄地发抖。

那边，鼾声，咬牙的声音，听不清晰的梦话和突然的喊叫，它们透过了门和窗。站岗人的脚步。或明或暗的光。

蟋蟀藏于草丛、屋角，在露水和凉中叫着。它们有自己的哀乐悲喜，有自己的故乡和世界，它们毫不在意让我无法入梦的发生。没人去打扰它，蟋蟀们就叫得响亮。还有月亮的牙。它和去年的今日一样，和前年的今日一样。"江畔何人初见月？江月何年初照人？人生代代无穷已,江月年年只相似。"——

即使现在,在我的记忆里,那个夜晚比任何一个夜晚都漫长,让人回想起来更加百感交集。那一夜的时间肯定被什么东西给粘住了,无法移动,它在那些粘住它的东西里下沉,变脏,就像陷入沼泽中的马。

一夜长于百年。

我们一家人,挤在一个角落里,黑暗黑得无边无沿。我们蹲着,累了就起身站一会儿,随后,再蹲下去。一个被恐怖反复纠缠,却又无所事事的夜晚就像一个平底的锅,我们在里面接受着煎熬。不知是谁把柴添得那么热。都已经是很秋的秋天了,可我们身上是一层层的汗水。它们流出,被身体吸干,然后再流出,风吹过来有一种刺骨的凉。

"他们是这个样子。"大哥悄声说。黑暗里,我们看不到他的表情。

"和听说的不一样。"他又说。

没有人理他。

"你看他们……"大哥吃吃吃吃地笑起来,他一定是想起了他们追赶那只猪时的情景。

"别别别别说话……"父亲的声音更小。

我们都处在窒息之中,说话是要消耗空气的。而且,很有可能,会把灾难引过来,这样的事我们听得太多了。

……那个漫长的夜晚,真不知道什么时候才会结束。

24

当时,我以为那个夜晚永远都不会过去,永远没有尽头,它太漫长了,漫长得让人感觉一夜真的可以长于百年,它长过我的一生,让我除了黑暗不会再有新的看见。我苦苦熬着,在绝望的粥中,如同一块砸开的骨头,我已和它混在一起,混成一体,充满着绝望的汁液……时间,一秒是一声滴答,在滴和答之间的距离被无限地拉长,里边是一些无聊、无奈和让人烦躁的填充物,如同腐坏的柴草,被脏水浸透的旧棉絮,剪不断,理还乱,而越来越重的困倦让我根本伸不出手来清理。那么多的神经都被裹在旧棉絮里,可还有一根弦却在绷着,时不时会刺一下,痛一下,它被称作是恐惧……

这根紧绷着的弦也曾断过。可它能够那么坚韧而迅速地再生,再次连接起两端,然后绷得更紧。听着蟋蟀的叫,听着站岗士兵来来回回的脚步,听着黑暗里父母和哥哥们并不舒展、并不均匀的呼吸,我突然感觉无比孤单。

孤单来得极为突然,也极为剧烈,我知道他们都在,可是,我还是感觉到孤单,他们的在并不减少我正感受的绝望和恐惧,一分一厘也没有减少,我承受着属于我的那份儿。当时,我以为,这个夜晚和它深重的黑暗都永远不会过去,一夜长于百年。后来,我经历了那么多的世事沉浮,经历了那么多的可以忍受和不堪忍受,最终还是活了下来,活到现在,应当说,得益于那一夜。在一些巨大波澜中,我身边有人如此,他们把自己生命结束得卑微而草率,我理解他们,但我知道自己不会。有了那一夜,我知道我不会。

那夜终于过去了。"终于",可不是一个很轻的词,我知道它的分量。我先是听到了鸡鸣,然后,黑暗变淡变灰,有了乳白,有了淡淡的光,有了清晰的物……那一夜,过去了。日本人开始忙碌,出出进进,大声地说着什么,把洗漱用的脏水倒在粪堆上……父亲拔起自己的脖子,他紧张得颤抖,但日本人并没有发现。不,日本人也许有所察觉,他们有强烈的预感,未卜先知,入木三分,我们看见他们朝我们房间走过来——

"你,出来。"他指的是我父亲。我的头有种炸裂感,它飞离了我的躯体,飞向了遥远的高处。在那一瞬间,我还发出尖叫,可是并没有声音出现,它也许被我的舌头堵在了口腔的里面。

在指过我的父亲之后,那个人,还用目光一一瞄过我们其他人,我们一起低下头去。"你。"这次,他指的是我大哥。

他们是如何走的,现在也毫无印象。那段时间对我来说是空白,我的头被炸碎了,让我无法听见也无法看见。说是空白也不算确切,我仿佛记得母亲的哭,我们的哭,和对母亲的拉扯。似乎有人说,只要他们不跑,不反抗,就不会死,他们是为皇军做些事儿——这也许是我添加在记忆里的杜撰,这个"似乎"或许并不存在——我曾多次想把这段空白的记忆找回来,依靠了推理和想象,但它还是那么模糊,仅能搭起一些纷乱无序的碎片。记忆,有选择地遗忘了那一段,模糊了那一段,让我无法再次找回。

那一天,留在镇上的许多人都被带走了。我们不知道他们去了哪里,能够去哪里,我们还有无机会与他们再次相见。

"他们打沧县,把抓来的男人们绑到树上,一个一个都给捅死啦!姚官屯边上那片枣树林,每棵树上都拴着一个死人,地上全是血。"

"他们给人灌辣椒水,把他绑在门板上,一碗一碗地灌,等那个人的肚子实在盛不下的时候,就有一个人跳上去踩……"

"我叔叔回来说的,他躲在草垛里了……日本人把老人、孩子都带了出来,带到打麦场里。有个日本兵,脱光了膀子,拿把刀,就像砍瓜切菜,从一个边上一刀一个,地上滚的都是人的脑袋……孩子早傻啦!日本人蹲下来,摸摸他的头,笑着和这个孩子说话,孩子只是哭……他把那个孩子的头砍出了很远,血一下子就喷了,地上有很多的血。我叔叔看见,一个老头儿竟然挣开了绳子,跪在孩子的脖子底下,一口一口,喝那孩子流出的血……日本人等他把血喝得差不多了,大喊一声,也砍掉了他的脑袋。老头的脑袋一直滚到草垛的边上,眼睛瞪得愣圆,我叔叔吓得差点儿没喊出来!要是喊出声来,他的脑袋肯定也没啦!……"

"刚过门的小媳妇,就让他们给祸祸了……临走,他们用刀,唉,别提多惨啦!"

……街头上,流传的都是这类的消息,或者哭声,就像某种瘟疫的蔓延,它更让人不安,生出更多的牵挂和绝望。母亲、我、二哥,我们三只没头的苍蝇嗡嗡飞着四处打探,画过一个又一个的圈儿,把腿都跑得肿了,把脚都磨破了,可是却并无特别的进展。我们遇到的,是同样失去了头的一些苍蝇,除了让我们知道有更多的人被抓走和交换哭声之外,就是分道扬镳,把刚刚画过的圈儿再画一遍。

二哥首先找回了自己的头,他将头安插在脖子上,那样,就有一些脑子还可以用。他走出不断重复的圈儿,得来了消息:父亲和大哥没死。他们在贺庄子边高岗上为日本人建炮楼。看来日本人是想住下来啦。母亲长长叹了口气。这个消息,让我们暂时放下了石头,又悲又喜。

院子没有打扫,它显得更脏更乱,苍蝇们聚集在一起,不只是马粪的气味对它们构成了吸引,还有猪血的气味,还有,灾难的气味。如果说,缺少了客人使我们的旅店变得空旷的话,那父亲和大哥的离开就是荒凉。衰败,我多不想再提这个词啊,在它的上面有一群围在一起的苍蝇,我走过去,把它们驱散,露出下面带血的污物。一旦我选择走开,苍蝇还会飞回,它们有强烈的恋恋不舍。

无处不在的霉味儿,无所不在的腥气。乌鸦又一次飞落,二哥学着父亲的样子对它进行驱赶,那么像,他像小一号的父亲,让母亲一下子含满了泪水。门外的铃铛艰难地响着,墙皮还在掉,有的地方,继续往下掉的已不是墙皮。蛀虫和白蚁撕咬着床、家具和门窗。我觉得它们也在咬我,已咬到了我的骨头,我的身体里也满是那种让人寒冷的咯咯咯咯的声音。一条长凳的一条腿矮了下去,是它自己矮下去的,没人动它。

黄昏,在我们的旅店里,似乎有一些幽灵在飘来飘去。它们无声无息,像雾一样飘着,对着树叶和窗棂吹气。

我们为旅店和好的泥,还在院子里,都已经干了。

……

毕竟,父亲和大哥都还活着。这个消息疏通了房间里的空气,也疏通了我们的大脑和四肢。饥饿也来了。其实饥饿早就来了,只是母亲没说,我和二哥也不能提它。现在好了。母亲生起了火。她和平常一样生火做饭,可是,那天,我的感觉是那么不同。

我说不好不同在哪里,但我感觉得到。我在灶膛边盯着她,盯着里面的火和烟,盯着她的皱纹和花白的头发,从小腹那里涌出一股一股的辛酸。后来我的眼泪流下来了,它根本不受控制,我关不好生锈的闸门。我把脸偏向别处。我制止着自己的抽泣,把音量放小,母亲忙于给灶膛添柴,她没注意到我的注视也没注意到泪水。她应当是早就看到了。

去掉了对父亲和大哥被害的担心,只让我们轻松了片刻,只有一顿饭的时间或者更短。我们还有另外的担心,现在轮到它们上场了、显现了:它们更多,更杂,更让人烦乱。首先是粮食越来越少,我们的贮备远远不够,何况日本人还吃了一些,带走了一些,仅有少量的没被他们翻到。粮米店的门倒是开了,然而米价已翻了几倍,还遭受着络绎不绝的哄抢,跟在后面时常会什么也抢不上。被日本人刚刚占领的交河没有车马到来,也没有走街串巷的小商小贩,旅店挣不到任何人的钱,可我们还有三张张大的口。母亲织布、绣花,也不可能会赚到钱,不会有人来买,不会。去掉对父亲和大哥被害的担心,我们还有别的担心落在他们身上:他们会不会吃饱,衣服够不够,晚上睡在哪里,会不会挨打?不长眼的子弹会不会偏离,落在他们的身上?……我们还要担心旅店的墙,被炸弹炸裂的偏房还没有得到修补,它有了更大的洞,而且出现了向外的偏斜。得不到晾晒的被褥上面出现了霉斑,有一床被,被母亲一抖,两块带霉斑的地方就糟开了,母亲只好先收起了它。把它们抱出去晒晒,母亲说,等晒好了,她再把被子上的洞补上。

可是,我们刚把被子搭到晾衣绳上不久,乌云就来了,它们来得迅猛恐怖,仿佛与日本人的到来相互配合,原来的晴朗很快被阴沉的黑所吞没,硕大的雨点重重落下,随后它变小,却更密,完全是种倾盆——

在北方,在我们交河,秋天雨少,天很少有连阴的时候,但那年的秋天却非常奇怪。竟然下起了连绵的暴雨。(其实,早在前几年,秋天的雨水就多了起来,站在我们旅店的角度,父亲的角度上去看,是这样的。)从很早开始我就不相信预兆了,但那年,种种的预兆层出不穷,让人不得不信。处在灾难中的人们更容易相信预兆,把它的阴暗和玄秘扩大,那年就是,尽管有着诸多的惶恐,尽管物价飞涨,缺米少粮,但交河城隍庙、观音堂里却香火极旺——我见过许多人,从观音堂里出来,一步一磕头,绕过城隍庙的照壁,穿过大门、戏楼,把头磕过马殿、照胆亭(在照胆亭前烧香,当然没谁会把自己的苦胆在亭前照一照,志书上说,此地"质直好义任侠成风乃燕赵旧俗……",我承认,照胆亭前,我照见的却是怯懦),然后向东、东六司,转回到明威殿,过穿廊进到后殿中,再次燃香。送生庙的头是必须要磕的,还有西六司,善男信女的头上已磕出了血,他们念念有词,求各路神灵鬼仙把预兆中的灾难化解……城隍庙里有棵粗大的枣树,据说在明代它就有了,老人们说它的主干"结九瘿,穿七窍,虬枝交错,枝繁叶茂……"是不是结有九瘿我没数过,而他们所说的七窍至今我也不明白,不过,我小的时候常去树上摘枣。那一年秋天,交河镇上突然有个传说,说是王母娘娘在庙里显灵,递给某个人一把枣,让他和自己的家人吃。结果,日本人在攻交河城的时候往城里打炮,第一发炮弹落在他家的房顶上,没炸,结果又来了第二发,到院子里啦,竟然也没炸!一家人意外躲过了飞来的祸……这件事被传得沸沸扬扬,城隍庙里的枣便有了避害祛灾的功效。一时间,交河城里的人、城外的人,连献县、青县、武强的人也纷纷赶来,他们把树上红着的、半红的和青着的枣都摘了下去。后来的人无枣可摘,就摘几片树叶放在嘴里嚼嚼……磕头的,摘枣的,我母亲也在其中。她要我们同样虔诚。(从很早开始我就不相信预兆了,也许,它是大哥的影响。而大哥接受的影响,大概来自那些济南的学生。)

那年秋天,父亲和哥哥被日本人带走,一直干旱的交河镇忽然下起了暴雨。很快,院子里便积下了水,厚厚的水,浑浊的水。水面上不停地出现一片片气泡,它们在水面上滑行一段,然后又纷纷破碎。水向外面流着。我们能看清水的具体流向,因为,雨水也在冲刷着我们堆起的粪堆,它把冲下的骡马的粪便稀释在雨水中,形成一条红褐色的宽线。

接下来,我们的屋顶开始有了潮湿,有了晕开的痕迹,受水浸泡的墙皮一片片脱落,摔在地上。然后是,雨水滴答。没有摔碎的盆盆罐罐,以及摔出裂痕还能使用的盆盆罐罐都派上了用场。整个下午,整个晚上,从屋顶滴落的雨水在每个房间的盆盆罐罐里单调地响着,一片混乱。

晚饭谁也没吃。不只是因为粮食的缘故,还因为柴,我们找不到可以被引燃的柴草,它们全被雨水泡透了,潮湿得发黏。我们也没点灯,黑暗和不断下落的雨点早就笼罩了我们,所有房间里,都没有几处较为干爽的地方,到处都是水,潮湿,泥浆。我们无处可逃,也无处躲藏。

母亲说,你们都看到了,你父亲是怎么对这个家的。

他可是一门心思。

他受了多大的苦,受了多大的累,你们都看到了。

母亲说,这个家,不能在他刚走就毁了,这是他的命根子。

他的日子,是给你们过的。他为你们受了多大的苦,可他没叫过屈。你从他嘴里听不到抱怨的话。

他希望这一家人,平平安安,和和气气。他把旅店经营好还不是为了你们?你们又干了多少?他是想让你们走正道,有好日子过。

母亲说,这个家,不能在你父亲离开的时候出问题,不能。

我们不能让它倒一间房。不能让它变成破烂。

要不然,你父亲回来会恨死的,气死的。

母亲说,看来雨一时半会儿还停不了,我们不能等了。不然,就来不及了。

黑暗中,我们看不清母亲的表情,但可以猜到。

她领着我们把外面的泥运进了屋里。已经干过一次的泥现在又是泥了,早早就是泥了,在屋里,我们重新又和了一遍。它有些过稀,但没办法再做过多的补救。母亲把一些旧棉花掏出来,也和在了泥里。我们,把稀泥涂到墙上。

干了整整一夜。

可那些泥太稀了,而且雨在下着,漏进屋里的水很快就冲掉了它们,我们只得又将泥再抹一遍。地上、床上和我们身上已都是泥浆。泥浆还在流,我们重又抹上墙的泥眼看又要成为泥浆,顺墙而下了。这时,母亲拿来一件旧蓑衣,披在二哥身上:"上去。把坏掉的瓦换下来。"

虽然已经是白天,凌晨,但天色依然灰暗,只有连绵的雨水使外面的世界有片雾腾腾的白。二哥伸出脖子,看看天空:"这样的天,怎么换啊?"

母亲不理睬他的犹豫:"快。要不然,屋顶都要漏塌了。"

怀着十二分的不情愿和八分的理由,二哥顺着梯子登上了房顶。因为雨水,因为昏暗,他睁不开眼睛,根本找不到坏瓦。母亲说:"你就一块块摸吧。"二哥,已经劳累一夜的二哥有些消极,他摸索着,并没换掉几块损坏的瓦,相反,因为上面太滑,有几片好瓦却被他踩碎了。他踩碎的瓦肯定比换掉的多。我们再没有多余的瓦了。

摸到坏瓦,二哥就把换下来的瓦叠在上面。他在大声抱怨。

我和母亲在下面看着二哥。站在大雨里面,虽然我们听不清他抱怨的内容,但能够猜得到,完全能够猜得到。

终于,二哥爆发了。他把手中的一块碎瓦用力摔进了院子,摔得极为响亮。院子里,溅起了巨大的水花。

他这次的咒骂我听清了。他骂的是老天爷,骂的是这个鬼天气。母亲叹了口气:"你还是下来吧。"

二哥没有听见。

"你下来!"母亲又喊,这次二哥听见了。他直起腰,但并没有马上下来。

母亲不再理他,而是抱着一些柴草、绳子、木头和石块——她上房了。

……

暴雨是第二天傍晚时分停的。外面的雨小了,小了,然后止住,然后乌云散去,空气里有了淡淡的、昏黄的光。我和二哥把各屋窗户上的苇帘拉起,让光也透进一些,大槐树上又落下了鸟,我们听得到鸣叫。屋里的雨还要下一阵子,我们把满满的盆盆罐罐里的水倒掉,重新把它们各自摆放好——罐子里的声音浑浊而单调,毫无节奏。但雨终究是停了,里面的水已经不那么令人惧怕。

我们的如归旅店并没有在暴雨中倒塌。说实话,那是第一次,我和"我们的"旅店有了某种的休戚感,有了某种的依存感,也许是因为父亲不在的缘故。我为它没有倒塌而感到欣慰。不过,它更加摇摇欲坠了。也许,只需要一根小手指的力气,它就会倒下去,再也不起来——好在,上天有眼,没有再用力。

从二哥的脸上,我也看到了欣喜。我们一起,把父亲的旅店保下来了,在他不在的时候,这当然比他在的时候更有意义。

母亲没来得及和我们一起分享欣喜,她就病倒了。她感觉冷,这股冷在她的体内盘旋,从脚心,到胸腹,到手指,到牙齿……钻在被子里的母亲喉咙发干,有刺痛感,她冷得不停发抖,我们看去却是面色涨红,满头大汗。薛大夫被请来了。开始的时候母亲不愿去请,她说会好的,自己会好的,多喝碗热水就够了,喝碗姜水就够了,别花那些冤钱,可是冷的感觉却越来越重。二哥不顾她的反对,披上蓑衣走了出去——不得不承认他的先见之明,虽然雨已经不下了,但路上太过泥泞。薛大夫是带着满身的泥泞进屋的,笑嘻嘻的二哥则不同,他没有带进泥来,他的蓑衣挂在了屋外:虽然他摔的跟头并不比薛大夫少。

摸过脉,看过舌苔,问过病情,薛大夫认为我母亲属于风热之邪犯表,肺气失和所致,属风热。(二哥试探,大夫,是风寒吧?薛大夫没有理他。)薛大夫告诉母亲,治疗这病,需以辛凉解表为主。(二哥再次试探,大夫,我母亲的症状,是不是应以辛温解表来治呢?薛大夫冷冷看过二哥,你比我懂得多,我看还是你来开方吧!母亲也跟着呵斥,二哥吐吐舌头,缩在了一边。)

薛大夫走后,二哥开始有词,他说,风热的症状应当是头涨痛,咳嗽,痰黏而黄,有黄鼻涕,而这些是母亲所没有的。风热,应当是舌尖边红,舌苔薄白微黄,他刚才看过母亲的舌苔,也不是风热的症状。应当用麻黄、荆芥、防风,而不是……"你懂个屁!"母亲缩在被子里,"不知在哪里学了点三脚猫的功夫,就到处瞎显摆,你以为医是一天两天就能会的?人家薛大夫行医多少年了,人家走过的桥比你走过的路都多!"二哥给母亲擦着汗,他治死的人还多呢,哪年他不治死几个人?秦老末早说,他的医术根本不行,不过就仗着字写得好,能说会道,才骗得了人罢了。"你就听那秦老末的吧!"母亲推开他的手。

一服药剂之后,母亲感觉自己好些了。她吃的是对症的药,开始有了力气。更重要的是,阳光出来了,那么暖,那么亮,惹人心痒。更重要的是,母亲的心里装着如归旅店,装着许多没有干完的活儿。她还有一身的汗,她的脸色依然潮红,我猜测她还在发烧,但她坚持不休息。她不让我的手挨上她的额头。我好了。都干活去吧。

我们收拾起盆罐,把水倒净,把里面挂下的泥冲走。

把被和褥子拆开,洗掉被褥、床单上的泥渍,然后放在绳上晾晒。

阴郁的阳光照着晃动的晾衣绳,它几乎,不肯照到我们晾出的被面和床单上去。

在门外拦起一道堤坝,把院里的水尽快地淘出去。粪堆已经不能称为粪堆了,父亲藏起的汽灯也露在了外面,当然露出的是外面的油纸。母亲将它收起,在院子的某个角落里重新藏起,后来我们就再也没有见到它。

马棚有根柱子歪了,我们把它立起。这时母亲向外望了两眼,你父亲和你大哥也该回来了吧。

我们倒空牲口槽里的水。把柴草从屋里倒出来,放在阳光下晾晒。

母亲坐在门槛上,显得疲惫,有气无力,他们都走了几天了?别出什么事啊。

……时间又过了两天。母亲喝过汤药,她说好了,没事了,就是嗓子还痛,就是还有点儿头晕。她指挥我们,现在,天晴了,地干了,再和些泥把房泥一泥。

可是,二哥和不了泥了。他的腰痛得厉害,让他的转身都变得困难,让他的呼吸都变得困难——他躺到了床上,一脸苦相,可母亲并没给他好脸色。母亲只好出去,和泥的人只剩下我们两个了,这可是个累人的活儿。她气喘吁吁,一边和泥一边愤愤:

哼,就知道吃,就知道玩。

和你四叔一样一样。真随得铁。

他有什么病,懒病。

这么大个子,可一点儿良心也不长。

母亲向着远处,贺庄子的方向,也不知道他们怎么样了。她叹口气,要不是怕给他们添麻烦,也该过去看看。她突然想起了什么:你四叔四婶没事吧?其实应该过去看看。你四叔这个人就是懒,馋,人并不坏。唉,你大娘,也真是……

25

父亲和大哥回来了。他们是在下午返回的旅店。那时,物理上的下午已经过去了一半儿,秋天的,并且雨后不久的阳光又高又淡,像一些白白的瓷片。我和母亲和好了泥。她赤着脚,站在泥中,一脚一脚,把它们踩软……这时,父亲和大哥回来了。我看见了他们。影子一样的他们,有些不太真实的他们。

父亲的腰有些驼,这是我刚发现的。他的脚划着内八字,这不是新的发现,但似乎较之以前更为严重。哥哥摇摇晃晃,让他摇晃起来的是新添的疲惫而不是原先的七个不服……不管怎么样,他们回来了。

我对母亲说,回来了。我爹。

我指给她,你看,我爹。还有大哥。

母亲顺着我的方向。她没有停下移动的脚。阳光在那时骤然地亮了一下,照亮了我们身边的空气,大槐树和它的叶子,斑驳的墙。在骤然之后,一切都又恢复在旧样子里,很好的天,阳光又高又淡。

他们没事。他们回来了! 我扔掉铁锨,奔向大哥和父亲的方向。而母亲没动,她在我呼喊的时候是盲目的,她没有看见也没有听见。她还在那里,赤着脚,一脚一脚地,踩,踩。

我们靠近了槐树。大哥叫了声,娘。

她似乎是应了平静的一声,唉,然后就瘫坐在泥里。她倒下去得缓慢,不是倒,而是坐下去的,她在坐在泥中之前始终直着身子。走近的大哥抽走了她的力气。

……

针对母亲和我们所关心的,父亲说,他们给日本人挖了一条大沟,架上了铁丝网,盖了一座炮楼。炮楼盖在了高处,那里,原来是贺庄子土地庙的庙址,不过废弃很久了,日本人让他们把残存的灰砖都扒出来,建了两个厕所。(父亲说,去天津,他把旅店的里里外外都看了个遍,如何布局如何布置他都了如指掌,记忆犹新,但真还没有注意到厕所。相比之下,我们的茅房差太远了,太脏了。)然后,拉来了红砖,沙子和水泥,建了一座炮楼。(说起炮楼,大哥有了话题,他比我父亲更有发言权。在被抓走后,父亲和大哥并没在一起,大哥他们是修建炮楼和其他工事的,而父亲,他们的活儿主要是挖沟。大哥说,盖炮楼,用的全部是红砖,新的,旧的灰砖一块也没有用。墙厚半米,直径三米七——他向我们比画,可我们却一时建立不起对炮楼的印象。你们以后去看看吧,大哥说——三层,高有六七米,在很远的地方就能看见。大哥说,第三层上还有矮堞墙,具体的布置他不是很清楚,因为盖到第三层的时候,他被留在了下面,和任木匠他们一起修上下的楼梯。大哥说水泥,呛人眼睛和鼻孔的水泥,被水一浇冒出气泡和白烟的水泥,说在炮楼每层留出的射击孔,从里面向外看能看出多远……)

针对母亲和我们所关心的,父亲说,他们还行,没受大罪。累是累了点儿,但都可以挺得住。(大哥接过话,镇西的徐蔫巴你们知道不?就是常来咱们槐树底下坐,把他妹妹卖给驴贩子的那个,他从沟里往上推土,怎么也上不去,让日本人打得……父亲沉下脸,是是是他不不不好好干干活!)

父亲说,日本人都还算和气。不干活,当然有打骂,可好好干活的人都没事儿。(大哥的嘴巴闲不住,他又接了过去:徐大棒子,给日本人做饭,往菜里吐了口痰,正巧,让人看见了,报告了日本人……日本人把他绑在门板上,往嘴里灌尿和辣椒水,封住他的嘴,眼看他的肚子……他们在他腿上割开一个小口,用一个什么细管,让人往里面吹气,就像杀猪去皮那样……父亲哼了一身,你光光记得这这个。)

父亲说,因为干的是体力活儿,日本人也没亏待他们,天天吃玉米面饼,还吃过饺子。(大哥看着父亲,然后转过脸,我可没吃过。父亲给了他一个威胁性表情。)至于睡,就睡在贺庄子,是差了些,不过也还过得去。

父亲说,日本人把县政府里的八仙桌,把北关集厂赵财主家的楠木椅搬进了炮楼,还有一些木床木柜。日本人进来后,他们都跑了,家里的东西只能由着日本人拉了,说不定,到现在,小偷和土匪也把他们的东西搬得干干净净了。他感叹,我们多亏没走,不然,家里的东西一样也保不住。再说,我们能跑到哪里去?到处都在打仗。

如果不是下了两天大雨,他们应当早回来了。下雨的时候,好多的活儿都没法干。(大哥说下雨的时候不能盖房子,他们就都到地里挖沟,弄得满身的水,满身的泥,一不小心就滑到沟里去……父亲猛地站起来,大哥的话止住了。父亲满世界找他的烟,他做得挺像,大哥吐吐舌头,没有继续刚才的话题。)

至于父亲眼角的伤痕,母亲没问,我们也没问,可父亲自己说了。他说,是自己不小心滑倒了,从沟上面滑了下去,被沟里挖断的树根给划破的。他还算好的,周伯洛有两个青年人,从沟里住上运土,一拉一推,结果土装得太多,小车滑倒了,把两个人都拉到了下面,一个摔断了腿,一个弄折了腰。大哥又想插话,他张开了嘴巴,但被父亲狠狠地憋了回去:"你你你知道个屁!你最最好给给给我闭嘴!"

(大哥一脸不高兴,你知道我要说什么啊就不让说了。我又不说你。)

……回来就好。母亲说,她躺在床上,冷又进入了她的身体,这次进得更深,也更为迅烈。她在父亲回来的当天就又病倒了。一家人平平安安的,她的声音缺少气力,带着明显的沙哑,没出大事就好。菩萨显灵了。母亲努力,指指床头的柜子,那里还有几个枣。是城隍庙里的,你们把它吃了吧。菩萨会保佑咱们全家的。等我好了,好好给菩萨多烧几炷香。

可她不好,一直不好,并且越来越重。咳嗽得厉害,下床也困难了。里面的火烧着她的心,她的肺和胃,也烧到了外面,母亲的鼻孔被烧坏了,结了很大的痂,而嘴唇也裂得厉害。如果父亲和大哥不回来,她也许还能继续挺一段时间,那时,她就像一堆层层叠叠、混乱搭起的木头,一根飘落的鸡毛就能将她压倒。薛大夫再次被我们请来,他坚持,母亲是风热,需要辛凉解表,开出了更大剂量的药。他还教给我二哥,如何刺络拔罐,如何找准大椎、风门、身柱和肺俞……可母亲还是不好。二哥嘟囔,我母亲根本不是风热而是风寒,药用反了,能见好转才怪。他的话大家都当成是耳边风,其实,他才是对的。许多病人,都是被庸医害死的,而薛大夫就是我们镇上的庸医。他害死了大伯。现在,又在害我母亲。"一天天就就就知道胡胡胡说八道!"父亲用一根竹竿把二哥追出屋门,不过,他也认定,只让薛大夫看是不行的。得想另外的办法。

父亲找来镇上的神汉,他说母亲是受了恶鬼的惊吓所致,需要驱鬼。他先是让神上身,在我们院子里和我们看不见面孔的鬼奋力搏斗,出了一身的汗,也把鬼赶出了七丈。他画了两道符,一道压在母亲头顶,另一道,则在大门口烧了。在烧符的时候他看着燃起的烟,面色凝重:"这个鬼很厉害,粘得很,不肯走。看来我得用我的元神了。唉,这是定数,定数啊。"

三十六粒黄豆,两段一指长的桃木(神汉告诉父亲,这两段桃木得去活着的桃树上新剪,一段是阳面的,一段是阴面的,不能只剪向阳的一面或背阳的一面),四粒枣,父亲将它们煮进了锅里。水开了,二哥把母亲头上的那道符烧成灰,放进沸水中——这是神汉的叮嘱,他说,我母亲得用这样的水泡脸,泡脚,恶鬼才不敢再次近身。

这并不是有用的方法,母亲的病看不出减轻。她还是那个样子,她的样子让人感觉可怕。她对我父亲说,我的病可能治不好了。你也别花冤钱了,咱们家可经不起这样折腾。无论如何,我们的旅店不能垮掉。你得在它身上用心思。母亲说,我们家没田没地,没有其他的进项,如果旅店经营不下去了,那我们就只能饿死了。母亲说,再撑些日子,会好起来的,就是打仗,也不会总这个样子,总得让人活啊。

父亲的眼圈红了。别别别别……别说丧丧气话。旅店当当当然要要……要,你的病也也也要治。他转过身,四叔挑起门帘,和他几乎撞在一起。

父亲抓住四叔的手,老老四啊。你没没没事吧?没没事就就就……他摸了摸四叔的头,张开嘴,竟然哭出声来。父亲哭了,他哭得,悲伤,痛快,没完没了。

当天下午,四叔借来一辆套好的马车,拉上我的二哥和母亲,赶往泊头。父亲原想去富镇,那里有一个叫任三两的名医,据说医术很高,而且能治一些邪病外灾,四叔说算了吧我们去泊头吧,博爱医院,用西医,许多人的病都是在那里治好的。父亲表达了自己的忧虑:一是,我们没瞧过西医,他们能治好我们的病不能?第二,如果现在去,到泊头肯定会是晚上,兵荒马乱的,不时会有土匪和一些穷人出没,这样过去总让人不放心。第三,听人说,日本人对医院控制得很严,天天在里面杀人,咱们过去会不会……四叔说你都放心吧。准备好治病的钱就行了。我能过得了关卡,在医院里我们都不会有事。"你怎么就就就行?"父亲不信。四叔很坦然的样子,现在,我在维持会里做事,混碗饭吃。我有他们发的路条儿。在泊头这带,应当还好使。

老四,父亲说,这个差事不好干,这碗饭不好吃啊。就我们交河,前前后后杀了多少人了啊。你没看,国民军来了,跟奉军亲的人都没有好下场;直隶张宗昌刚任命的县长,没当两天就让奉军给杀了,那些给公家做事的死了多少;日本人一来,在县政府任职的跑的跑,跑不了的不都给杀了,还连累老婆孩子……

四叔已赶着马车走出了院子。你说的这些我都明白。可人,总得想办法吃饭吧!他的话飘过来,听得不是很清晰。

不不不不行,等他回回回来我还还还要说说说他……父亲追赶了两步马车,随后停下来,站在树下,有点怅然若失。

26

母亲住进了医院,四叔带回的消息是,医生正在治疗,应当会好起来的,二哥也留在了泊头。他们兄弟,说了很长时间的话,两个人在院子里一直站到太阳西下,父亲支着他的扫帚,就像支着一支拐杖。阳光把他们的脸涂得很红。在四叔把我母亲送到泊头医院去的时候,父亲对我们说,等你四叔回来,让他来我们旅店干吧,算是合伙,我们给他分红。本来就是一家人啊。父亲说得很郑重,是的,他下这个决心并不容易。可那天,四叔来了,他们说了那么长时间的话,父亲也没提让四叔合伙旅店的事。他们说的是别的,扯得远了,就把这事给忘了。

四叔回来的第二天,母亲和二哥也回来了,母亲说她实在受不了西医,还说,经过这一路的折腾,她的病也好多了。二哥埋怨,母亲是心疼钱,人家还让住的。二哥说,日本人带着维持会的人常去医院,到处搜查,凡是外伤的都给拉走了,据说没一个活着回来的。他说,有次他也差点被拉走,不过他倒也镇定,向那些人说四叔的名字,说他在维持会里,虽然那些人好像都没听说过四叔,但最后还是放过了二哥。(大哥不信。他认定,二哥绝对镇定不起来,他肯定大声求饶,像一只发赖的虫子,人家看他可怜才放过了他。二哥脸红了一下,却坚决否认,还举了医院的一个例子:一个中年男人,在自家房上干活不小心掉下来摔断了腿,维持会的人来了,说他有嫌疑,非要拉走,那个男人的老婆跑过去求饶,人家不听,后来这个断腿的中年人也跪了下来:他的腿是断的,跪下去有多疼啊!可那些人也不敢做主,就把他给架走了。所以,无论你怎么去求也是没用的,不如镇定起来更好。可大哥还是不信。)二哥说,泊头火车站,日本人把守着,平常人根本进不去,可每天都有许许多多的人赶到那里,从远处看,就看到一片黑压压的头,挤得像一堆绿头苍蝇。有个放羊的老头看得直乐,说要是有这么多的羊该多好。二哥还看见过日本兵杀人,是一个女人,也就是二十几岁的样子,两个日本人拉着她的头发,把她在地上拖着走,地上被拉出一条血和泥的印迹。那个女人从表情上看很痛苦,可她不哭不闹,两只手拽着自己的头发,脸上口里全是血——路上,有人砸了日本兵一砖头,他们立刻停下来,而周围的人群则以更快的速度立刻向四处奔逃……等他接了母亲从医院出来,那个女人已经死了。就死在路边上,如同一块被人丢弃的破布。

二哥的诉说也引起了大哥的兴致,他也有我们所不知道的经历:和父亲一起在贺庄子修炮楼。和二哥不同,大哥讲得干巴,无趣,同样的事,如果让二哥来讲,让他进来补充,就丰富多了,跌宕多了。大哥并不认同我的看法,他说二哥有许多故事都是编的,不可信,而他的所说起码不假。瞎编谁不会。

把这些闲话打住,想起来,不管是大哥还是二哥的讲述,都包含了太多想象、杜撰和以讹传讹。我也无法保证我的所说,时间太久了,许多记忆都变得模糊,我在恢复它们的时候进行了些许的虚构,为的是,建起叙述的桥梁。记忆,对我这样年龄的人来说常常是些纷乱的碎片,它们既无次序也缺少关联,只有经历着的人才可以分辨。当然,我自己也会将它们弄乱,把子时的发生放在卯的身上,把大哥的所做安给了四叔,等等等等。有时,所谓顺序就是情绪,我的悲喜,它们放射出磁性,生出吸附的力量,把那些相关的事件吸在一起……

如归旅店的修缮再次开始了,在父亲的主持下。我们兄弟三人,不,是我们一家人,全部都投入到旅店的维护和修缮中,我们从未有如此整齐的热心,从未有如此整齐的合力,包括病着的母亲。她支撑着,让我们将她抬到院子里,她要看着我们,她说,她就是死,也要看着我们把旅店收拾好,至少是像个样子。母亲的举动竟让我的心里生出了许多的悲壮来。虽然,我们对重建一个新的、更好的如归旅店并不抱太大的希望。

我们希望,病中的母亲看得到我们的合作,我们对父亲的,他的幻想的合作。

我们希望,她对我们兄弟三个,不致有太强烈的失望。

我们也希望,我们的旅店能够撑得过这场战争和可能的、无法预见的灾难,它撑过了,我们也就撑过了,我们会好起来的。

父亲当然更这样认为。他说,现在是难些,但日本人一走,我们的旅店就会好起来,一定会的。就是日本人不走,他们也得让老百姓活,也得让老百姓过得好些。只是不再乱下去就行。

父亲说,日本人其实还是不错的,只要你不去惹他。打仗总要死人,这没办法,就是奉天军队和直隶的军队打,也一样,最好是离他们远远的,要粮就给些粮,要钱就送些钱,他们要你做什么你就去做,至少可以活下来。活下来,就有以后的日子。

父亲说,我们就这家旅店,搬不走它。要是这样逃了,我们就是最穷的穷人,连饭怕也要不到。何况有那么多的土匪。所以我们不走,不逃。他们逃的,又能跑哪里去?哪里不在打仗?你没看,跑出去的人都又回来了,可家里的东西,都让人家拿没了。

父亲说,战争,毁了多少房屋?你们不知道,我也不知道,但我每次出门都能看得到。一旦战争结束,那些逃走的人多数还要回来,可他们却没有了房子。一天两天也盖不起来,再有钱也不行。所以,他们就只有在旅店里先住着。那时,我们就忙了。我们也不多要钱,还是原来的价,乡里乡亲的……

父亲说,等你娘的病好了,我们……也做身新衣服,都做。要是泊头制胰厂再生产了,我们也买几块肥皂来用。父亲说,看你的脸色的确比前几天好了。他是对我母亲说的,是的,她的脸色是好了些,尽管,她还是没有力气,还是在咳。父亲下了下决心,我们去买块肉来,包饺子吧。(他想起了日本人赶到我们院子里的猪。真是**糟糟糟蹋东西**。父亲想象着肉味儿,他把他的想象讲给我们听——)

自从母亲病了,特别是她从医院里回来后,父亲的话一天比一天多,我们一边干活一边听他没完没了地说。我们兄弟,都在听着,对他的滔滔不绝没有任何的厌烦,之前可不是这样。现在,想起他的那些有意思没意思的话,想起他的滔滔不绝,心里便翻腾起酸、咸、苦、辣,它们绞在一起,那么纠结,不能分开。

墙泥好了。我们泥得很用心,它比任何一次都更显得坚固。破碎的瓦也已经换过,为节省开支,我们把完整的好瓦换到了里面,只要还能用的瓦就都换到了屋檐的边上。从下面看去,我们家的屋檐有了一层参差不齐的犬牙。父亲把粪卖了,卖得远比他想象得便宜,这也是没办法的事儿。我们平整了院子,没有了粪堆,没有了车马,旅店的院子显得干净了很多,也阔大、空荡了很多。我们重修了马棚的屋顶,它漏了很多的洞,从下面看上去就像是扣着一个个粗糙的竹筛子。这样不行,父亲说,赶大车的人都爱惜自己的牲口,你们也都看见了,只要一下雨,那些人都马上出来照看自己的马,特别是拴在棚外的,宁可自己淋着,也会把身上的破棉袄啊什么的披在马的身上。是的,一下雨,只要我们不注意,车把式们会把我们的席子、被子拿出来给自己的马披上,这可是父亲最头疼的事儿。

多数的墙角,父亲都钉上了木条,抹上了白灰——他说这是在给日本兵修炮楼时学到的,可惜,我们没办法弄到砖。买的话得花太多的钱。若不然,就不怕大雨了,就不怕池塘里的水再溢上来了。我们还把被蛀虫蛀坏的家具、窗户和门框进行了维修。这个战斗异常艰难,本来以为都已经清除干净了,可是用不多久,它们又出现,留下了痕迹。

我们,还盖起了一间新厕所。这是父亲的坚持。盖这个厕所遭到母亲和我们一致反对,可父亲非要一意孤行。他说,他在修炮楼的时候看到日本人是怎么做的,是比我们原来的要好得多,干净得多。"你还盼着日本人再来啊,"母亲说,"咱们用原来的茅房都习惯了,你别不信,以后,住店的客人要选,还是用原来的,反正我不用你这个新的。"

被子也被重做了一遍。是我母亲做的,她挣扎,坚持,那样子让人有太多的联想,可我不敢把自己的感觉说出来。等被子重新做完,她的病却有了奇迹,她能下床了,一天天好了起来。好起来的母亲做的第一件事,就是去观音堂给菩萨上香——

将院子里的马粪卖给前来收粪的乡下人,我们迎来了一点波折。赵赖子找上门,怒气冲冲,他向我父亲质问,在卖粪之前为何不和他商量一下,为什么不把粪卖给他。他暗示,现在他已经是县维持会的人,已不是原来的赵赖子,何况,他还有我们的什么把柄。

大哥不听这套。他用鄙视的语调说,你一个拾粪的买不起,就是买得起,也不卖给你这种人,无论你出多少钱。

赵赖子抬抬他的粪叉,你再说一遍。他说得缓慢。

再说一遍又怎么了?就不给你,连粪渣也不给你。大哥的脾气,父亲制止不了他。

既然你不仁,那就别怪我不义了。赵赖子故意笑得阴沉。

大哥伸长了斗鸡似的脖子,隔着父亲的肩膀向前探了探:你不义又能怎样?你又什么时候义过?老子会怕你?

……父亲制止不住他们的争吵,我和二哥也赶过来了。突然,二哥率先冲过去,冲着赵赖子的眉骨就是一拳。这个一向怯弱的老实人,竟然——

赵赖子捂着眼,向后退了两步,二哥再次上前,我和父亲都拉住了他。二哥有那么多的力气和愤怒。

"别仗着人多想欺侮我！以为我治不了你，我是治不了你，可日本人治得了你，你们就等着吧！等着收尸吧！我要治不了你就不是人养的！"赵赖子边跑边喊，拖着他的粪叉。"有种你别跑。"二哥挣脱开父亲，他把赵赖子追得像只老鼠。

"哼，大哥当然也不示弱，你当然不是人养的！你们一家人都不是人养的，人养的，哪能打爹骂娘？打爹骂娘的，是狗养的！"

这是赵赖子的痛处，最大的痛处。他突然停下逃跑，转身，挥动着粪叉又朝我大哥的方向奔过来——追赶得兴起的二哥没有防备，他呆了一下，大叫一声，然后迅速地抱头，从猫变成一只过街老鼠……但大哥站着。他向前一步。

"你给我等着！我饶不了你，我要是饶了你就不是人！"赵赖子并没真的扑上来，他面对的是太多的手和腿。

赶走了赵赖子，父亲反而忧虑重重。他埋怨大哥太过鲁莽，要出大事的。宁得罪君子不得罪小人，赵赖子这样的人可不能得罪。"他他他知道什什么？我我我们哪哪点儿……"

大哥不以为然："他根本没有什么把柄，只是吓唬我们一下罢了，我们要是软了他更要得寸进尺，以后就别想抬头。"

"你懂……懂个屁！"父亲把手上的毛巾甩在大哥脸上，"他要是没没没什么把把柄，怎么敢敢敢这这个样子？别别给我……惹惹事了，少少爷们！"父亲说，"打人不打脸，不能光顾自己痛快，你那么揭他的短儿，这个仇是种下了。许多人家，打了几辈子，打得两边家破人亡，当初可能就是一两句话的事儿，这样的例子太多了。"

"甭怕他。他能怎么样。再说，我说的，也是实话。"大哥虽然还在嘴硬。

　　他说的是实话。但,打爹骂娘的,并不是赵赖子,而是他的哥哥,赵桐,有些呆傻,却长得粗壮,很有力气。不止一次,人们看见他拖着自己母亲的头发,从屋里拖到院子,然后拖到大门的外面。她的哀求和呼喊起不到作用,或者说作用相反,作用相反的可能性更大些。一出了大门,赵桐的母亲就停止喊叫,她不愿意别人看到这一幕,可往往是,人越聚越多。她看到外人,就试图摆脱那只抓着他头发的手朝院子里跑,可赵桐总能轻而易举地把她重新拉回来。"还想跑!反了你了!"赵桐得意扬扬,他的手上更用些力气。——赵桐,怎么打你娘呢?你还是人么?总有人不平。"你才打你娘呢!我就愿意!你管不着!"对于这个有些呆傻的人,别人也没有什么好办法,于是,就想把赵桐的父亲找来——每次赵桐打他母亲,他的父亲从不出现。人们知道他在。有一次,一个好事的人悄悄溜进他的家里,发现赵桐的父亲正蹲在灶膛一边儿,用一根烧透的木柴点烟。"你也真是,你也不出去管管你的儿子,他在打他娘呢!"可赵桐的父亲不急。他说:"他怀里有刀。"

　　事后,那个好事的人总有些愤愤:"有刀怎么啦?有刀你就怕啦?他可是你儿子啊!这是一家什么人啊!"

　　赵赖子长到十二,他的这个哥哥没了,突然就没了,有人说是赵赖子的父亲和赵赖子联合起来杀了他,把赵桐沉到了滹沱河。喂王八了。有人说看见他们父子鬼鬼祟祟,扛着一条麻袋在深夜里出门,朝滹沱河的方向,天还黑,他们却跑得很快……哥哥提起这件事,自然是很深地打到了赵赖子的脸。

　　半夜。我们被一阵急促的敲门声惊醒,父亲一边下床,一边叫我大哥二哥快躲起来,他有种不祥的预感,这预感来得强烈。星稀,月暗,微风中带着细细的凉。

是四叔。他不进门,而是告诉我父亲,叫我大哥快走,走得越远越好,千万别让日本人抓到。"怎怎怎么啦?"

四叔说,具体他也不太清楚,晚上他们维持会有个会,会上听赵赖子嚷嚷,说我大哥通敌,曾帮助敌军修工事打皇军,说不定旅店里还藏着敌军的伤员或者军火。四叔对赵赖子说你别瞎说,乡里乡亲的,抬头不见低头见,干吗这么害人,赵赖子说我非要出这口气,这次谁的面子也不给。他们还在嚷嚷,四叔找个机会溜了出来,赶快来给我们送个信儿。

"我我我我说什么,我说什什什么……"

四叔说,现在埋怨有什么用,先让他躲躲吧,赵赖子那里,他再想办法。今天没有日本人在场,还可缓一缓。要是日本人在,可就麻烦了,他也出不来。

"我我我,我我我我说什么,我说什什什么……"

母亲挣扎起来,她说老四,无论如何你得救救你侄子,他太浑了,得罪什么人不好干吗要得罪他呢。她拉住四叔的手,"你快回去,只要赵赖子不把这事和日本人说,不传出去,他要什么我们都答应!"

"行,我看看去。"四叔迅速消失,黑暗吞下了他。

……

27

大哥连夜逃走,这是他的夜奔。

  却便似脱鞲苍鹰,离笼狡兔,拆网腾蛟——

  槐树下,大哥跪下,朝着父亲磕了两个头,然后,朝着旅店的方向,又磕了两个头。我猜测,大哥的心里肯定仓皇凄冷,他觉得这一走,也许再也不能回来。"快快快快……"父亲催促。

  回首西山日影斜,天涯孤客真难渡。丈夫有泪不轻弹,只因未到伤心处……

  他转身,在槐树下绕过,扑入黑灰的夜色。
  远处,有犬吠起伏,让人感觉异常地怅然,让人感觉——

  望家乡,去路遥,想妻母,将谁靠。俺这里吉凶未可知,他那里生死应难料……

  父亲让我和二哥先回去,回屋里去。他说得坚定。那时的父亲不容反抗,我们也不忍心,我和二哥只好退回屋里。当时,母亲还在病着,她还没有完全康复,大哥的走加重了她的咳,她咳得,把自己的眼泪都咳出来了。我们三个人在屋里坐着,像三段去头去尾的木头,谁也不说话,只是坐得僵硬,坐得麻木。
  他能去向哪里呢?这一路……

  良夜迢迢,良夜迢迢,投宿休将门户敲。遥瞻残月,暗渡重关,我急急走荒郊。不惮路途远,心忙又恐人惊觉。吓得俺,魄散魂销,红尘中,误了俺,五陵年少……

怀揣着雪刃刀,怀揣着雪刃刀,行一步,哭号啕,急走羊肠去路遥……

"他,能去哪里呢?"母亲,终于忍不住了。可,我们能怎么回答她呢? 大哥走的时候并没说。他自己也不知道能去哪里。

"这孩子。又要走你华哥哥的路啊。"母亲的泪水更多了,她用自己的衣袖擦着,擦得用力,"不知道还能不能再见到他……"我和二哥也无法掩饰我们的泪水,二哥还哭出了声来。

急急走,忙忙逃,顾不得忠和孝——

"号号号……号什么!"父亲在屋外低吼,他没有进屋。一夜,他都没有进到屋里,在院里的暗处站着,坐着,吸着烟。从我们的窗口,能看到他的烟明明灭灭。外边很凉,在父亲的心里,凉可能更深,更沉,更让人寒冷。

[沽美酒带太平令]怎能够明星下照,昏惨惨云迷雾罩,疏喇喇风吹叶落,听山林声声虎啸,绕溪涧哀哀猿叫,听数声残角断渔樵。忙投村店伴寂寥……

28

大哥离开,把惴惴不安的我们剩在这里,就像留在鱼箱里的一群鱼,相濡以沫,张大着嘴巴,翻着眼珠,不知什么时候,会有一双大手把我们其中的一个或几个从鱼箱里抓走,放到案板上,用带长钉的铁器敲我们的头,使我们晕厥,然后取出鳃,断掉鳍,去掉鳞,给我们的肚子里添加本不属于我们的盐、葱、蒜……那些日子,我们努力躲避着那只手,但又有所等待。那些日子,一群群臭虫从角落里爬出,它们留下粪便,细细的颗粒中包含了隐隐的不祥;几只乌鸦又落在树下,屋脊上,它们的叫声里包含着七分的不祥;我们把汤煮在锅里,翻腾的气泡中包含了不祥,而那汤盛入碗中,微苦的味道里包含着不祥……

那些日子,那些日子其实只有两天,仅仅两天。可我们度日如年,主要是,你不知道下一分钟会有怎么样的发生,但你知道,灾祸已经被点燃了引信。大哥走后,我们一致不再提他,也不提灾祸、赵赖子,我们不谈未来和现实,仿佛一不小心,就可把灾祸提前引爆。父亲在院子里,拿着扫帚,东扫一下,西扫一下,这不是他的目的,他的目的是迎接,无论接到家里的会是什么。他拉长自己的脖子,克服着可能的颈椎病,眼睛盯着门口的方向,却又装作心不在焉。有人经过,父亲就停一下,准备随时迎上,然而那个人只是经过,如归旅店,只是在他需要经过的路边,他们有自己的事,完全与我们无关。

在第二天,父亲叫我们收拾房间,至少打扫一下,那时母亲已经下床,她开始为我们的日子烧火做饭。我们不提大哥,但每个人的心都被他占满了,他走入到黑暗后的时间只能交给猜测。二哥容易把事情想得糟或更糟,他是那个忧天的杞人,母亲说他心眼小得连蚂蚁也过不去,事实上我也一直如此。只是那时我还小,缺少必要的发言权。

下午的时候有人敲门。一下一下。我们好不容易装备到身上的铠甲被震得粉碎。还是父亲,他拖着扫帚,或者是扫帚拖着他,走向门口。

"是我,没事。我。"是四叔。

四叔带来的消息是,赵赖子并没有把我大哥的事报告上去,其他维持会的人也劝他如此。四叔好话歹话,威逼利诱,就连会长也出面了,赵赖子终于答应,这事暂时算罢,其他的都以后再说。"以后……以后是什么意思?"母亲的泪水又涌出来了,"这个不是人的,祸害啊!"

父亲明白"以后"是什么意思,他咬咬牙:"行。我们给给给他。"他拉着四叔走到了一边,两个人低声说话,父亲点头,摇头,像两个买卖牛马的人,在袖里藏着数量不同的手指。最后父亲答应下来。四叔把他的声音放大:"这已经很不容易了。你也知道赵赖子这个人。再说,平安更重要。"

母亲哭成了泪人。她完全没注意父亲和四叔的举动,也没注意到我们,我和二哥一人拉着她的一只手,像连体的人,对她说,娘,没事了,没事了,大哥不会有事了。母亲哭得滔滔,像打开了闸门的流水,无法马上关住。

两个人,我的父亲和四叔,在一旁点钱,仔细,认真。父亲把点好的钱交给四叔,然后,把余下的钱又放回到一个蓝布包里,装入红布包。他们一言一语地走出了屋子。我放开母亲的手,跟在后面,他们的话一句也听不清楚。

在门口,父亲遇到了向里面张望的一个人,和大哥的年龄相仿,似乎在哪里见过——父亲和他说着话,四叔则绕过去。父亲他们走进了院子,我看见,四叔拿出父亲给他的钱,数了数,数了数,然后拿出一点儿,放进另一个兜里。

那个人最终没有进屋里,虽然父亲用了相当的热情,几乎是拉,是拽,可他还是跑了。他也是一个信使,他送来的是有关大哥的消息:大哥现在没事,一切都好,在朋友家里。至于具体的地方那个信使没说,他告诉我父亲,无论大哥回不回来,他都会再和我们联系,我们不用想办法找他。

我们,卸下了另一块石头。这块石头更有重量。

晚上,父亲买来肉,我和哥哥在后面的池塘里抓到了鱼,晚饭在母亲的准备下精心而丰盛。父亲还叫我们点亮灯盏,我们要迎接一个重要的客人:四叔陪着他来了。

这个客人,被安排在上座,他客气一番,和父亲推推搡搡,最后还是坐在了里面。我们一起赔着笑脸,包括我的四叔,他指指点点叫我们向客人敬酒,让我们向他表达有些肉麻的感激……气氛那么热烈,这在我们家是少有的,从我记事起都是少有的,他们仨喝得情同手足,几乎穿进了同一条裤子。

客人喝醉了。他先是笑,抚摸着我父亲的头,咱们,没说的。一家人不说两家话。你的店也是我的店,你的儿子……是我兄弟。兄弟红红脸,过去就过去了,还真记仇不是?以后,有事找我。我要不办就不是人!

然后是哭,哭得伤心,痛彻。他骂我……不是人养的,就不是人养的,怎么啦?! 不是人养的怎么啦?! 俺是狗养的行不?……好好,不说这个不说这个了。喝,当然喝。酒是粮食精,好东西啊。不是人养的啊。我还真不是没完,我是……我是屈得慌,你以为我愿意这样! 到头来我得了什么,我算什么玩意?……咱也知道,给日本人干事,不能,不能……谁愿意啊,你以为我愿意啊? 再不是人养的,也不能,祸害人不是? 你放心,我不往……心里去。我真是屈得慌,老四,我没多,你让我哭会……我要不维持,还有我的饭吃? 谁把我当人? 再说咱们不出来维持,还不乱乱了套……老四,四叔,你不也一样,咱谁也别说谁,谁黑,天下一样……一样黑。人,都是这个揍相!看不起我,姥姥,我还看不起你呢!……我不是说你,咱们,咱们不说两家话。我是说、说……

父亲始终赔着笑。他笑得都有些僵了。在哭的间歇,父亲陪客人去厕所一趟,他向醉了的客人拼命推荐自己新盖的厕所,把他硬拉到里面……客人醉了。他最后哭得,把我父亲和四叔的眼泪也引出来了。

送走这个客人,赵赖子,父亲躺下来,垫着自己的手,把身体靠在被子上。突然他的眼里挂满了泪水。现在,我还记得父亲哭泣时的情景,他神态悲怆,满头灰发,面孔清瘦,泪流满面。泪流满面,泪流满面,泪流满面,泪流满面……他流泪不止,看来是想把所有的心酸一起洒出来。后来,他用一个不很干净的毛巾盖住眼、鼻子和嘴,但把额头露在了外面——他在毛巾的下面抽泣着。我的父亲,也喝醉了。

经历了这个波折之后,我们家又恢复到正常中,当然,这"正常"如同一种质地薄脆的瓷器,需要小心呵护,而且,大哥没有回来。送信人又来过一次,他给我父亲的新消息是,大哥待得挺好,他有些事要做,暂时先不回。

父亲也说得决绝,如果他不想回,就再也不用回了,我没这个儿子。没没没这个儿子。他,竟把那个信使晾在原地,而独自转向偏房。

母亲向前凑了凑,她很想了解大哥更多的情况,可刚才,父亲那样的脸色,她只得又缩了回去。"怎么能那么对人家,"母亲喃喃,"儿子在人家住,帮人家做点儿事,晚回几天又怎么啦。你有难的时候让人家收留,等过去了,就过河拆桥……这是什么事啊。"母亲喃喃,父亲根本不可能听见。

尽管传递了信息,传递了父亲的态度,大哥也并没有马上回来,信使也消失了。"别别别管他,他不不不给家里带带来灾祸就就就不死心。"父亲说,"这样的年代,兵荒马乱的,你杀我我杀你,一不小心就有危险,好好在家待着见谁三分笑都未必能怎样,还要跟着别人胡闹,不是找事么,不是找……咱们没有王侯将相的命,坟上没长那根草,都死了这条心吧。"

父亲说,我们老老实实,能撑过战争去,等太平了,好好经营咱们的旅店,才是正事。自己不要命,还有一家人呢。做事不能光顾着自己。

人活着,多不容易啊。

日本安抚队贴出告示,说我们这一带的治安基本得到了确保,所以取消了宵禁,同时要求各家工商业和小商小贩都正常营业,等等等等。这个消息是赵赖子送过来的,他问我大哥回来没有,走的是什么亲啊,都这么长时间了。随后,他向我父亲提出要求,要求我们家如果有车把式住店,一定要把粪给他留着,父亲自然爽快地应了下来。他追着赵赖子解释,我们一家都是老实本分的生意人,只想挣俩钱儿混口饭吃,没有别的心思。

知道知道,赵赖子顺手拔了几根院子里的葱,放在口里嚼着。

什什什东东西。等赵赖子走远,父亲抹掉脸上的媚笑,恶狠狠地吐了口唾沫。无论如何,正常起来他是高兴的,他让我们,把大门亮亮地打开。

父亲搬来梯子,用湿抹布擦了擦薛大夫为我们写下的字:"如归旅店"。他擦得仔细,那块匾,显得新了不少,被他擦出了些许生气。

29

无论多么惨淡,无论受到什么人或明或暗的盘剥,王家染房、任家犁铧行、十里香油坊、郝村东街茶棚、典当行、砖瓦市，还有在集市上售卖苇席、棉花、种种木器、铁器或头绳、麻绳、棉线等杂物的人都有了生意，可我们旅店，一直没有。没有人需要住店，我们等不到住店的人。每日，如归旅店的大门都会早早敞开，那时天还很黑，父亲在门外打扫槐树的落叶，他把树叶堆在一起，收进店里，那时天才会微微地亮起来。

没有客人来，乌鸦倒是时常光顾，这些穿着黑衣、懂得害人巫术、用它的声音和爪子传播不祥的鸟落在大槐树上，落在房脊上，或跳进院子里，不过它们从不受欢迎。它的不受欢迎是从祖上传下来的，单单在我们旅店，就已经旷日持久，我说过，父亲和它们之间曾有过艰苦的战争，此时，战争仍在继续。

没有客人来，父亲就用和乌鸦的战斗来打发余出的时间，他用土块、石子、干透的马粪、枯树枝或其他的什么朝乌鸦停驻的地方扔去。这有什么用？他不可能打到任何一只乌鸦，最好的结果也就是短暂地将它们吓跑。它们还会回来，它们有着特别的固执，这些有着长嘴的鸟，用它们的叫声和父亲对峙，很是有恃无恐，有些乖巧的乌鸦甚至掌握了我父亲的心理，它们如果是在树上被赶走，那就飞到屋脊上去，落到瓦上。这一招非常有效，父亲不能因为想要赶走乌鸦而砸坏自己的瓦。于是，当乌鸦落在了瓦上，父亲就只投掷他的咒骂。这更没什么作用。

但，父亲有些乐此不疲。乌鸦也许只是一个载体，一个具体的对象，他要用咒骂乌鸦的方式抒情，大声道出自己的怨愤和不满。

有个黄昏，我们旅店终于迎来了一个人，他是冲着旅店来的，不会有错。也许是太需要客人了，也许是父亲盼得太久以致迷了心窍，他竟然没看出走过来的是我的四叔，他的动作也不像是要住店的客人。父亲没看出来,他挂起笑脸,"住住住住……"四叔已走到了他的面前。

四叔是来借钱的,他说我四婶病了,病得厉害,总是头晕,恶心,也查不出什么病,吃了几服中药不见好,他想去泊头的医院里查一查。母亲接过话茬,她说别信西医,不管用,只会多花钱,上次住院,她要不是早出来,钱得花得水了去了,病还不会好。有些病其实养养就行,吃药不吃药反而没太大的作用。接着,她又热心推荐,四婶也许是受了什么外灾,被鬼魂或者黄鼠狼、刺猬什么的给迷了,贺庄子的神汉很有些办法,很有些道行。她问我父亲,上次你是怎么请他来的?他来了我就觉得好多了,一天天见轻,要不,你再给老四家把他请来?买包点心,要不,就买二尺布,也不少钱呢。

四叔没再提借钱。他只是问我大哥回来没,然后和我父亲一起搬些陈谷出来晾晒。闹蝗灾的事儿,去泊头看火车的事儿,发大水的事儿,二月二吃饺子的事儿……他们俩,说一句,隔上半天,再说一句。而母亲完全插不上嘴。

四叔伸伸腰,也够晚了,我该回了。

父亲叫住他,老四,你等等。其实不用父亲叫,四叔只是伸伸腰,他的屁股就没有离开下面的长凳。

父亲让母亲拿出一个红布包,就是上次拿出的那个。母亲摔摔打打,父亲和四叔故意看不出来。打开里层的蓝布包,父亲把其中的钱一一排开。就这些了。你也知道,修房子,买米买面,给你嫂子治病,赔赵赖子,恒福也带走了一些。好长时间没人住店了。这几张嘴,光知道吃,也没个进项,老四我也发愁啊。大事还在后面,你三个侄子都得说房媳妇吧,我天天愁得……睡不着觉。

他把那个布包推到四叔面前,你看着拿。你拿吧,看病要紧。

母亲嚅嗫,咱可没吃的了,现在,粮这么贵,新玉米还没下来,日本人又把着……

先先先……治治病!喝喝几天西西西北风也饿……饿不死。

(当晚,父亲还拿出了大伯留下的地契。他说老四你收着吧,以后可能用得着,就算你一家的吧。四叔看了看又把地契还给了我的父亲。现在这个时候,谁还买房买地,就是房子不倒怕也没人买了。我不要。第二天,快中午的时候,父亲打发母亲去四叔家看看,探视一下四婶的病情,看她去医院了没有。过了一阵儿,母亲气冲冲地回来了:"她有什么病!有病也是坏良心的病!好着呢!她没想到我去,正在灶膛那里烧火,还唱着小曲儿,一见我来,慌慌张张地朝屋里跑,跑到炕上哼哼叽叽,头疼啊头晕啊,以为我没看到!总把别人当傻子,好像我们的钱是风刮来的,不捞一点白不捞……"父亲说算了,这些日子老四跑前跑后,也做了不少的事儿。别守着孩子们说这个。)

……在另一个黄昏,这个黄昏更昏更黄,光线已变得极为暗淡,所有的人与物都有些模糊,离家多日的大哥也回到了旅店里。父亲看到,一个背着重物的阴影,正朝如归旅店的方向走过来,他走得缓慢。虽然已看不清面目,但从身影上看他绝不是四叔。而且,他背了东西,看上去也很重——父亲和我们都如此判断,这是一个住店的,不应有错——父亲从院子里走出,迎了上去。父亲迎上去的步子有些异样。

然而,不是,再次不是。那个人头上没有父亲所希望的小火苗。他不是客人,而是另一个,他不进我们旅店。父亲迎上去,和那个人在门外站着,说了些什么,然后,那个人,从我父亲身边经过,继续背着重物前行。

面对母亲"那人是谁"的追问,父亲不发一言。

30

  女儿带着她的儿子昨天来过。她要我去她家住几天,她的诚恳里面带着一定的言不由衷,我听得出来。不去,我当然不去。她和她丈夫的关系不太好我是知道的,如果我过去,一定会增加他们的不好。她和我说家里的事儿,单位的事儿,和婆婆之间的事儿,然后,对她的嫂子进行指责,都有些义愤填膺的味道了……我说你不能这样你得如何如何,可她不听。她早早打断了我:"我知道。我一直忍着,忍着,我把自己的肺都忍炸了。你不能把我憋死吧。人不争,什么都不是你的,人善良了就要受气。"

  外孙很是顽皮,他爬上爬下,脖子上挂着一个玩具枪,嘴里"嘟嘟嘟嘟冲啊冲啊啊我死啦……"一刻不得停歇。在他的战争里,一切都是虚拟的,没有残忍也没有血腥,所谓死,不过是在床上或者地上躺下来,几秒钟,然后再爬起,继续刚才的冲杀就是了。我经历的战争,经历的那个年代可不是这样。有时,他爬过来,姥爷,你当敌人,当日本鬼子,嘟嘟嘟嘟我把你打死了你躺下你死了还不躺下……我只好配合着躺下。我有种冲动,想和他说说我的当年,说说我父亲的死,和日本人的战斗,我经历的战争——我知道他没有兴趣,他有《地雷战》《地道战》里的那些就足够了。可我还是想说。有几次,我开了个头,仅仅开了个头,他已经跑开了,把我想说的丢在后面。

  女儿说过她的鸡毛蒜皮家长里短,倒了一肚子怨气就带孩子走了,在她小嘴不停的时候我始终没能插上几句。我们各有各的世界。记得那个扎纸人纸马的秦老末曾说过,他说是这样,每个人和每个人都不一样,个人用个人的那一套,你看的天和我看的天不同,你看的草和我所看到的不同,你的时间和我的时间也不一样,你以为是一样的其实根本不一样。为什么这样说?譬如今天你不高兴,你度日如年,觉得时间很长,可我却乐了一天,觉得时间太短了,太短了,你说我们的时间能一样么?表面上你过一天我也过一天,但区别大了,太大了。你用不了我的时间,我也用不了你的时间,我活八十岁你未必也活八十岁,就是都活八十,你的感觉和我的感觉也不一样。就像我们看这个纸人,你看那边我看这边,在你那里它是背影,是平的,而我这边它就有了脸有了嘴,你说它是平的没错,我说它有脸有嘴好看不好看也没错,因为我们站的角度不同……

我的世界,在我老了之后的世界就是那些记忆,他们一走,我就又沉了进去。

我要先说一次爆炸,它被关在旅店最东边的房子里,那是二哥的房间,之前,他向父亲强烈要求自己独自一间,之所以提出这样的要求是因为他的腰痛。他不能和我们再挤在一起,那样不利于他的恢复,同时,现在旅店里也没有人住,房子空着也是空着。父亲说,由你吧,只是别和我说什么狗屁腰痛。要是不让你干活光让你吃,你哪里也不痛,好着呢。不管怎么说,二哥有了自己的房间,大哥也提出同样的要求,但遭到坚决的拒绝。"你那那点儿心眼儿我我明白。你你就甭甭甭想。收收你你你的心,别总是给给家里惹……惹事。"在父亲眼里,大哥是个危险分子,而那个年代,他必须把所有危险都一一熄灭才行。有我华哥哥的例子。

爆炸,弄出了一声闷响和浓烟,屋顶上的、槐树上的乌鸦冲天而起,而我们的房子和脚下都有了晃动——我们冲出去,看见,跑在浓烟后面的我的二哥,跑得那么滑稽,跌跌撞撞。他肯定是想跑得快些,更快一些,可是两条发软的腿受到了惊吓,它们向前碎碎地挪动着,越急,大脑的指令越不能很好地执行,甚至无法和前倾的上身保持平衡……二哥跑到院子里,才略略缓过了心神。他一脸黑灰,失魂落魄——

爆炸,是二哥自己制造的,真的是他,这很让人惊讶。要知道,把好吃懒做、懦弱、尖刻、胆小如鼠等词加在他的身上,他和我们都还可以接受,但要给他加一个惹是非,加一个引火烧身,要得到我们的认同就难了,他不具备这样的品性。

可是,就是他,竟然悄悄制造了炸药,并且引发了爆炸。对我父亲和我们全家来说,这真是一件意想不到的事件,不可思议的事件,怎么会是他呢?他一向胆小,一向这样,母亲说,要是这事发生在大哥身上她一点儿都不惊讶,可小二,不应当有这样的鲁莽。

(其实父亲早就发现了线索,二哥做得并不秘密,只是,父亲对自己的发现有所忽略。他挂心的是另外的事,要他挂心的事实在太多了,如果同样的情况发生在大哥的身上,父亲一定不会放过,哪怕只有蛛丝、马迹。有一次,父亲偶然经过二哥的房间,发现他正蹲在地上,在他的面前有一堆灰色的粉末,还有木炭和硝。二哥的惊慌暴露了他,父亲走上前去:这是什么?你要做什么?

犹豫了一下,二哥吞吞吐吐:这,这,可能是炸药。

随后,二哥向父亲解释,他只是试试,看能不能做些鞭炮,他在秦老末那里得来了方法。父亲用鼻孔哼了一声:"不不不务正正业。"按父亲的想法,二哥就是一个不务正业的人,二混子,没有一件能拿得起来。按父亲的想法,二哥做鞭炮也只是一时兴起,肯定要无疾而终,他做了太多有头无尾的事。可是,这次——)

我们一家人,迅速消灭爆炸的痕迹,这可不是一件小事,上次,大哥的事情已经有了足够的教训。父亲指挥我和大哥,快快快快,扫净屋里的东西,任何能看出有爆炸痕迹的东西都统统销毁,而他则拿一把铁锹铲掉墙上的灰——可被爆炸残留的黑已深入墙皮的里面,尽管去掉了一大片墙皮,但那股重重的颜色还是看得出来。而母亲,要做的则是,在门外迎着那些听到声音向我们旅店探头探脑的人,她要策略地向人家解释声音的来源,同时又必须把所有人挡在外面,不让他们进来——好在,当时,我们旅店没有客人。好在,当时,所有的人都过得惶惶,他们没有太多心思去想那声闷响出自哪里,只要不是出在自己的家里就行了。

在平安无事的一天过后,时间来到了晚上。晚上,关好院门,确定堵住了四周的耳朵,父亲把大哥二哥叫进房间,他把母亲和我关在了外面。

我听见闷闷的响和二哥的惨叫。母亲站在院子里,拉着我的手,她的手心很凉。"打两下就得了,他也不是故意的,还能把他打死啊?"

"真狠心啊,他就不是你的孩子啦?"母亲不自觉地用力,"你自己就不心疼,你就不心疼?我的儿啊。"她推推我,"求求你爹去。"

大哥的声音,这只长出冠子的少年公鸡和父亲顶撞,父亲的声音更高,也更浑浊。重重的闷响。我猜测,它应当是打在了大哥的身上。

冲着窗口,我喊:"爹,别打了,他们知道错了。"

母亲又推我一下。"你大点声,"她说,"这老不死的,真没人心眼,虎毒还不食子呢。你还真想打死他啊?"

……在我和母亲的乞求下,父亲终于停了,他让大哥打开门。

见到我们,二哥加重了他的呻吟,他趴在床上抬着满面的流水给我们看,母亲伸出手,但马上又缩了回来:二哥的屁股,他的那条裤子竟被父亲打开了条条的口子,满是鲜血,大哥的情况也好不了多少。"他们不是你的儿子啊!你当他们是畜生啊!是畜生也不能这样打啊!"母亲冲父亲咆哮,她拾起父亲打断的擀面杖,将它朝父亲的头上丢去——它真的砸中了父亲的头。父亲的头,也流出血来了。

现在,轮到母亲惊慌了。她像个手足无措,做错事的孩子。

父亲没擦他额头上的血,让它流成两条蚯蚓的样子。

"我我告诉你们,我最最后一一次告诉你你们,别再再给我惹事,别别别再和不不三不四的人来来往。不管他他他是什么派什么党。我我我不听那个,甭管你说说说得多多天花乱乱坠。我们是是是小老百姓,我们是过过过日子的,平平……平平安安过日子……就就烧高香了。大大清,民民民国,我都……都经历了,这些年打打打来打去我我也经经经历了。我今天要要要是不不不打,你你你们就不不长记性,这这这是最最后一一次。都好好想……想想,想想这这这个家,别别连累别别人,一一一个人的事,一一家子都提、提……提心吊胆。有有有这个旅旅店,我至至少饿、饿不死。你你们……"父亲说得平缓、平静,但说着说着,他的泪水就流下来了,他也不擦,而是继续。是的,那是他最后一次和我们一家人说那些话,说那么多话,无论我们认不认同,无论我们愿意不愿意听,在这之后,我们都再也没有听到他说这些。

"以后你你你们想听,也也也没机机会啦。"如果没有记错,这是那天,父亲的最后一句话。他一语成谶。

在炸药事件平息后,大哥又出事了。有时候,烦心事会接踵而至,所谓一波未平一波又起,它让你真的感觉应接不暇,让你感觉,刚刚直起了身子,又有一拳将你打倒,你还得努力再次站起……我大哥的事与王家染房的王银花有关。

　　大哥的事,很伤父亲的面子。父亲,一直是个很要面子的人。那件事,几乎是父亲身上的一层霜,让他大受打击。事情是这样的:王家染房的王掌柜和他老婆一起怒气冲冲地找到家里。他们是讨伐,在我父母面前用了很强硬的措辞,他们咬定,我的大哥之前对人家的银花垂涎也就罢了,现在银花嫁了人,已经有了归属,可大哥却贼心不死,竟然打听到银花回了娘家,还图谋在他们外出的时候对人家的女儿下手,若不是他们归来及时……对要面子的父亲来说,王家的话等于是用刀剥去了他的面皮。剥掉面皮的父亲摆弄着他多余的手,把头低得很低,几乎要低到双腿的中间去。

　　父亲领受王家的斥责,而母亲则说着好话,做着保证,好不容易才把王家人劝走。"要不是怕女儿的名声,哼,我跟你们没完!"王掌柜手指指到了父亲的鼻子,那时候,父亲只知道低着头,他没有了脑子。王掌柜的要走,父亲竟拉下了他,可怜可笑的父亲伸进兜里,取出一个布包,展开,从里面拿出了两个银圆——"你什么意思,你什么意思!"父亲的动作更让王掌柜恼怒,他伸手,把父亲手里的钱打在地上,然后携带着未能撒完的气,一颤一颤地走出了院子。

　　父亲还在愣着。王掌柜的恼怒让他更为窘迫。他摸了一下自己的头发,然后把手指凑近自己的鼻子,闻了闻:父亲一定感觉,自己的头上落下了一摊鸟粪,散发着经久的臭味儿。

　　出乎我们的意料,父亲没有爆发。他从我、二哥,和缩在后面的大哥的身侧走过去,走进屋里,仿佛我们并不存在,仿佛我们也是,他头发上并不存在的鸟粪。父亲走得缓慢,带着阴影,他把阴影关在了外面,闩上了门。他把我母亲也闩在了门外,母亲叫他,他却在屋里吹熄了灯。

大哥有自己的委屈,他觉得,自己就像《六月雪》里的窦娥,他的舌头是多余的,没办法为自己辩解。他说其实王掌柜的知道是怎么回事儿,可他非要把屎盆扣到他的头上。大哥说,王银花嫁人后他一直没有见过她,也没有想见,可那天,王银花回娘家了,她遇到外出的大哥,把他叫进了家里。两个人说着话,王银花突然哭了,她说那一家人对她很不好,她还挨过婆婆的打,心里有不尽的委屈但也不敢和自己的父母说,不敢和别人说。她说她的男人好赌,经常一夜一夜不回家,日本人来了,她自己在家要多害怕有多害怕,就黑着灯,在角落里藏着,婆婆说她是躲避干活儿,没教养……大哥说,王银花哭得他心软。她哭着哭着,扑进了大哥的怀里,大哥想躲可是又觉得不能躲,这时,王掌柜的老婆……

"傻孩子。"母亲叹气,"以后躲着她就是了。要出人命的。"母亲说,"以后再见她不能理,说什么也不行。这种事,唉。"

之后,我们旅店还莫名其妙地发生过一次火灾。好在,二哥及时地发现了。火是从我们堆放柴草的偏房里燃起的,那里没有火烛,而因为不久前的大雨,堆放的柴草还有些潮,不具备自己燃烧的可能。父亲认定,是有人纵火。可是,火是谁放的呢?

赵赖子。

不可能。没有理由。那事儿过去了,他得了好处。

任木匠。

好像也不太可能。

这有什么好猜的?王家染房。肯定是。二哥说。他用的是,一副幸灾乐祸的腔调。

这也不太可能。父亲说,我们之间没有这么大的仇,虽然有你大哥那事,那事……那事要是说出去对我们不好,对他更没好处。再说,两件事离得这么近,王掌柜肯定知道我们会怀疑他,肯定会有所报复,以我对他的了解,他不会这么做。要是我们家失火,东北风,是能连到他家的,他也不会没有顾忌。

不过,父亲又说,以后要防备着他点儿。一定要。

极为突然,父亲说完这些之后毫无来由地加了一句,铃铛应当擦擦了。

是的,这句话,毫无来由。当时,我们坐在屋子里,谈论的是偏房的失火。这和门外的铃铛没有任何联系。

31

说到这里,已经很近了。

距离我父亲的死。

这让我有了更多的不安,以及焦躁。是的,我害怕它的出现,我愿意,用尽可能的方式延缓它的到来。我希望能有途径将它绕开,希望有山穷水复的曲折,希望有树叶遮住眼睛,让我对即将的到来视而不见,希望那一页潜在水下,我踩着湿鞋子在泥泞的岸上,偏偏不向下看……

顾左右,而言其他。这肯定不是一个恰当的方式,但我还是固执地选取,我要用这个"其他"把中间的地段塞满,对它造成些许的阻隔,即使必须向前,我也想把脚步走得缓慢。

何况,我要说的这些,也的确出现于,我父亲的死之前。

如归旅店终于有了生意。他来自盐山鱼咸堡,很难想象,他穿越了那么绵长的芦苇荡以及重重关卡,却只损失了一点虾酱——他是一个卖虾酱的,带着满身的腥臭,他带来的腥臭分别源自:虾酱,他的臭脚,还有他的屁股。住进店来的这个人正闹着痢疾,在路上,他把一种称为痢疾杆菌的东西吃进了肚子,它们不被消化,相反却得到了迅速的繁殖——二哥说,像这样的穷鬼,如果不是疾病的折磨他是不会住店的,他为了省几角钱一定会在路边睡,根本不管那里有没有蚊虫、鬼魂、日本人。这个人,是用一种罕见的方式进入我们旅店的:他一路小跑,直奔厕所,这几乎用尽了他最后的力气。痢疾让他发烧、腹痛、全身无力,但这没有影响他和我父亲讨价还价,父亲很快做出了让步。毕竟,他是日本人来了之后,我们旅店住进的第一个客人。父亲说,无论怎么样,我们都要尽可能照顾好他,钱不钱的没没没……什么关系。

父亲给他请来了大夫。不是薛大夫,是另一个,他住在东门外,我们很少见到他,但薛大夫在父亲那里已丧失了信任。在请大夫的过程中还有一个危险的插曲,父亲和大夫因为行色匆忙,而造成了日本人的误会,炮楼上的日本人朝着父亲打了一枪。它没有打中父亲也没打中大夫,但吓掉了他们的魂,两个人进了院子还未能把丢在路上的魂魄找回来。

就在那个贩虾酱的病情好转的时候,旅店里有了三三两两的客人,有了马车。父亲运用自修的心理学,不停夸赞人家的马,帮着人家刷刷马毛,喂几口水——套得近乎之后,父亲使个眼色,我和二哥就悄悄过去,偷点儿玉米或者高粱——它是给日本人运的,只要我们做得不过分,赶车的人就看不见(在算住店费用的时候,在算酒钱或什么的时候,父亲也得做出相应的大方,他们相互笑笑,心照不宣)。

"我我我就说说吧,无论仗怎怎么打,谁输谁谁赢,生意都还还得做,日日子还还得过。"三三两两的客人让父亲的信心又有所恢复,同时恢复的还有他的热情、他的渴望和活力。在没有客人的日子,按二哥悄悄的说法,父亲是一个干萎在秧上的老茄子,遭受了一遍遍的霜打——到现在,我也认同二哥的这个比喻。没有客人,父亲的确显得委顿,苍老,无精打采,而客人一来,父亲的体内就等于是注入了新鲜的血。(不过,住店的人实在过于寥寥,他们还不如住在店里的老鼠多。这是二哥的话,他说的也确是实情,有段时间我们旅店里的老鼠多得让人紧张,我们搞不清,它们为何要到如归旅店里来忍饥挨饿。我们细心地照顾每一个客人,他们就像之前,没完没了地要求,抱怨,偷盗,损坏,找各样的借口少付给我们钱。那时日本人开始发行一种"华北自主币"的纸币,同时流通的还有民国政府的纸币,父亲愿意收的是银圆、铜币,如果客人使用纸币付款,那就得多加点钱,他常为这事和客人争执。)

三三两两的客人给我们带来各种各样的消息,当然,这些消息,无论是不是可信,都和弥漫着的恐怖有关,和人的生死有关,和战争有关。"贺庄子的贺长寿你知道不?那人多老实啊,从不多说少道,落个树叶也怕砸掉了头,前天夜里让人进屋杀了。那个惨啊。肚子都给切开了。是日本人干的还是土匪?不知道。"

"维持会的吴二阎王,老婆死了,非要再娶一房,这不,三四天前吧,八月初八,和我们村的赵四家做了亲家,刚和小媳妇拜过天地,入了洞房,裤子还没脱,窗外头窜进几个人来。吴二阎王当过匪,练过武,打倒了俩,可人家抓住了他的新媳妇。还别说,吴二阎王还真是条好汉,他对那些人说,你们是找我的,和她没关,你放了她,我跟你们走。他真跟那些人走了,再也没回来。唉,人啊,别贪心,该是你的就是你的,不是你的千万别要。吴二阎王要不是想媳妇,也不至于这个下场。"

"我听来的可不一样。吴二阎王是会两下子,平常贼着呢,有好几帮人想抓他都抓不着他,可那天,不是他新婚吗?一高兴一忙活就什么都忘了。那些人是从大门进的,直接进了屋,吴二阎王正趴在新媳妇身上和新媳妇在忙着呢,等一回头,吓傻了。来的人没费力气,拍拍他光着的屁股,走,跟我们走一趟。吴二阎王乖乖地爬起来,穿上裤子跟人家走了。别看他平时咋呼得厉害,到真事上,反得很。"

"军屯丢了个日本兵,听说还是个官儿,你知道不?闹得可大了……"

"是谁干的?大快人心!还不得扒了他的皮,抽了他的筋……"

"日本人抓了一百多口子!还烧了不少的房子!是从淮镇集上过的,好多人都看了满眼!说是押到献县去了……"

"唉,让日本人抓了还有好啊……"

我们依然把听来的消息相互交换,大哥说,他知道吴二阎王是被什么人抓走的,但不会告诉我们,他清楚很多的秘密。等着吧,日本鬼子,等着吧,那些给日本人做事的狗腿子,这笔账最终是要清算的。他把声音压低,有一种做作的神秘。

"那你也知道军屯的日本兵是怎么失踪的啦?"二哥不信。虽然,回来的大哥和没有离开家之前的大哥有了很多的不同,知道了许多的事儿,但要说他知道日本兵是如何失踪的,吴二阎王是被谁抓走的,那肯定是,吹。

大哥笑笑,他依然保持着神秘,装得很像:"所有欺压人民的人都不会有好下场,不管他是日本人,还是中国人,还是德国人。"

由二哥的不信开始,两个人渐渐发生了争执。大哥说对日本人的占领,我们就得一个个清除,只要有机会,见一个就杀一个,见一双就杀一双。二哥说日本鬼子是可恶,是该杀,可他们太强大了,杀一个两个也不起作用,反而让老百姓遭殃。大哥马上贴出了轻蔑,哼,你说你没胆量就罢了。你这样的人只能当亡国奴。二哥强辩,不是胆量不胆量的问题,你杀一个日本人,马上就会引来报复,他就杀我们十个二十个,等于你也杀了十个二十个我们的人。这样杀来杀去……大哥有了怒气,这是什么混账逻辑!难道我们就伸着脖子,等他们来割?什么叫忠义你不知道?什么叫国家兴亡,匹夫有责?我们必须要让他们知道,有压迫就有反抗,血债当然要用血偿!我们不是能够随便欺侮的!二哥使用了一贯的冷笑,是啊,你不好欺侮,人家不欺侮你,可其他人招谁惹谁了?因为你的不好欺侮让他们跟着送命……大哥打断了他,一派亡国奴的想法!二哥也不让,是啊,你是好汉,那日本人来抓人的时候你又跑哪里去了?好汉做事好汉当啊。别连累别人!……尽管,这些日子大哥学了很多新词儿,可在争辩上,他一直不是二哥的对手,不是对手的他自然有了更多的恼怒。他推了二哥一把:"滚一边去!你不反抗,你不反抗,他们早晚也会把你们全杀掉,那时你哭,你叫,你后悔,都来不及。"

争执只有一小段的间歇,短得可以忽略不计,之后他们又重新挑起。这次的重点落在了四叔、维持会、赵赖子的身上。他们争得混乱,颠三倒四,争到最后,两个人都上了火气。争到最后,大哥离开这个话题,说起二哥的奸猾和好吃懒做,还嘲笑二哥的阴茎,说它短小得像没发好的豆芽。二哥拿起相对的针锋,也刺过去:还不如你么,非要脱人家的裤子,要不是人家来人……

大哥卡住二哥的脖子:"你再说,你再说一次!"意外的是,一向怯弱、从来缺乏胆量的二哥竟然没有示弱,他也卡住了大哥的脖子:"为什么不让我说!你算老几!"两个人,相互狠狠地卡着,扭打到一起,从屋里打到院子里。我使上全部力气也拉不开他们。

二哥被大哥打倒了,大哥骑在他的身上,狠狠按着他的头:"服不服?!""不服!"我跑过去想拉开大哥的手,却生生挨了一拳。"滚开!我就不信制不服他!"

母亲拉,也拉不开。两个人谁也不肯松手。父亲过来了。可是,这两个血冲到眼睛里的犟牛,完全漠视他的存在。父亲用扫帚扑打,最后用上了扁担——大哥被父亲的扁担打倒在地,他身下的二哥转过身子,带着满身的尘土马上扑向了大哥……住店的那三三两两也都凑到院子里,这可是一出难得的戏。

好不容易才将他们俩分开。母亲累得气喘吁吁,坐在地上,你们说说,为了啥,都为了啥?

他们不说,咬着坚硬的牙。他们不说我也不说。母亲在尘土之中哭了起来:"你们,是想气死我啊。"

……(父亲至死,也不知道他们为什么争执,不过,我想他也许能够猜到几分。事隔这么多年,我想起那些争执,想从中找出一个正确来,唯一的正确来,却始终给不了答案。有些事,一直两难。许多时候我也不愿意多想,多想让人恐惧,反正风风雨雨,许多的事都过去了,不管对错,它们都过去了。不管对错,都不可能修改重来。)

说到这里,已经很近了。

距离我父亲的死。

我能做的是继续给予延缓,搬出另外的石头,堵在必经的路口,然后推开。我所能做的,是按住自己胸口的风起云涌,让自己平静,平静,顾左右,而言其他——

四婶来过,她是要房契来的,父亲曾经答应过,大伯的宅子给他们。四婶那天使用的是一副笑脸。父亲说是有这回事儿,但老四不要。"哥,他怎么会不要?你不了解他这个人?他是不好意思,脸皮薄,做什么都是宁可自己吃亏……"

"老四家,话说明白点儿,你怎么吃亏了?你肯吃亏?除非西边出太阳。"母亲和四婶的脸色有着明显的对比。

"嫂子,你别怪我,我这个人就不会说话。这些年,咱们大事小事都没计较过,也没因什么事红过脸……唉,要是大嫂子在,你说我们得多和气,可惜……"

"老四家,"母亲接着话题,"房契不能给你。咱嫂子回来过你应当知道吧,我还想你怎么也得过来看看啊,就是不说接你家去住几天。你不来,咱也不说什么了,可她还活着。一天见不到她的尸体,这房契就一天不能给你。别看是你哥答应的,这事我说了算。要不,请街坊邻居们给评评。"

四婶的笑脸不再坚持:"哟,嫂子,咱说话不是放屁,不能放过就完吧,是得请街坊邻居给评断一下。我可不是来讹你的,老四家不是那种人。再说,他四叔给你家出了多大的力,你就没点儿记性?人,可不能过河拆桥啊,那样可没好果子吃……"

"四婶,你说什么?我听不明白。"大哥披着一件外衣走近了他们,父亲一把拉住了他。"老老四家,你你你也别别……话说到这这这个份上没没意思。房房契我给,但但但不是不不不是……别的,是……疼,疼老四。"

母亲还在抢白:"老四家,你摸摸自己的良心,你们这些年白吃白要我们多少,我跟你计较过吗?前些日子他四叔来借钱,说你病了,哼,我看你好好的,不就是……"

"哥哥嫂子,我们的日子不是难吗,"四婶的笑脸又换了上来,"你们怎么也比我们有钱啊,你们有三个大小子,别看现在……以后你们就等着享福吧。"

父亲进屋。过了一会儿,他出来,对四婶说:"暂时没有找到,不知道放哪了,但肯定没没没丢。"没等四婶换上更恰当的脸色,父亲接着说,"这样吧,明天,让老四过来取,这总行吧。"

当然,也只好这样。

晚上,灯亮起,父亲把他放地契的小木匣拿到灯下,一张张,仔细地看起。他挑了挑油灯的芯,让跳动的火苗有了更长、更摇摆的跳动。"立契人李玉堂李玉良李玉古因弟媳于氏故绝由亲族公议三家合伙癸殡李玉堂得宅基一所北房二间伊孙李喜奎得家西地一亩李玉古得家西空宅一所坑子地一亩家南地一亩殡资欠债其余所剩田产家具一切李玉堂一人承管与李玉良李玉古无干空口无凭立字为证中人秦元奎李云龙同治拾一年三月五日立。""立卖契人李志成因不便愿将家南坑计地八分南至不释北至李云望东……""立卖契人杜连之因手乏愿(将)交河镇南宅一处东到孙姓西至王姓南至大道中北至东头与中间公署中段西头西河南北横阔二十二步五分东西长阔……"

他看得极为仔细,仿佛是第一次见到,仿佛里面还有更多的埋藏,有着宝藏的谜底。看过一张,他就将它放在一边儿,交给母亲,看过一遍之后父亲重又将这些地契房契置于灯下,用手小心捻过,又回到开始……大伯房子的地契在里面,我们也见到了,大哥将它挑到了一边,但父亲又将它混入更多的房契地契之中。两遍之后,父亲对着灯,盯着跳动的火苗,发半天呆,才将其他的地契一一收回到木匣中。他拍拍木匣:"千千千万别,别给丢丢了。"(地契房契一直由父亲自己保管,我们怎么会丢得了它?这句话里,是不是包含着父亲对自己命运的暗示?他会想得到之后的发生?)

四叔按时来了,父亲将房契拿给他,四叔说:"你们别总听那娘们的,外姓人,总是……房契还是你收着吧。"

可是,尽管遮遮掩掩,四叔还是把房契收入自己的怀里。他又在沉默里坐了好一会儿才走。没有人送他。

说到这里,已经很近了。

距离我父亲的死。

不过,在父亲的死亡到来之前,我要先说另一个死亡,它也出现在旅店里。它先于父亲的死亡到来,或许,这是一个我们忽略的暗示,尽管大哥和我都不相信所谓的预兆。

我没有见到那个人的死,但在回来的时候看到了他的尸体,他死过的样子留给我极深的印象。

他是我们的客人,比自己的死亡早一天住进了店里。他来交河卖布,粗棉布,没有染过,这样的布并不好卖。母亲提醒了他,可他说,能不能卖掉没关系,他不能待在家里等死吧,总得找点事儿。后来母亲反复提到他的这句话,尽管大哥和我都不相信预兆。

二哥说,本来这个人是可以不死的,他要是早走一会儿就没事了,本来他是要早走的。他说了几次,要早走,可一直没动。当然,他要是不去收拾那些布也就没事了。可偏偏是,他不知什么原因晚走了一会儿,他在日本人到旅店检查的时候没有直起身子,也没有回答翻译的问话,而是继续收拾他的布。他是在找死。

二哥说,一刺刀下去,他的肠子就流出来了,同时流出的还有血和屎。等日本人走后,父亲和大哥努力想把他流出的肠子、血和屎,重新填入他的肚子里去——然而它们出来了就没想再进去,脱离了肚子的紧束,所有的流出都开始膨胀,肚子已不可能再容下它们。二哥说,他引来了苍蝇,那么多的苍蝇,它们蜂拥而至。似乎是为了更好地配合,父亲激烈地呕吐着自己肚子里的蔬菜、粥和酸水,他做出一副也要把肠子、血和屎一起吐出来的样子,让那个半死的人于心不忍——父亲和大哥,用手抓住那堆曲折的、黏黏的肠子,往那个人的肚子里塞。那时卖布的客人还没有完全死透。他们每塞一次,那个人的身体就跟着颤一下,喉咙里发出一种低低的、类似青蛙沉入水底的叫声。(二哥很有讲述的才能,他很会渲染,并配合着不断变化的表情。我回到家里的时候那个人已经死亡,他重有半钱的魂魄交给了马面,尽管到阴间要有一段遥遥的路,然而这对马面来说,也算不上什么负担。我看到那个人的死亡,半睁着眼,半张着嘴,保持着没有用完的茫然。他的肠子和其他还在慢慢向外流着,它们的膨胀也没有完全用完。)

还是父亲和大哥,他们在野外埋掉了这个不知道是从哪里来,不知叫什么名字和有着怎样经历的人,我们能知道的就是,他是卖布的,他已经死亡。在他死后半年,也没有谁来我们旅店找过他,他的死斩断了他和这个世界的一切联系。

大哥回来说,他们在埋他的时候,那个人的喉头似乎动了动,如果这是错觉,但他发出了声音却是真的。听上去像一声叹息,唉,不过不很清晰。他的这声叹息吓了父亲一跳,是的,真的一跳,父亲向后跳了半步,脸色惨白。大哥回来说,父亲一边埋,一边和那个人说话,我们没有给你买棺材,没办法,我们没有这个钱啊。我们也很穷啊,要不然,大兄弟,我们也要让你死得风光些啊。父亲说,大兄弟,我知道你恨,你怨,可你也别怪我,要怪就怪这世道。你别吓我了,回头我给你烧烧纸,你早点投生去吧,可要找个好人家啊。

父亲是信鬼神和预兆的人,若不然,他也不会在客人死掉的地方、我们抬走他的地方、各屋门口、堆放的布前面烧那么多的纸。一边烧纸,父亲一边念念有词,表情凝重得像是深湖里的水。父亲是信鬼神和预兆的人,但他坚持,留下客人丢下的布,他说将来可以给我们一家人都做一件新衣服,或者是床单。同样信任鬼神和预兆的母亲提出异议,她认为,这个客人的死是凶死,而且就死在舍不得这几匹布上,他的东西能不能留,能不能用?父亲则有自己的理由,他说人的死和布没有关系,没听说谁的不幸、不祥会吸附在布的上面,母亲的想法没有道理。(记得几个伤兵在脱掉死去伤兵的衣服时,父亲不是这样的观点,他预言,那几个人活不了太久。)再有一点儿,那个贩布的还欠我们住店的费用,埋葬他的费用,要是他有灵,也会同意用自己的布来结算。死掉的人更不愿意欠债,因为来生要加倍偿还。

母亲没有特别地坚持,她只是说说,她其实比我父亲,更愿意留下这几匹布。父亲的话,等于是拔掉了她心头刚长起的草。

说到这里,已经很近了。

距离我父亲的死。

32

现在?我来说,父亲出事的那个晚上。

它沉在水的下面,像一块并不裸露的礁石。

得承认,在记忆里出现的那个晚上可能并不完全真实,一次次的回忆改变了它,让它产生了另外的样子,给它涂上了另外的颜色。我的篡改并不出自故意,在讲述这个故事的过程中,我一直想尽可能真实,真实,在这辈子里我说了太多的谎,到这个年纪,不想再说了,可是,真实被篡改的情况还是时有发生。

在说到那个晚上之前,我再把时光向前微调一点儿,从傍晚的时候说起。傍晚,父亲和我大哥一起锯开了一些木头,这是他新买来的,不过父亲没说它们的用项。父亲从来都不是一个好木匠,却有大脾气,和他一起干活必然会遭到训斥,无论是你的错还是他的错——但那天,父亲没有斥责,一句也没有。因为天色渐晚,所以那些木头没能锯完,就在一个角落里散乱地堆着,直到父亲去世,它们也没有改变那种散乱。在这点上父亲也有些反常,他的眼里放不进沙子,他见不得一切的散乱、不规矩,但那天,他竟然只是简单收拾一下,把散乱容忍了下来。

晚饭,父亲好像只喝了一碗粥,他说不想吃,吃不下去。在这里的记忆是模糊的,但至少有一点,他的确显得心事重重。他说了粮食,那时玉米和豆子已经成熟,有许多人,包括田鼠、麻雀、獾、黄鼠狼、骡马和猪,都或明或暗地进行着争夺,父亲说我们也得早做打算。他还说了草料,今年人少,马少,不同往年,可以少备一些,发霉之后卖不上好价钱。他还说了遥远的事,说等我大哥有了孩子,要多读些书。大哥低着头,想那么远干吗?晚饭后,父亲和衣躺在床上,闭起眼睛,他说有点累,还有点牙痛,歇会儿就会好起来的。据我母亲说,当天晚上,他和母亲说着话,对我们兄弟三个一一做了评价,在平时,他是不会这么说的。他从来没有在母亲面前,那么认认真真地评价过我们,相信鬼神和预兆的母亲有些惊讶。她问我父亲,你今天怎么啦?父亲说没什么,真没什么。就是有点累。

后来他又到每个房间都转了一遍,应当说,这是他临睡前的习惯,没什么特别。那天有很好的月光,在窗棂上照着,屋子里一片银色的灰。

父亲早早地闩上了门。

我们是在半夜时分被惊醒的,支起的耳朵能够听见外面的混乱,几声清脆的枪响,远远近近的狗叫成了一片,有人跑过,然后有人在门外努力地敲门。等我们起来父亲已早早地站在了外面,他披着衣,把支起的耳朵支得更高些,仔细地听——他不让我们去开门,他坚持,再听听再说。

"快,快把门打开!听见没有!""再不打开我们就砸门啦!""我们是……"

多年之后,再回想起那个晚上的发生,我有时会让自己设想:假如父亲再晚开一会门,假如开门的不是父亲而是大哥,假如……事情是否有另外的可能,另外的走向?在这里,我必须先放弃我的假设。"来来来来了。"父亲走过去,甚至是小跑,迎着即将卷走他的、已经被门闩抵挡了一小会的灾祸。

父亲被一拥而上的黑衣人夹在中间,那些人,就像吸在他身上的牛虻,父亲感觉了痛,感觉了恐惧和更为巨大的阴影,他的结结巴巴即使现在想起来还让人心酸:"我我我我们都都都是良民啊,为为为为什么抓抓抓抓抓我呀……"他只说到"抓"的时候已经被带出了大门。那天夜里有很好的月光。

我和大哥,我们俩跟在那些人的后面追了一段,他们走得并不快,可似乎,我们却越追越远。有个黑影略略地停了一下:"你们干吗?想送死啊？快回去吧。"他的声音很低,在秋天的风里打着战。大哥紧了半步,拉住他:"为什么抓、抓我爹？"

那个人甩开大哥的手:"不知道。"他跑着跟上队伍,仿佛我们兄弟是他不愿意见到的瘟神。大哥拉着我停在月光里,不用追了,追上又能怎样？

停下来,我注意到那天晚上的月光很亮,亮得晶莹,光滑。只是风有些凉。

四叔也没有有用的消息,他承认,在维持会里,他只是一个很小的角色,许多事情根本进不到他的耳朵,但他肯定要认真打探,想办法把我父亲救出来。他对我母亲说,嫂子,你也别哭,哭也没用,不管是福是祸,你还得管这几个孩子——四叔却先哭出了声来。

他的哭,更加重了我们的不祥感:是不是他知道了什么消息,却出于怎样的考虑,对我们进行了隐瞒？……

第二天。第三天。我再去四叔家,却被四婶堵在了外面:"小浩啊,不是我说你,你说你一天跑八趟……你叔不急？是他亲哥不是？他会不想救他？"四婶探出头,瞧了瞧四周,"你说这些年,我们没沾你们点什么,这种事倒是……你想想,你们做了什么,惹了日本人？日本人是好惹的？怎么就不能安安稳稳过日子呢？"

我说我们没惹日本人,我们就是安安稳稳过日子来着。

"你也别跟我这种语调。小浩啊,这几天,你就别来了,要是你四叔有了消息,一定给你送去,你上我们家来……要是你们犯了什么大事儿,不就把你叔给牵连了？你天天来,我们也洗不清啊是不是……"

"我不连累你,我不会再来了,以后我们一刀两断！"

……这时,四叔出现了,他叫我,我头也不回。

（回到家，我没和母亲说出真相。我说四叔不顶用，他在里面什么也不是，狗屁不是，连狗屁都不如，我们不用再找他。看着我气急败坏的样子，母亲叹了口气，我们求一下赵赖子。）

赵赖子很快应承下来，他说，这事他还真不清楚，日本人做事儿，唉。打听消息，没问题，乡里乡亲，抬头不见低头见，能帮的忙他肯定帮。别看他在维持会里为日本人做事儿，其实就是混口饭吃，也想办法为乡亲邻居做些事。不过，日本人的事难办，得通过另外的人打听……母亲说你看着办，只要能打听到消息，救出人来就行，倾家荡产我们也愿意。母亲说，赵……兄弟啊，你要是能帮我们这个忙，我们对你一辈子感恩戴德，原来的错你也别计较，毕竟是……赵赖子拍拍自己的胸，按邻里辈分，我得叫你一声婶子，婶子，叔的事就是我的事，我要不想办法办好就不是人养的！

剩下的，我们只有等待。大哥说，父亲也许和上次一样，被日本人抓去干活了，听说镇南要修一座桥，好多人都抓那去了。他的话并不能令我们宽心，效果恰恰相反——父亲肯定不是去镇南修桥了，要是去修桥，四叔和赵赖子不会打听不到。既然打听不到，既然不是被抓去修桥，那父亲就更加……

究竟怎么回事？他一直老老实实，又没有做过什么，为什么偏偏把他抓走呢？老天爷，怎么这么不公平啊。母亲常常会突然地哭起来。我们只得安慰她，那些安慰的话我们自己也不信。那是我们家的灾难。父亲被日本人抓走了。我感觉，青灰色的天就挂在我们旅店的顶上，有着石头一样的重量。摇摇欲坠。要不是门外槐树的支撑，它就砸下来了。虽然它还没有砸下来，但已经有了倾斜，砸下只是时间的问题。只是时间的问题。

……还是四叔先有了消息。他把我母亲叫到院外,两个人像嗡嗡的蜜蜂,之后,母亲一个人回来,她的眼睛有着潮红。看好了家。她说,随着我四叔匆匆走了出去。走到门口母亲忽又转了回来:你们不要出门,别惹是生非,咱这个家可经不起折腾。她说,要是天黑了还不见我回来就自己弄点吃的,不用找我。别乱跑。

月光清凉,月光如水,月光如同流泻的银子。半个月牙挂在院外槐树的枝条上,被压弯的枝条有些不堪重负的样子。一只猫头鹰悄然在槐树的叶子之间藏身,可它并不甘于隐藏,而是哀鸣不已——冲动的二哥顺手拿起三两块土块,操,狠狠朝树叶间砸去。它最终还是飞走了。

父亲、母亲和四叔,踏着月色回家,脚步沉重。父亲趴在四叔的背上,厚月光投在父亲的背上,四叔背负了我父亲和月光共同的重量。我们看不清父亲的脸,他的脸垂着,埋在四叔的胸口,埋在黑暗里。他们,近了,来到了大槐树下,母亲用最后的力量呼喊,你们来。你们来。她喊得沙哑,没有力气。

四叔倒在了地上。我父亲也跟着缓缓倒下去,我们依然看不清他的脸。

母亲和四叔,带回了我的父亲,一个我们不认识的、奄奄一息的父亲。脸色像铃铛上的铜锈一样的父亲,伤痕累累的父亲。他的眼睛死了,胳膊死了,手和腿死了,他的全身都死了,只有呼吸还活着。只有呼吸活着,还那么轻微,仿佛一条时断时续的丝线,牵着,不能用力——它随时可能断掉,并且再也无法连接。

我们把他小心地放到床上。四叔说,不行了。准备吧。他一身的汗水,比我母亲一点儿也不少。

我们谁也没动。我们自欺欺人,或许还有奇迹,或许父亲还会活下来,他只是累了,需要好好地休息,他只是牙痛这一种病,怎么会说死就死?我们盯着他的鼻孔,盯着他的脸和手,害怕错过奇迹发生的那一刻,如果它发生,我们一定要将它按住,网住,不让它离开父亲的躯体……

准备吧。四叔站起来,去,把你四婶、祥海叔和全活婶叫来,烙烧饼,糊寿纸……

回到家里,父亲只待了半个晚上就去了,他自己,弄断了那条连接着呼吸的细线。

他一刻也不想再等,我们的呼唤无济于事。至死,他没把眼睛再睁开,没有和我们任何一个人说点什么。他只是在死前的瞬间,动了动他的一根手指。这就是我的父亲:僵硬地躺在床上,像涂了一层乳黄的蜡,只有伤痕和瘀血的部位青着,黑着,显得有点假。这就是我的父亲,一言不发的父亲,不看我们一眼的父亲,停住了呼吸的父亲。他告别了自己的结结巴巴,告别了困顿、无奈、屈辱、穷苦,告别了道德和自欺,像蜗牛一样背负的一切,包括他的梦。我的父亲,就这样去了,不再回来,所有的角落都不能再找到他。而之前,他的身影充满了旅店的各个角落。

死前的瞬间,父亲为什么要动动他的手指?在最后的一刻,他想的是什么?是不是还在牵挂绊住了他一生的如归旅店?是不是想到了我们?是不是……

四叔向前来的亲戚邻居们解释,回来了,没事,可人不行了。其实没他什么事。前几天不是丢了两车粮食么?有人看见,那些粮食被装上马车,从甜水营经鞑鞑洼,跑了。抓不到人日本人不干啊。唉,你当这差事是人干的啊,丢命的可能都有。没办法,有人想到,既然是马车,那肯定在我们店里住过,早踩好点了。抓我哥去,想问出是谁干的,他哪知道啊。可跟日本人交不了差也不行……

四婶来了,我不理她,母亲也不理她。她像一个多余的人。她容不进别人的忙碌。还是四叔,你光傻愣着干吗?和全活婶烙烧饼去,孝也得扯了……

母亲说,你睁开眼看看啊,亲戚邻居都来了,他们来给你忙啊,你看看他们啊。

母亲说,你说句话啊,你和大伙说句话啊。你受的苦大家知道啊,你受的委屈大家知道啊。

母亲抹掉脸上的泪水,你就这样走了啊,你就,什么都不管了吗?

我的眼睛转向别处,这时,一块墙皮突然掉下来,露出里面隐匿的虫子,它们密密麻麻地挤在一起,墙皮的掉落让它们出现了纷乱。

母亲说,你看着你的旅店。你就不管了吗?你不管我又怎么办啊?这个家,少了你不行啊!

二哥忍着,他走向角落,把手指伸向那些虫子,啪,啪,啪。墙上留下了许多具灰黑的尸体。

母亲哭出声来,你真是个命苦的人啊。到了那边,你可要好好歇歇,别像在这边啊。母亲说,你把苦放下了,可我还得背啊,我还得背上你的苦啊……

一生劳累的那个人去了,一个有幻想的人去了,我的父亲,他睡进了薄薄的棺材。做棺材的材料就是他买来并锯了一半的木头,母亲把它看成是父亲留下的预兆,而她竟然没有识破——这让她更加悲痛不已。在睡进棺材之前,父亲已经变黑,发臭,一些黄褐色的液体从他的身下,从他新做的寿服里面渗出来。母亲一遍遍,擦净了旧的,新的液体又渗过来了,有一股放坏的蛋黄的气味。它来自哪里呢?它,又是我父亲体内的哪一部分,是不是源自,他建立在蜃楼上的幻想?

……

(送走了父亲,母亲把我们叫进房间。你爹是被人害死的,你们要记住。母亲的声音有种平静的冷,他一直规规矩矩,没黑没白地料理这个家,从来不得罪人,可他却让人害死了。这个仇,你们记着,有机会我们要报。是谁干的?母亲猜不出来:不管是谁干的,你们都记在心里就是了。大哥说一定是赵赖子,他还装什么好人,我饶不了他。母亲说,也不一定,他要是害你父亲早就害了,他要是害你父亲,也不会这么忙前忙后,我注意过他,看上去不像。大哥哼了声,那是他伪装得好。"不管怎么说,我们现在什么也不能做。我们提防他就是了,别得罪他。你们别让他察觉出来。

"我们要经营好我们的旅店。这是你爹一辈子的心愿,现在他死了,我们不能对不起他。不能让他死不瞑目。")

33

像父亲在世时那样,我们对如归旅店进行着修修补补,是的,我们不能对不起他。如归旅店,它取的是宾至如归之意,父亲很希望它给客人某种家一样的温暖,然后我们从中赚更多的钱,过得平安、幸福,有尊严——

像父亲在世时那样,我们打扫院落,清理房间,维修门窗和床,这一切做得极为认真。我们照应所有到来的客人,尽量拿出体贴和微笑,为他们烧水、热饭,为他们的骡马喂草、刷毛,给他们的破衣服进行缝补……这一切，我们都做得认真，我们希望它给住店的人一些温暖，虽然，天已经冷了，我们已经冷了。

然而，这家旅店，竟然无视我们的努力，衰败还是一日日加深。衰败感，它比之前更重，从内到外，就连蟋蟀的叫声也渐渐稀落，就连枯干的树叶也渐渐稀落，冬天的气息夹在风和空气中，渗入我们的身体。现在，我还是这样感觉，在父亲去世后的第二天天就骤然冷了，他的死，似乎是秋天和冬天的明显分界，在他死后便换了人间。我知道这个印象并不准确，父亲是在九月中去世的，而且在他死后几天，我们店里来过一辆马车，车上装的是泊头的鸭梨，两个赶车人不想付我们店钱，拼命地朝我们手里塞鸭梨……但我的印象却根深蒂固。西偏房，住过大娘的那一间，原先的裂缝又张开了口子，我们对它的修补只是表面。臭虫、跳蚤、白蚁、蛀虫，还有老鼠。草垛里还有一窝黄鼠狼，它们懂得用法术害人，让幻觉进入人的身体。母亲说，我的一个婶婶就曾深受其害，她去茅房，结果遇到一只突然窜出的黄鼠狼，一惊，坏了。回到屋里，她又哭又闹，让她穿衣服也不穿，说在曹世普家本来好好的，可曹世普那个狗娘养的，看见她就打她，让她到处跑，有鸡也不让她吃，还把她的女儿淹死在池塘里……有见多识广的人，悄悄去叫曹世普，曹世普进门，先咳嗽了一声，粗着大嗓问，闹什么闹！再闹把你也淹死！婶婶一听，在被子下面缩成一团，真的不哭不闹了。曹世普说，他们家偏房有一窝黄鼠狼，去年的时候，他也的确把一只小的追进了池塘。曹世普不能总在他们家待着啊，他一走，这个婶婶马上又开始哭闹，请来的神汉说这只黄鼠狼道行很深，他治不了，只有曹世普能治。叔叔一家人又去曹家，曹世普烧了叔叔带来的符，在他家的偏房里敲敲打打，高声咒骂。他们看到一只毛色发红的黄鼠狼烟一样逃走，之后婶婶的情况才得到好转。当然,这个曹世普也不是什么好东西。"一定要把它赶走,我们家不留害人精。"在母亲的指挥下,我们将全部的柴草都倒到院子里,却没有发现黄鼠狼,发现的是两只刺猬。在我们那里,传说它们也有迷人心智的本事。

二哥承担起驱赶乌鸦的活儿,他爱干这个。乌鸦较之以前没有丝毫的减少,它们还习惯聚集,传播阴霾,发出惨惨的叫声,二哥也听不得这样的鸣叫。来了乌鸦,二哥就停下手里的活儿,向乌鸦落脚的槐树和屋顶投掷着石块儿、土块儿。从他的背影看上去,简直和父亲一模一样,太像了,完全可以乱真,何况他穿的就是父亲留下的衣服。等我走过去,"父亲"就消失了,是我的二哥在向乌鸦投掷。这个无用的动作是从父亲那里继承来的,你可以看到,乌鸦们从树上飞向屋脊,然后又飞回树上,它们不会有一片羽毛受损。二哥才不管这么多。他照样向屋顶投掷,并伴随着恶狠狠的咒骂,他,才不管会不会砸坏瓦呢。母亲没有制止二哥的投掷,只是,她会在二哥投掷的响动中停下手里的活,皱一皱眉。无论制止与不制止,衰败都会吞没如归旅店,没有多少客人,而税赋却很重,我们没有太多的钱可用在它身上。我们对它已经没有信心了。由它去吧。

衰败加快着它的迅速,它的迅速一直在不停叠加,越来越快。还有两次,路过的土匪冲到我们店里,是的,他们只是路过,衰败的如归旅店并不是他们选中的目标,只是顺手,而已。我们听到他们的存在,看见他们爬上墙头——旅店的院墙很矮,爬过墙头并不费力。大哥扑上去,大叫着,用手里的扁担将他们扫到墙外,在这个时候我和二哥也同样勇敢,虽然我们落在后面,并不真正参与战斗。让他们进来是不可想象的,周围遭劫的商铺有着很多的教训。好在,他们并不敢恋战,好在,对我们的抢劫只是顺手,所以两次,我们都没受到损失。大哥说,国和家一样,让他们进家,和让日本人进中国是一样的道理。二哥虽有些异议可也说不上什么,但大哥后面的话则让二哥有了话说。大哥说:"那些当土匪的都是些可怜的穷人,如果不是这个世道,他们也不至于。要是把他们组织起来,打日本鬼子,争取自由和解放……""你都是从哪听来的歪理啊!土匪,什么是土匪你知道吧?他们往你脑袋里灌了什么啊,是粥还是狗屎?"

父亲去世后,他们时常为点什么事,甚至不是事的事争吵,母亲说他们俩都在家,她的脑袋里就有一块地方堵上了疙瘩,里面绞得疼痛。可大哥不在家里她又不能放心——父亲去世之后,大哥的行踪越来越诡秘。他时常从旅店里悄悄溜走,像风,或者树的影子,刚才还在,一转眼,他就消失不见,无影无踪。他还时常和一些与他一样的阴影在大槐树下、院子里或某个阴暗处说些什么,仿佛是在密谋。母亲说,大哥越来越像我的华哥哥,他在走华哥哥的老路。我们这个家族,出了一个华哥哥就够够的了,就抬不起头了,要再出一个……

母亲说,你能不能好好在家里待着,你是大的,应当撑起这个家。别没心没肺地到处乱窜,你会引火烧身的,你做事得想想这个家。你别要了我们一家人的命。大哥默默听着,他盯着自己的脚趾,一言不发。可是一转眼,他就在我们面前抹掉自己的影子,不知去向。

"少和不三不四的人来往。要不是你父亲让那些不三不四的人住进店里,他怎么会被打死呢?"

这次,大哥说话了。这和住店的人没关系,也没人不三不四,这个仇,应当记在日本人身上,记在那些汉奸狗腿子的身上。像我父亲这样的老实人,都被人打死,我们更可能被打死,我才不学他呢。"我们得自己救自己。"

他对我母亲说,娘,你别管我了,我知道该怎么做,知道自己要做什么。他把母亲额边的一缕白发撩向后面,我会小心的,你放心,你儿子死不了。

说完,大哥走向外面。

门,在大哥身后发出低沉的响。母亲朝门的方向望着,望着,她的泪水涌了出来。

……

偶尔,有一两个客人住进旅店。我们努力满足客人的每个要求,好在,他们的要求也不像原来那么多。然而,更多的时候,旅店只会空荡地吓人,虽然我们还在这个院子里来回走动,却生出了不少的荒芜感。没有经历那个年代,你也许不会了解我的心情。你不知道明天会遇上什么事,你不知道自己有没有明天。你没心思说说笑笑,没有心思做点什么,整个心都被恐怖和无望堵着。你会对着一片枯叶盯上一天。你会感觉,自己肩上一直背着一块巨大而沉重的石头,即使在梦中也无法将它放下。你会……没经历过那个年代你也许难以理解。

后来,一个晚上,大哥与一个黑影一起上路,从我们面前消失得干干净净。他空出了自己的位置,到现在,我也不知道他的最终去向。他叫李恒福,也许,在离开旅店之后就改用了另外的名字,他挣断了与旅店、与我们、与故乡之间的全部联系,有些连着血脉,而有些确如锁链。从那个晚上开始,我就再没有听到任何有关他的消息,也许早就死掉了。他也可能从战争和饥饿的夹缝中活了下来,但我对此不抱太大的希望。我老了,一静下来就会回想那些旧事,回想我的大哥和二哥,回想我的父亲母亲。在父亲死后,我们一家人就如同急流中的鱼,远离了鱼群也迷失了方向,我最终进入了另一条溪流,在里面孤单地活着。他们都没游到这里。他们,永远不会游到这里了,除非,我们先后死去,在另一个世界里重新遇见。

34

我们挨过了冬天,这大概是一个奇迹,我觉得那个冬天根本不可能挨得过去,不只是我,还有旅店。那个冬天,寒冷总是无孔不入,它是一把锐利的锥子,寒冷,可隔着墙和衣服把冰吹入你的骨头里,整个冬天都不会融化。况且,我们的衣服很单薄。况且,如归旅店的墙也很单薄,北风能够轻易地吹透它。墙皮还在层层剥落,如归旅店也就越来越单薄了,在冬天,我们也不能进行修补。

炉子就是不旺。那些潮湿的木柴放进火炉,就会有浓重的烟,它让围坐一边的我们泪光闪闪。二哥抱怨,屋子太冷了,炉子太呛了,空气太浑浊了,如此等等,他有永远用不完的抱怨。即使木柴潮湿,会有浓重的烟,可它还是一天天减少,已经不多了。

背起粪筐,我从东城门外的断壁之间走出去,找一些枯死的树枝和柴草回来。有时也拾牛粪和马粪(父亲在的时候,日本人没来的时候,我们家的牛粪马粪是何其多啊)。一出门,寒冷就对我狠狠抽打,在一个瞬间把我全部冻透。我的手上出现了冻疮,开始是青色的裂痕,接下来就肿起来,两只手青青红红,看不出是手的样子。脚也同样冻着,鞋变小了,可我还得穿它。我没有多余的鞋子,没有更大的鞋。我在赤裸的田野上摇摇晃晃。在雪地上摇摇晃晃,就像一只冻僵了的鸭子。有时我真想躺下去,不管不顾,不再向前。有时,我偷偷地想哭,想砸碎些什么，想对遇见的那个人大声呼喊——

四叔就是在那个冬天里死的，死前，他全身肿得厉害，他死于一种莫名的病。那时，维持会已经解散，县里有了新的政府，有了警察和财务局，四叔没能在里面谋上差事（四婶说这全是因为我父亲的缘故，四叔受到了牵连，才丢掉了好不容易得来的公差。她不止一次这样向人说起，它自然会传入母亲的耳朵。在四叔的葬礼上，两个人又有了一些争吵，好在婶婶大娘和邻居的劝阻，才没把事弄得特别难堪。她和四叔一直没有孩子，李家的人商量把我过继给四叔四婶，这个提议遭到母亲和四婶的一致反对——可幡得有人打，罐得有人兜，老人们很看重这个象征……那件事，彻底断绝了我们两家的往来）。

挨过了冬天，接下来的春天并没让我们好过，断粮和瘟疫使我们倍受交困。在地里，母亲挖着刚刚冒芽的野菜，它们像金子一样稀缺，真的，这个说法不存在夸张，每日的田间都蹲着不少挖菜的人，他们甚至从土里挖去了野菜的根。累了，母亲在地上坐一会儿，她用发呆的时间想想我的大哥。走了也好。母亲说，尽管她说得无头无尾，我们也知道她想的是什么，想的是谁。在我们面前，她从不提大哥，但不等于她不在牵挂。

镇上有三个政府，一个是由日本人建立的，另外两个则分别属于国民党和共产党，在春天刚来的时候赵赖子也被杀了，人们猜测，要么是共产党干的，要么是国民党干的，这个赵赖子刚刚当上一个什么队长就丢掉了性命。土匪还是那么猖獗，或者说更加猖獗，他们部分来自被打散的军队，手里有枪。一听说来匪，家家闭户或者外出躲藏，大些的女孩在藏身之间先在脸上抹上一层灰——王家染房就遭到了洗劫，王掌柜的被剁掉了三根手指，临走，那些人还放了一把火……

在春天里,我们还有两次被押到土地祠与药王庙(在交河,药王庙供奉的并不只是药王。它由三座相连的庙宇组成,分别是药王庙、刘真君庙和龙王庙。在我记事的时候,刘真君庙和龙王庙均已残破,只有药王庙还相当完好,说起那里,我们就只提药王庙而不提其他两庙了。)之间的空地上,看日本人杀人,那时候真有一种置身于地狱里的恐怖。他们要是把人好好杀了也好,可是偏不。

走了,也好。母亲说。如果实在活不下去了,你们就也走。能走多远,能不能活下来,就看你们的命了。二哥说要走一起走,母亲摇头,我不能走。我得给你爹守着这个店,就是我死,也得先把它给你爹送过去。那时,她的腿开始有些浮肿,在皮和肉之前积满了透明的水分。

四月初八,交河大集。两个日本兵来到集上。像往常一样。

像往常一样,摆出摊位的在用力叫卖,赶集的人走走停停,把面前的物品拿起放下,讨价还价,一切都很平静。那天的天气很好,太阳升得很高,灿烂而且温暖,空气也还是旧空气,没有任何不同。

不同的是,在日本兵的背后,多出了个死神。那个死神有着很好的伪装,他有一张平常的脸,掩在众人之中,让所有的人都没有发现。

啪,啪。声音很脆,很亮,穿越了闹市的喧杂,走走停停的人们停下来,他们抬头,寻找声音发出的方向——在那个时刻,他们还没意识到发生了什么,一点儿都不慌张。两个日本兵,突然地倒了下去。就像投在鱼群中的两块石头。

这个消息是秦老末送来的,他跑得气喘吁吁,那时我和二哥正在和母亲一起择菜,他用力抓住了二哥的手。"快快快跑。"进了我家的院子,秦老末也染上了我父亲的口吃,他张大嘴,吞着面前的空气,"日日日本人……马上、马上,要、要来了。"

"你们快走,"母亲说,"快点,跟你秦叔走吧,不管家里发生什么事,都别回来。"

你也走吧,我们哀求,娘,日本人肯定要报复,再不走就来不及了。

你们不用管我!母亲直起身子,踢翻了放菜的盆,能活一条命算一条命!我们不能断了香火!我一个老婆子,他们能拿我怎样?你们快走!母亲拿起扫帚,打在我和二哥的身上,磨蹭什么,都磨蹭什么!是想让你爹娘死不瞑目啊!你们一个个,就没能让人省心的!

我们听得见外面的混乱。我们,也听见枪声了。

35

四月初八,是我离开交河的日子,离开如归旅店的日子,离开故乡的日子,它在我的记忆中有很深的刻痕。它,不只是一个日子,更是一道,穿过了心脏的伤疤,一经触碰就会流血。我说不上这是哪一年的发生,是四一年还是四二年,但我记得那个日子,四月初八。

刚刚出了东城,我和二哥就被冲散了,日本人已经赶过来,我们慌不择路,朝护城河的河沟和小树林的方向逃去。子弹呼啸。有人惨叫,有人在前面摔倒……我跑着,我的心脏跑在前面,更前面的是我的影子,在影子之前就是一片黑暗——

那天夜里,两条僵硬、沉重的腿还在拖着我奔跑,可我,已没了力气。我的力气其实早就没了,我用完了它们,之后用的全是恐惧。我在黑暗里奔跑,其实已算不上是跑,恐惧不能给我的双腿带来速度。枪声息了,身边已没有一个人影,除了黑暗不可能再有别的看见,暂时的危险确已远离——我松了口气。

松掉这口气,我的身体一下子就塌了下去,它,一直依靠这口气撑着,撑到了现在。塌下去,无边无际的困倦和劳累就都来了,它们压在我的身上,几乎是种巨大的轰鸣,我的头狠狠痛了一下,然后就是……等我醒来,已是第二日的黄昏。

在路上走着,我不知道自己要去向哪里,等待我的又会是什么。我想我也许会遇上一支队伍,当兵,或者会到一家店铺里当学徒,也许会成为一个乞丐,最终饿死。也许会被子弹打死,刺刀捅死,汽油烧死……(现在,我已经离开了许多种死法,它们不会再与我纠缠。我老了,如果没有特别的意外,我将会死在病床上,这种死亡方式是当年绝没想到的。我无法设想,自己会活到老年。)

在路上走着,阴郁的天气狠狠下压,让我的骨头有种即将断裂的感觉,酥软,疼痛。一股凉意从我的脚下开始蔓延,那个春天缺少应当的温暖,大约要有场冷雨。

抬头,望望远处,四周都是全然的陌生,无法猜度哪里是我来的方向,我又跑出了多远。虽然离开了暂时的危险,可我不敢大意,沿着一道无水的河沟,朝着前方慢慢走去。这条路,有些泥泞。

突然间,我的耳朵里面响起了铃铛的声响,是的,是从耳朵里面响起的,我耳朵的里面多出了一座旅店,多出了挂在门前的铃铛。现在,它们被风敲响,响得沙哑,沉郁,摆荡……

2010 年 3 月 25 日,晨